Doris Oetting

Kalte Liebe in Cuxhaven

Kriminalroman

Pro**libris** Verlag

Handlung und Figuren dieses Romans entspringen der Phantasie der Autorin. Darum sind eventuelle Übereinstimmungen mit lebenden oder verstorbenen Personen zufällig und nicht beabsichtigt. Nicht erfunden sind Institutionen und Schauplätze in Cuxhaven und im Cuxland.

7. Auflage 2025

Alle Rechte vorbehalten,
auch die des auszugsweisen Nachdrucks
und der fotomechanischen Wiedergabe
sowie der Einspeicherung und Verarbeitung
in elektronischen Systemen.
© Prolibris Verlag Rolf Wagner
Rasenallee 23 d, 34128 Kassel
wagner@prolibris-verlag.de
Tel.: 0561/766 449 0, Fax: 0561/766 449 29
Titelfoto © Mailin, adobe stock
Schriften: Linux Libertine
Druck: OSDW Azymut Sp. z o.o.
ul. Senatorska 31
93-192 Łodz
ISBN: 978-3-95475-203-4
www.prolibris-verlag.de

Prolog

12. November 2019

Halb zwölf mittags, aber es sah aus, als ginge der Tag bereits wieder zu Ende. Jeden Moment würde es anfangen zu regnen. Die Szenerie an dem offenen Grab wirkte wie ein Standbild, während rings um den Friedhof in Otterndorf alles seinen gewohnten Lauf nahm. Busse schluckten Fahrgäste und spuckten andere aus. Männer und Frauen mit Einkaufstaschen eilten vorbei. Ein paar Schulkinder waren auf dem Heimweg und Rentner mit Hunden an der Leine flanierten durch den Ort, in der Hoffnung auf einen kurzen Plausch mit einem Bekannten. Aber an dem Familiengrab unweit der Kapelle erschien alles wie eingefroren. Als hätte man beim Anschauen eines Filmes auf Pause gedrückt.

Nina Bergmann ließ ihren Blick über die Trauergemeinde wandern, die kaum als solche bezeichnet werden konnte, da außer ihr nur Frau Mattis, der Pastor und der Urnenträger anwesend waren. Der ließ das Seil, an dem das Gefäß hing, langsam durch seine weiß behandschuhten Hände gleiten, nachdem der Pastor ihm das Stichwort gegeben hatte. Die Urne verschwand in dem kleinen, aber tiefen Loch. Frau Mattis schluchzte laut auf und schwankte bedenklich. Nina trat näher an sie heran und legte den Arm um die gebeugten Schultern der alten Dame. Frau Mattis tat ihr leid. Dass sie diesen furchtbaren Tag mit ihren vierundachtzig Jahren noch erleben musste, machte Nina traurig und fassungslos zugleich. Frau Mattis schenkte ihr einen kurzen dankbaren Blick, während weiter die Tränen aus ihren Augen herausrannen. Es musste sehr schmerzhaft für sie sein, das zu erleben. Der Mann, der vor fünf Wochen gestorben und vor drei im Sahlenburger Krematorium eingeäschert worden war und den sie heute zur letzten Ruhestätte geleiteten, war nur dreißig Jahre geworden. Außerdem war er gewaltsam zu Tode gekommen. In einer Kabine der Herrentoiletten bei der Kurverwaltung in Cuxhaven-Duhnen hatte man ihn in den Morgenstunden des sechsten Oktobers aufgefunden. Die Obduktion hatte ergeben, dass der Mann erwürgt worden war, aber vom Täter fehlte bisher jede Spur. Die Polizei ermittelte in alle Richtungen, hieß es, doch das bedeutete wohl nur, dass sie keinen Schimmer hatte, wer diese furchtbare Tat begangen haben könnte.

Ihre Überlegungen wurden unterbrochen, als der Pastor auf Frau Mattis zutrat, ihr die Hand schüttelte und ihr sein Beileid aussprach. Da er Nina nicht kannte, sie aber offensichtlich in irgendeiner Verbindung zu Frau Mattis stand, wiederholte er ihr gegenüber sowohl die Geste als auch die Worte. Dann verließ er die Grabstelle mit angemessen langsamen Schritten, obwohl bereits die ersten dicken Regentropfen vom Himmel fielen. Zusammen mit Frau Mattis trat sie nach vorne ans Grab, ließ die mitgebrachten Blumen auf die Urne fallen und verharrte einen Moment im Gedenken an den Verstorbenen. Sie hatte ihn zwar nicht lange, aber dennoch gut gekannt.

Zwei Stunden später stand sie vor dem Fenster in Frau Mattis' Wohnzimmer. Die alte Dame hatte sich nach ihrer Rückkehr vom Friedhof auf ihr Sofa gelegt und war vor Trauer und Erschöpfung sofort eingeschlafen. Nina Bergmann sah hinaus auf die Straße und dachte daran, wie sie dem Mann, den sie heute zu Grabe getragen hatten, zum ersten Mal begegnet war. Es war auf den Tag genau zehn Wochen her.

Kapitel 1

Sie hörte ihn schon durch die geschlossene Tür nach ihr rufen, als sie am frühen Dienstagnachmittag von einem ihrer geliebten Strandspaziergänge zurückkehrte. Für Anfang September waren die Temperaturen noch sehr mild und sie hatte die Stunden am Meer wie immer genossen.

»Grüß Gott! Grüüüß Gott!«

Sie streifte die sandigen Gummistiefel von den Füßen und ließ sie auf der Fußmatte vor ihrer Wohnungstür stehen. Dann betrat sie ihr gemütliches Zuhause im Dachgeschoss eines alten, aber gepflegten kleinen Reihenhäuschens im Wehrbergsweg im Cuxhavener Stadtteil Duhnen. Was für ein Glück, dass sie hier vor vier Monaten eine schöne neue Bleibe für sich und Jeffrey bekommen hatte, vom Balkon aus konnte sie sogar das Meer oder, je nach Tidenkalender, das Wattenmeer sehen. Hier hatte sie ihre Wunden geleckt und war zu sich selbst zurückgekehrt.

Hinter ihr lag ein nervenaufreibendes Trennungsjahr, das sie zuerst in einem schäbigen möblierten Zimmer zur Untermiete und eine kurze Zeit auch in ihrem ehemaligen Kinderzimmer ihres Elternhauses verbracht und das seinen Höhepunkt vor ein paar Tagen in einem kurzen, aber anstrengenden Termin vor dem Scheidungsrichter gefunden hatte. Lars hatte dabei mit Beleidigungen nur so um sich geworfen und kein Hehl daraus gemacht, dass er nur noch Hass für sie empfand. Zuvor hatte er die Scheidung mit allen Mitteln zu verhindern versucht. Zuerst mit Charmeoffensiven, Geschenken und Schmeicheleien. Dann irgendwann mit Ansagen, die sie einschüchtern und die Angst vor einer Zukunft als geschiedene Frau in ihr wecken sollten. Er drohte, sie in ganz Bremen zur Persona non grata zu machen, so dass sie dort garantiert nirgends einen Job finden würde. Und er behauptete, dass alle ihre gemeinsamen Freunde ohnehin auf seiner Seite stünden, und prophezeite ihr, dass sie ein sehr einsames Leben erwarte. Aber alle seine düsteren Vorhersagen hatten ihren Entschluss, sich von ihm zu trennen, nicht ins Wanken gebracht. Zu oft hatte er sie belogen und betrogen und damit ihr Selbstwertgefühl Stück für Stück in sich zusammenfallen lassen. Das wollte sie nicht länger ertragen. Und jetzt war sie einunddreißig Jahre und geschieden. Irgendwie hatte sie sich ihr Leben ganz anders vorgestellt.

»Grüüüüß Gott!«, ertönte schon wieder der schrille Ruf aus dem Raum am Ende des Flurs, das sie als Arbeitszimmer nutzte. Als freiberufliche Übersetzerin von historischen Romanen verbrachte sie hier tagsüber die meiste Zeit, denn zum Glück konnte sie sich über mangelnde Aufträge nicht beklagen.

»Hallo, Jeffrey«, rief sie zurück, während sie ihre Jacke auszog und die Schlüssel an den Haken neben der Garderobe hängte. Ihr Blick blieb an ihrem Spiegelbild hängen. Die vergangenen Wochen und Monate hatten Spuren hinterlassen. Sie sah müde und abgekämpft aus, ihre Wangen waren eingefallen und die blonden Haare farb- und glanzlos. Aber mit einem Termin beim Friseur, Spaziergängen am Strand und gutem Essen würde sie bald besser aussehen. Aufmunternd lächelte sie sich zu und betrat kurz darauf das geräumige Erkerzimmer. Ihr erster Weg führte sie zu dem riesengroßen Vogelkäfig am Fenster, in dem Jeffrey, ihr Graupapagei, ungeduldig auf einem der Naturseile hin und her wanderte, die sie quer durch den Käfig gespannt hatte. Jeffreys Voliere war drei Meter breit, zwei Meter hoch und ebenfalls zwei Meter tief. Nina hatte sie exakt für diesen Raum bauen lassen. Für Jeffrey allein war sie fast etwas zu groß, aber er sollte ohnehin möglichst bald wieder die Gesellschaft eines zweiten Vogels genießen dürfen.

»Na, mein Kleiner? Alles okay?«

»Okay, okay«, kam die prompte Antwort des gefiederten Mitbewohners.

»Sag doch mal moin. Los, sag moin!«

Wie alle Graupapageien war Jeffrey sehr sprachbegabt und wiederholte Wörter, die man ihm vorsagte, meistens schnell. Nur das mit dem Moin wollte nicht klappen, was wohl daran lag, dass Lars als fanatischer Anhänger eines süddeutschen Fußballclubs viel Zeit und Mühe darauf verwendet hatte, ihm den bayerischen Gruß beizubringen. Als ob es nicht schlimm genug war, dass er zu den Fans dieser arroganten und selbstverliebten Truppe gehörte. Wieso hatte er Jeffrey da hineinziehen müssen?

»Grüüüüß Gott. Okay, okay«, plapperte Jeffrey munter weiter.

Sie lächelte und gab ihre Bemühungen, Jeffrey zu einem norddeutschen Papageien umzuerziehen, für heute auf. Sie war froh darüber, dass er gerne und viel sprach, denn so fühlte sie sich in der Wohnung nicht so allein.

Die Liebe zu diesen besonderen Vögeln hatte Lars und sie von Anfang an verbunden. Eine der verschwindend wenigen Gemeinsamkeiten, wie sie inzwischen wusste. Dabei hatte vor drei Jahren alles so gut angefangen. Als der gutaussehende Zahnarzt Lars Bergmann die Praxis seines verstorbenen Vaters übernahm und sich zeitgleich ausgerechnet in sie, Nina, verliebte, hing der Himmel voller Geigen. Nur sechs Monate später kaufte er die sündhaft teure Penthouse-Wohnung im Zentrum von Bremen, die er für sie beide und besonders für seinen vermeintlich erlesenen Freundeskreis für angemessen hielt. Kurz nach ihrem Einzug heirateten sie. Nina hatte sich nach dem Tod ihrer Mutter, die ein Jahr zuvor an Krebs gestorben war, nach dem Halt und der Geborgenheit einer eigenen Familie gesehnt. Als sie erfuhr, dass sie keine Kinder bekommen konnte, hatte Lars geglaubt, sie mit zwei Graupapagei-Männchen trösten zu können. Jeffrey verdankte seinen Namen der Tatsache, dass sie den englischen Autor Jeffrey Archer verehrte. Lars hatte dem zweiten Papageienmännchen daraufhin den Namen Stephen gegeben, in Anlehnung an Stephen King, denn er liebte Horrorgeschichten über alles. Der Züchter hatte sie darauf hingewiesen, dass ein gegengeschlechtliches Paar die bessere Alternative wäre, aber da hatten Nina und Lars sich bereits für Jeffrey und Stephen entschieden.

Als sie nach anderthalb Jahren aus der gemeinsamen Wohnung ausgezogen war, hatte Lars darauf bestanden, Stephen zu behalten, obwohl er wusste, dass man Papageien nicht einzeln halten durfte. Seit 2005 war das aus Gründen des Tierschutzes ausdrücklich verboten, doch Lars war wie immer davon überzeugt gewesen, dass Regeln und Anordnungen nur für die anderen galten, aber nicht für ihn. Leider war Stephen prompt nach nicht einmal zwei Monaten, in denen er das Fressen eingestellt und sich die Federn ausgerupft hatte und zusehends schwächer geworden war, qualvoll gestorben. Jeffrey dagegen hatte den Umzug in die neue Umgebung und die Trennung von seinem Kumpel Stephen zum Glück gut überstanden, vielleicht weil sie viel mit ihm zusammen war. Er erfreute sich bester Gesundheit und quasselte buchstäblich, wie ihm der Schnabel gewachsen war. Trotzdem hatte sie vor einigen Wochen eine Anzeige auf der Homepage der *Papageienfreunde Niedersachsen* geschaltet, damit Jeffrey einen neuen Gefährten bekam. Leider hatte sich bisher niemand auf ihre Annonce gemeldet.

Sie ging in die Küche und schaltete den Wasserkocher ein. Sie freute sich auf einen heißen Tee und eine Ruhepause auf ihrem kuscheligen Sofa. Am Abend wollte sie noch ein paar Stunden arbeiten, denn dann hatte sie ihre produktivste Zeit und kam meistens super voran. Im Wohnzimmer trank sie ihren Tee und zappte sich durch das Nachmittagsprogramm im Fernsehen. Im Ersten lief die neueste Folge einer Telenovela, die es schätzungsweise seit hundert Jahren gab. Bei Sat. 1 begleitete ein Kamerateam ein paar Polizisten durch ihren beruflichen Alltag. Und bei Vox stritten zwei Frauen über den besten Erziehungsstil für ihre Sprösslinge. Nichts davon konnte ihr Interesse wecken. In diesem Moment klingelte das Telefon.

»Nina Bergmann«, meldete sie sich und schaltete gleichzeitig den Fernseher aus.

»Hallo, Sternchen.«

»Peter, wie schön, dass du dich meldest.« Sie freute sich wie immer über den Anruf ihres Stiefvaters, obwohl die beiden fast täglich miteinander telefonierten. Den Kosenamen, den er ihr als kleines Kind gegeben hatte, weil sie seiner Erklärung nach auch im Dunkeln leuchtete, durfte er auch heute noch benutzen, es störte sie nicht im Geringsten. Ihre Mutter hatte Peter geheiratet, als Nina drei Jahre war, und zusammen hatten sie ihr eine heitere und behütete Kindheit beschert. An ihren leiblichen Vater, der kurz nach ihrer Geburt bei einem Autounfall ums Leben gekommen war, hatte sie keinerlei Erinnerungen. Und da sie ihre Mutter nicht hatte quälen wollen, hatte sie auch nicht oft nach ihm gefragt. Sie hatten Peter, er machte sie beide glücklich, und nur das zählte.

In den Ferien waren sie fast immer hierher nach Cuxhaven gefahren. Selbst als Nina längst erwachsen war, hatte sie noch oft Zeit zusammen mit ihren Eltern in Duhnen verbracht. Nicht zuletzt wegen der vielen Erinnerungen an sorglose Sommer am Strand hatte sie sich für diesen Ort als neues Zuhause entschieden. Wenn ihre verletzte Seele irgendwo heilen würde, dann hier. An dem Ort, an dem sie auf Schritt und Tritt schöne Gedanken an Sandburgen, Wattwanderungen und Minigolf begleiteten, und das Gefühl, dass nichts Schlimmes geschehen konnte.

»... acht Uhr, okay?«

»Entschuldige bitte, ich war gerade abgelenkt«, gab sie zu. »Was hast du gesagt?«

»Was ist los?«, hakte Peter besorgt nach. »Hast du Sorgen? Du weißt, dass ich immer für dich da bin.«

»Natürlich weiß ich das, aber es ist alles okay.«

»Gut, dann also noch mal: Ich möchte am Samstag mit dir essen gehen.«

»Prima«, freute sie sich.

»Gut, ich hole dich um 19 Uhr ab. Wohin wir gehen, verrate ich nicht. Lass dich überraschen.«

»Schick oder leger?«, fragte sie.

»Zieh an, was du magst«, gab Peter zurück, »du siehst immer wunderschön aus. Bis Samstag, Sternchen.«

»Bis dann, ich freue mich.«

Kapitel 2

Sie hatte ihr Telefon kaum aus der Hand gelegt, als es erneut klingelte. »Nina Bergmann.«

»Guten Tag, mein Name ist Oliver Kesting und ich rufe wegen Ihres Inserats auf der Homepage der *Papageienfreunde Niedersachsen* an.«

»Also haben Sie einen Papagei abzugeben?«, fragte sie hoffnungsvoll.

»Ja, wenn auch ungern, und zwar ein Weibchen.«

»Warum wollen Sie sie denn abgeben?«

»Ich will ja gar nicht, aber es muss sein. Mein Vater hat mir sein junges Papageienpaar vererbt, das er sich vor über fünfzehn Jahren zugelegt hatte und an dem er sehr hing. Vor ein paar Wochen ist das Männchen leider gestorben. Und einen Papagei alleine zu halten, ist alles andere als artgerecht und seit einiger Zeit verboten. Aber wem sage ich das?«

»Richtig«, bestätigte sie, »und Ihre Vogeldame hat, wenn es gut läuft, noch viele Jahrzehnte ihres Lebens vor sich. Mein

Jeffrey ist vierzehn und ein Scheidungsopfer. Er soll möglichst schnell wieder Gesellschaft bekommen.«

»Dann sollten wir uns kennenlernen und sehen, ob wir da nicht zwei einsame Herzen zusammenbringen können, äh, ich meine natürlich die Papageien.«

Sie hörte das Lachen in seiner angenehmen und sympathischen Stimme. Flirtete er etwa mit ihr? Sie versuchte, sich sein Gesicht vorzustellen, aber es wollte nicht so recht gelingen.

»Wo wohnen Sie?«, fragte sie, ohne auf seinen Witz einzugehen. Er sprach dialektfrei, doch das musste nicht heißen, dass er in der Nähe wohnte. Auf die Homepage der niedersächsischen Papageienfreunde konnte schließlich jeder zugreifen.

»In Stade«, antwortete Oliver Kesting in diesem Augenblick, »bis zu Ihnen sind es nur ungefähr siebzig Kilometer, ich habe schon nachgeschaut. Darf ich Sie am Wochenende besuchen? Erst mal ohne Vogel?«

Er war offenbar ein Mann der Tat, was ihr gefiel. »Klar, gerne«, hörte sie sich sagen, »wie wäre es am Freitag gegen Abend?«

»Perfekt. Wenn Sie mir Ihre Adresse geben, bin ich am Freitag um 18 Uhr bei Ihnen, okay?«

Nachdem sie aufgelegt hatte, spürte sie eine unerklärliche und völlig unangebrachte Vorfreude auf den vereinbarten Termin und schüttelte über sich selbst den Kopf. Sie wusste über Oliver Kesting gerade einmal, dass er aus Stade kam, eine sehr angenehme Stimme hatte und Papageien mochte. Das war fast nichts. Jedenfalls war es nicht genug, um sich auf das Treffen am Freitag zu freuen, als wäre sie fünfzehn und vom Klassenschwarm ins Kino eingeladen worden. Auf jeden Fall war klar, dass sie weder am Freitag- noch am Samstagabend an ihrem aktuellen Übersetzungsauftrag weiterarbeiten würde, deshalb sollte sie zusehen, dass sie heute und in den nächsten Tagen ordentlich vorankam.

Sie brachte ihre Tasse in die Küche. Sie warf den Teebeutel in den Biomüll und stellte dabei fest, dass der Eimer randvoll war. Also schnappte sie sich den Beutel, steckte ihren Hausschlüssel ein und lief fröhlich summend die Treppe hinunter. Unten traf sie ihre Vermieterin Gertrud Mattis. Sie war eine kleine, vom Scheitel bis zur Sohle gepflegte Dame und der lebende Beweis dafür, dass Stil und Eleganz kein Alter kannten. Nina wusste, dass Frau Mattis ihr Handarbeitsgeschäft an der Promenade vor zwölf Jahren aufgegeben hatte. Seitdem strickte, häkelte und stickte sie nur noch privat. Über ihrer akkurat gebügelten weißen Bluse trug sie heute eine zweifellos selbstgestrickte Weste, und ihre dauergewellte Frisur saß so perfekt, als hätte sie jedem einzelnen Haar eine Strafe angedroht, falls es sich ungefragt bewegte. Frau Mattis öffnete gerade die Haustür und ließ einen Mann eintreten, der nach Ninas Schätzung ungefähr so alt sein musste wie sie selbst.

»Marius, ich freue mich so sehr, dass du da bist«, sagte sie, dann wandte sie sich Nina zu und ergänzte: »Frau Bergmann, sehen Sie nur, mein Enkel ist da. Er ist der Sohn meiner Tochter, Gott hab sie selig, und mein einziges Enkelkind. Endlich hat er nach Monaten mal wieder den Weg zu seiner Oma gefunden.«

»Das freut mich für Sie, Frau Mattis«, gab Nina zurück. Sie streckte dem Mann ihre Hand entgegen. »Guten Tag, Herr ...«

»Engel. Marius Engel.«

»Ich bin Nina Bergmann, die Mieterin aus der Wohnung oben. Freut mich.«

Marius Engel ergriff ihre ausgestreckte Hand. Seine fühlte sich unangenehm feucht an, und sein Händedruck war so schlaff, dass man ihn eigentlich gar nicht so nennen konnte.

»Die Mieterin«, sagte er und es klang wie ein Vorwurf. Er sah sie durchdringend und ohne die geringste Spur eines Lächelns an. Sie wich seinem Blick aus und entzog ihm ihre Hand. Nur mühsam widerstand sie der Versuchung, sie an ihrem Hosenbein abzuwischen. Durch einen Vorhang fettiger blonder Haare starrte er sie immer noch an und blinzelte dabei kein einziges Mal. Sie überlegte fieberhaft, wie sie sich aus dieser unangenehmen Situation befreien konnte, ohne auf Frau Mattis unhöflich zu wirken. Dummerweise stand Marius Engel mitten in der geöffneten Haustür, so dass sie sich an ihm hätte vorbeidrängeln müssen, um ins Freie zu gelangen. So nahe wollte sie ihm jedoch auf keinen Fall kommen. Natürlich hätte sie die Treppe hinauf und zurück in ihre Wohnung gehen können, aber mit dem vollen Müllbeutel in der Hand hätte das ausgesprochen seltsam gewirkt. Frau Mattis nahm die angespannte Atmosphäre scheinbar nicht wahr, ihre Freude über den Besuch ihres Enkels war gänzlich ungetrübt.

»Hättest du mir doch bloß vorher Bescheid gesagt, mein Junge«, plapperte sie munter drauflos. »Jetzt habe ich gar keinen Kuchen im Haus. Aber es würde mich sehr wundern, wären nicht noch Kekse da. Wir werden schon etwas finden, das dir schmeckt.«

Hätte Nina sich nicht so unbehaglich gefühlt, hätte sie darüber lachen müssen, dass Frau Mattis mit diesem erwachsenen Mann sprach wie mit einem Fünfjährigen. Fehlte nur, dass sie ihn in die Wange kniff und ihm einen warmen Kakao in Aussicht stellte.

»Du musst mich unbedingt öfter besuchen. Ich werde ja auch nicht jünger. Irgendwann bin ich nicht mehr da und dann tut es dir leid«, prophezeite Gertrud Mattis ihrem Enkel mit erhobenem Zeigefinger. Marius Engel antwortete nicht, vielleicht hatte er seiner Oma gar nicht zugehört?

»Jetzt komm rein und mach es dir gemütlich«, fuhr Frau Mattis unbeeindruckt fort und endlich zeigte ihr Gast eine Reaktion. Er machte zwar keinerlei Anstalten, seiner Oma in die Wohnung zu folgen, aber wenigstens löste er seinen Blick von Ninas Gesicht. Allerdings nur, um ihn provozierend langsam über ihren Körper wandern zu lassen. Dabei legte er den Kopf schief und wirkte wie ein schlecht gelaunter Sachverständiger, der an seinem freien Tag ein Gemälde schätzen sollte. Die Sekunden, die vergingen, während er Nina musterte, fühlten sich für sie an wie eine Ewigkeit. Marius Engels Miene blieb die ganze Zeit über völlig ausdruckslos, als würde ihm das, was er sah, weder besonders ge- noch missfallen.

Ihr Unbehagen wurde immer größer, gleichzeitig stieg Wut in ihr auf. Was bildete der Typ sich ein? Wie kam er dazu, sie derart zu taxieren? Sie waren hier nicht auf einem Viehmarkt und sie war keine preisgekrönte Kuh. Sie wollte gerade eine entsprechende Bemerkung abgeben, da schob Frau Mattis ihren seltsamen Verwandten in die Wohnung, lächelte Nina noch einmal kurz zu und schloss dann hinter sich die Tür.

Sie atmete hörbar aus. Anders als Frau Mattis hoffte sie, dass Marius Engel seine Oma auch weiterhin selten bis gar nicht besuchte. Auf weitere Begegnungen dieser Art konnte sie gut verzichten.

Kapitel 3

Draußen warf sie den Müllbeutel in die Tonne und knallte wütend den Deckel zu. Direkt vor dem Haus parkte, neben ihrem dunkelroten Renault Clio, der weiße Volvo V40, der wohl dem schrecklichen Enkel gehörte. Sie ärgerte sich. Wieso hatte sie sich dessen unverschämtes Verhalten gefallen lassen? Sie glaubte, immer noch den Blick aus Marius Engels wässrig blauen Augen auf sich zu spüren. Als würde ein toter Fisch mich anstarren, dachte sie und schüttelte sich erneut bei der Erinnerung.

Der Typ war gruselig, das stand fest. Und ausgerechnet so einer hieß Engel, das war ja wohl nicht zu fassen. Der hätte sie am liebsten mit seinen Blicken ausgezogen, dabei hätte sie schwören können, dass er schwul war. Warum sie sich dessen so sicher war, wusste sie nicht. Die homosexuellen Männer, die sie kennengelernt hatte, waren meist gepflegt, stilsicher und höflich. All das traf auf Marius Engel keinesfalls zu. Seine Haare waren fettig, sein blauer Anorak sah aus, als hätte er ihn schon in der siebten Klasse getragen, und sein Verhalten vorhin war alles andere als gentlemanlike gewesen. Wieso hatte sie ihn nicht sofort in die Schranken gewiesen, anstatt minutenlang wortlos und wie angewurzelt vor ihm zu stehen wie ein Schulkind, das einen Tadel über sich ergehen ließ? Andererseits hätte sie Frau Mattis damit ebenfalls den Moment verdorben, und das Letzte, was Nina wollte, war, ihrer netten Vermieterin die Freude über ihren seltenen Gast zu nehmen.

Als sie zurück ins Haus ging, schickte sie ersatzweise einen bitterbösen Blick durch Gertrud Mattis' geschlossene Wohnungstür, begleitet von zwei ausgestreckten Mittelfingern. Das musste erst mal genügen. In ihrer Wohnung wusch sie sich ausgiebig die Hände. Der Hauptgrund dafür war jedoch nicht der Kontakt mit der Biotonne, sondern der mit Marius Engel. Um das ungute Gefühl loszuwerden, wollte sie sich jetzt sofort an ihren aktuellen Auftrag setzen. Die Arbeit würde sie ablenken und auf andere Gedanken bringen.

Knapp vier Stunden später lehnte sich Nina zurück, schloss die Augen und massierte ihre verkrampfte Nackenmuskulatur. Sie war gut vorangekommen und würde den Abgabetermin für die Übersetzung problemlos einhalten können. Der Roman von einer noch ziemlich unbekannten britischen Autorin handelte von den Irrungen und Wirrungen am englischen Königshof unter der Regentschaft Heinrichs VIII. Kein neues Thema, aber das Besondere an dem Buch war, dass die Geschichte aus der Sicht der Kammerzofe von Katharina von Aragon erzählt wurde. Sie war ihrer Herrin treu ergeben und spionierte in deren Auftrag nicht nur die schnell wechselnden Liebschaften des Königs aus, sondern auch seine hinterlistigen Intrigen gegen die Gattin. In berührender Intensität beschrieb der Roman aus der Perspektive der Zofe das Leid und die Einsamkeit der Königin. Trotz seines miesen Verhaltens ihr gegenüber liebte Katharina von Aragon ihren Mann und ertrug still seine Seitensprünge und den Schmerz über ihre Kinderlosigkeit. Die Scheidung, die Heinrich VIII. nur durchsetzen konnte, indem er sich zum Oberhaupt der anglikanischen Kirche erklärte, brach der Königin schließlich das Herz.

Nina hatte sich ganz in der Geschichte verloren und das Übersetzen wieder mal gar nicht als Arbeit empfunden. Inzwischen war es halb acht und dunkel geworden. Kein Zweifel, der Sommer war zu Ende und die Tage wurden kürzer. Aber was machte das schon? Mit spannenden Büchern ließ sich jede Jahreszeit verschönern. Sie warf einen Blick zu Jeffrey hinüber. Der Papagei hockte reglos auf einem Ast und schlief friedlich.

»Na, Kleiner? Bist du müde von deinem eigenen Geplapper?«, flüsterte sie und lächelte liebevoll. Wie sehr sie Jeffreys Gesellschaft mochte und brauchte. Und vielleicht hatte sie schon bald zwei dieser liebenswerten Mitbewohner. Sie ging zum Fenster und sah in die Dunkelheit hinaus. Sie ertappte sich dabei, dass sie überlegte, was sie für den Besuch von Oliver Kesting aus Stade anziehen könnte. Obwohl er doch gar nicht ihretwegen kommen würde, sondern um ein neues Zuhause für sein Papageienweibchen zu finden.

Sie schüttelte den Kopf und wollte sich vom Fenster abwenden, als sie draußen schemenhaft eine Gestalt erblickte, die mitten in Frau Mattis' Garten stand. Die Person, bei der nicht erkennbar war, ob es sich um einen Mann oder eine Frau handelte, verharrte völlig reglos. Wer immer das war, er oder sie hatte bestimmt nichts auf diesem Grundstück zu suchen. Nina trat zurück und schaltete das Licht im Zimmer aus, um die störende Spiegelung von sich selbst in der Fensterscheibe abzumildern. Der ungebetene Gast stand weiter bewegungslos da und schien nicht die geringste Angst vor Entdeckung zu haben. Sie beschloss, dem Eindringling einen Schrecken einzujagen. Sie klopfte gegen die Scheibe. Nichts geschah. Sie klopfte erneut, diesmal energischer und lauter. Wieder kam keine Reaktion, doch sie glaubte jetzt, sehen zu können, dass es sich bei der Person im Garten um einen Mann handelte.

Und dann erkannte sie ihn. Es war Marius Engel. Wieso war der immer noch hier? Immerhin waren inzwischen mehrere Stunden vergangen. Hatten er und seine Oma sich so viel zu erzählen? Und warum war er anschließend nicht nach Hause gefahren? Oder war er gar zurückgekommen? Nina stockte der Atem, als ihr klar wurde, dass er zu ihr hinaufsah. Offenbar hatte er keine Angst davor, von ihr erwischt zu werden. Vielleicht wollte er sogar, dass sie ihn bemerkte. Wie lange stand er schon da? Und warum? Sie ging zwei Schritte rückwärts und wischte sich die schweißnassen Hände an ihrem Shirt ab. Der Typ war wirklich gruselig. Irgendetwas stimmte nicht mit ihm.

Vorsichtig und mit einem mulmigen Gefühl im Magen näherte sie sich erneut der Scheibe und schaute hinaus. Marius Engel hatte sich nicht fortbewegt. Jetzt griff er mit der rechten Hand in seine Jackentasche, holte sein Handy hervor und drückte darauf herum, ohne den Blick von ihrem Fenster abzuwenden. Die Taschenlampe an dem Mobiltelefon leuchtete auf. Marius Engel hielt das Gerät unter sein Kinn, so dass der Lichtschein auf sein Gesicht fiel. Ihre Blicke trafen sich und plötzlich schnitt er eine widerliche grinsende Grimasse, die Nina eiskalte Schauer über den Rücken jagte. Er hob die linke Hand und zeigte mit Zeige- und Mittelfinger zuerst auf sich und dann auf sie. Ich beobachte dich, hieß die Geste, und sie spürte, wie ihr schlecht wurde.

Nach einer unruhigen Nacht erwachte sie am nächsten Morgen schon um sechs Uhr. Sofort waren die Szenen des vergangenen Abends in ihrem Kopf. Das Zusammentreffen mit dem merkwürdigen Marius Engel im Treppenhaus und das Bild von ihm, wie er im Garten gestanden und zu ihr hinaufgesehen hatte. Zum Schluss noch mit dieser bedrohlich wirkenden Geste. Sie stand auf und zog die Vorhänge auf. Ihr Schlafzimmerfenster war direkt über der Haustür. Vorsichtig spähte sie hinunter. Der Volvo war nicht mehr da. Was hatte sie denn auch erwartet? Dass Marius Engel bei seiner Oma übernachtete? Sie öffnete das Fenster, lehnte sich hinaus und sog tief die kühle, frische Luft des Septembermorgens ein. Jetzt, bei Tageslicht erschienen ihr die Geschehnisse des gestrigen Abends schon viel harmloser. Es war sicher nur ein etwas geschmackloser Scherz gewesen und sie hatte sich einfach ein bisschen zu sehr in die Idee hineingesteigert, er wolle sie bedrohen.

Sie ging in ihr Arbeitszimmer, fuhr den Computer hoch und googelte Marius Engel. Sie suchte ihn auf Facebook und bei Instagram, aber bei den vielen Einträgen mit dem scheinbar nicht gerade seltenen Namen war der Gesuchte nicht dabei. Nina nahm sich vor, keinen Gedanken mehr an gestern zu verschwenden und sich stattdessen auf den neuen Tag zu konzentrieren. Allerdings würde sie damit lieber etwas später beginnen, es war ihr noch viel zu früh. Sie war keine Lerche, sondern eine Eule. Sie arbeitete oft bis in die Nacht hinein, schlief morgens aber gerne aus. Fest entschlossen, auch heute kein früher Vogel zu sein, kroch sie zurück ins Bett, zog sich die Decke über den Kopf und versuchte, noch einmal einzuschlafen. Es gelang nicht. Nach knapp zwanzig Minuten gab sie auf, ging ins Bad und machte sich fertig für den Tag. Nachdem sie nun schon mal so früh auf den Beinen war, überlegte Nina, wie sie am besten in diesen Mittwoch starten könnte. Sie beschloss, zuerst einen ihrer geliebten Spaziergänge zu unternehmen und auf dem Rückweg frische Brötchen zu kaufen. Und sich nebenbei ein bisschen auf den Besuch von Oliver Kesting am Freitag zu freuen. Warum auch nicht?

Kapitel 4

Um kurz nach sieben Uhr verließ sie ihre Wohnung, stieg die Treppe hinunter und zog die Haustür so leise wie möglich hinter sich zu. Auf keinen Fall wollte sie Frau Mattis aufwecken, sollte die noch schlafen. Sie schlug wie gewöhnlich den direkten Weg zum Strand ein, der nur etwa fünf Gehminuten entfernt war, und ging vor bis zur Wasserkante. Es war Flut und die Wellen rollten in verlässlicher Gleichmäßigkeit heran und zogen sich wieder zurück. Der Rhythmus der Bewegung wirkte auf sie beruhigend, so dass der Gedanke an Marius Engel schon bald in den Hintergrund trat. In einiger Entfernung sah sie die Kugelbake, Cuxhavens Wahrzeichen.

Sie war noch nie so früh am Morgen hier am Strand gewesen und stellte erfreut fest, dass sie fast allein war. Die Strandkörbe waren verwaist und die Buden, an denen es tagsüber Snacks, Getränke oder Eis gab, geschlossen. Es war ein normaler Werktag außerhalb der Ferien, die Kinder waren auf dem Weg zur Schule und die Erwachsenen unterwegs zur Arbeit. Wieder einmal schätzte sie sich glücklich über die Art und Weise, mit der sie ihr Geld verdiente und durch die sie viel Freiraum und Flexibilität genießen durfte. Die Flut hatte laut Tidenkalender ihren Höchststand erreicht und das Wasser schlug mit schmatzenden Geräuschen ans Ufer. Sie marschierte am Wellenrand entlang und genoss die frische Luft, die Ruhe und die Einsamkeit, die nur von ein paar Joggern und Frühaufstehern mit ihren Hunden unterbrochen wurde.

Nach einer knappen Stunde bemerkte sie, wie hungrig sie inzwischen war, und machte sich auf den Rückweg. Sie freute sich auf ein ausgiebiges Frühstück mit frischen Brötchen, Käse, Marmelade und heißem Kaffee. Allerdings fiel ihr in diesem Moment ein, dass sie Butter und Brotbelag aufgebraucht hatte und dringend einkaufen musste. Sogar der Kaffee ging bedenklich zur Neige. Nina blickte an sich hinunter. Sie trug Jeans, ihre schwarze Fleecejacke und Sneakers, die zwar schon bessere Tage gesehen hatten, aber noch okay waren. Geld hatte sie dabei, denn die zwanzig Euro, die sie für Fälle wie diesen in ihrem Schlüsseletui aufbewahrte, würden reichen. Es sprach also nichts dagegen, im Edeka-Markt in der Duhner Strandstraße einzukaufen, bevor sie sich auf den Weg nach Hause machte.

Um Viertel vor neun erreichte sie den Lebensmittelladen und kaufte Brötchen für sich und, einer spontanen Idee folgend, auch für Frau Mattis. Sie hatte schon so oft hier eingekauft, dass sie sich mit verbundenen Augen zurechtgefunden hätte. Rasch hatte sie Kaffee und Marmelade in ihren Einkaufskorb gelegt und ging zum Kühlregal im hinteren Bereich des Ladens. Sie griff nach einem Paket von ihrem Lieblingskäse und anschließend nach der Butter, die unten im Regal lag. Als sie sich bückte, um ein Stück aus dem Karton zu nehmen, hörte sie: »Guten Morgen, Frau Bergmann. So schnell trifft man sich wieder.«

Sie hätte die Stimme überall erkannt, obwohl sie sie erst ein einziges Mal gehört hatte. Marius Engel. War er auf dem Weg zu seiner Oma oder hatte er tatsächlich bei ihr übernachtet? Bei dem Gedanken, die Nacht unter einem Dach mit dem unangenehmen Typen verbracht zu haben, wurde ihr speiübel. Doch heute früh um sechs Uhr hatte sein Auto definitiv nicht vor dem Haus gestanden, das wusste sie ganz genau. Wie auch immer, jetzt stand er jedenfalls direkt hinter ihr. So nah, dass sie sich nicht umdrehen konnte. Wo war er so plötzlich hergekommen? Der Laden war fast leer und außer der leisen Hintergrundmusik war nichts zu hören, also hätte sie ihn doch bemerken müssen. Auf keinen Fall sollte er ihr ansehen, wie sehr er sie erschreckt hatte und wie unheimlich er ihr war. Mit einem Ruck wandte sie sich um, was ihn dazu zwang, einen Schritt zurückzutreten. Der Magen drehte sich ihr um, als sie das anzügliche Grinsen in seinem schwammigen Gesicht sah.

»Guten Morgen, Herr Engel. Ja, was für ein Zufall. Kaufen Sie für Ihre Großmutter ein, oder gibt es dort, wo Sie wohnen, keine Läden?«

Er antwortete nicht, sondern durchbohrte sie genau wie gestern mit diesem unangenehmen Blick aus seinen blassen Fischaugen.

»Tja, also«, sagte sie, »ich muss los.« Sie drängte sich an ihm vorbei und zwang sich, auf dem Weg zur Kasse langsam zu gehen, damit er nicht merkte, dass sie vor ihm flüchtete. Während sie ihre Einkäufe und eine Papiertüte aufs Band legte, glaubte sie erneut, Marius Engels Blick auf sich zu spüren. Sie hob den Kopf und sah ihn sofort. Er stand bewegungslos vor dem Zeitschriftenregal und starrte sie schon wieder an. Was wollte der Typ von ihr?

»Elf sechsundachtzig, bitte«, sagte die Frau an der Kasse. Nina fischte den Zwanziger aus ihrem Schlüsseletui, ihre Hand zitterte. Die Kassiererin hatte es bemerkt, denn sie warf ihr einen forschenden Blick zu. Eilig packte Nina ihre Sachen in die Tüte.

»Acht Euro vierzehn zurück«, sagte die Kassiererin und hielt Nina ihr Wechselgeld hin. Sie winkte ab und verließ fluchtartig den Laden. Am liebsten wäre sie nach Hause gerannt, aber sie zwang sich zu einem angemessenen Tempo und vermied es, sich umzudrehen, um zu sehen, ob Marius ihr folgte. Es machte sie wütend, dass dieser Kerl sie dermaßen aus dem Konzept brachte, doch genau das war leider der Fall.

Als sie ins Haus trat und die Tür hinter sich schloss, fiel Nina ein, dass sie Brötchen für Frau Mattis gekauft hatte. Damit hatte sie einen guten Grund, bei ihrer Vermieterin zu klopfen. Vielleicht konnte sie herauszufinden, ob sie ihren Enkel losgeschickt hatte, um einige Besorgungen für sie zu machen. Wenn sie Glück hatte, würde die unheimliche Begegnung doch als Zufall verbucht werden.

»Ah, guten Morgen, meine Liebe«, sagte Gertrud Mattis, als sie die Wohnungstür öffnete. Nina begrüßte sie und hielt ihr die Brötchentüte entgegen. »Wie nett von Ihnen, danke«, freute sich die alte Dame. »Moment, ich hole nur meine Geldbörse.«

»Nein, nein«, wehrte Nina ab, »lassen Sie nur, ich möchte sie Ihnen schenken.«

»Dann sage ich nochmals vielen Dank.«

»Schön, dass Ihr Enkel sich diesmal so viel Zeit für Sie nimmt«, platzte Nina heraus, weil sie nicht wusste, wie sie das Gespräch sonst auf Marius Engel hätte lenken können.

»Wie kommen Sie darauf?«, fragte Frau Mattis erstaunt. »Vor seinem Besuch gestern habe ich ihn monatelang nicht gesehen, und wann ich ihn jetzt wieder zu Gesicht bekomme, weiß auch nur der liebe Gott.«

»Aber er ist doch ...«, begann Nina und verstummte sofort. Aber er ist doch gerade für sie im Lebensmittelladen, hatte sie sagen wollen, überlegte es sich jedoch anders. »Aber er ist doch gestern ziemlich lange geblieben, oder?«

»Na ja, wenn Sie drei Stunden lange nennen«, antwortete Frau Mattis. »Egal, ich will mich nicht beklagen. Wenigstens hat er sich mal wieder blicken lassen.«

Drei Stunden? In Ninas Kopf überschlugen sich die Gedanken. Das bedeutete, dass Marius Engel sich gegen 18 Uhr von seiner Oma verabschiedet hatte. Und dann war er wiedergekommen, um Nina vom Garten aus zu beobachten. Er hatte sein Auto irgendwo abgestellt und war heimlich zum Haus zurückgekehrt. Warum? Sie kannten sich nicht, hatten sich an dem Nachmittag zum ersten Mal gesehen. Und wenn Frau Mattis nicht wusste, dass ihr Enkel jetzt erneut in Duhnen war, bedeutete das, dass die Begegnung vorhin im Laden kein Zufall war. Er hatte gewusst, dass Nina dort war. Er war ihr gefolgt. Wie lange schon? Und wieso um alles in der Welt?

»Ist Ihnen nicht gut?«

Sie hörte die Worte von Frau Mattis wie durch Watte. Sie reagierte erst, als die alte Dame ihr die Hand auf den Arm legte. Nina zwang sich zu einem Lächeln. Sie wollte ihre freundliche und liebenswerte Vermieterin auf keinen Fall beunruhigen.

»Es geht schon, danke. Mir ist nur ein bisschen flau im Magen. Es wird Zeit, dass ich endlich frühstücke.«

»Tun Sie das«, nickte Frau Mattis. »Es gibt kaum etwas, was sich durch ein gute Tasse Kaffee nicht zum Besten wendet.«

Kapitel 5

Zwei Tage lang vergrub sie sich in ihre Arbeit. Um sich von trüben Gedanken oder unschönen Zwischenfällen abzulenken, gab es nichts Besseres als ein gutes Buch. Und es war völlig egal, ob man es las, übersetzte oder schrieb. Letzteres war allerdings nur eine Vermutung, denn als Autorin hatte sie sich bisher nicht versucht. Aber was nicht war, konnte ja noch werden.

Dank ihres Arbeitseifers hatte sie den Roman über die Kammerzofe der Katharina von Aragon am Freitag gegen Mittag fertig übersetzt. Jetzt würde sie sich ohne schlechtes Gewissen ein faules Wochenende gönnen. Der nächste Auftrag lag zwar bereits auf ihrem Schreibtisch, aber der Termin für die Fertigstellung lag in weiter Ferne, so dass sie nicht sofort damit anfangen musste. Nina blätterte durch ihren Outlook-Kalender und fand den Eintrag für den heutigen Abend. Oliver Kesting aus Stade wollte um 18 Uhr hier sein, um herauszufinden, ob sein Papageienweibchen eine passende Gefährtin für Jeffrey war. Da es erst kurz nach eins war, beschloss sie, zu ihrem Lieblingsrestaurant *Leuchtfeuer* zu gehen, das ebenfalls in der Duhner Strandstraße lag, und dort eine Kleinigkeit zu essen. Sie zog eine leichte Jacke an, denn die Sonne hatte heute den Kampf gegen die Wolken verloren und der Wind wehte scharf von der See heran.

Als sie die ersten Treppenstufen hinuntergegangen war, sah sie Frau Mattis. Sie stand mit dem Rücken zu ihr und war damit beschäftigt, abgestorbene Wedel von der Yuccapalme im Eingangsbereich zu entfernen. Wenn Nina jetzt wie aus dem Nichts auftauchte, würde die alte Dame einen Riesenschreck bekommen, denn sie war schwerhörig, was für eine Mieterin mit Graupapagei durchaus Vorteile hatte. Sie ging noch einmal hinauf zu ihrer Wohnungstür, schloss auf und ließ die Tür mit einem lauten Knall zufallen. Frau Mattis drehte sich daraufhin sofort zur Treppe um und winkte Nina zu.

»Hallo, Frau Bergmann! Wie geht es Ihnen heute?«

»Gut, vielen Dank. Und selbst?«

»Ach, wissen Sie«, erwiderte die Vermieterin, »ich bin wie immer in meinem eigenen Bett aufgewacht und mir tut nichts weh. Mehr darf ich in meinem Alter wohl nicht erwarten.«

Nina lächelte und überlegte, wie sie das Gespräch geschickt noch einmal auf Marius Engel lenken könnte. »Hoffentlich besucht Sie Ihr Enkel bald wieder«, sagte sie so beiläufig wie möglich, »weil Sie sich doch so sehr darüber gefreut haben.«

»Ja, das habe ich«, bestätigte Frau Mattis, »aber er ist beruflich ziemlich eingespannt und hat wenig freie Zeit. Die will er dann wohl kaum mit seiner Oma vergeuden.«

»Muss er eigentlich weit fahren, um Sie zu sehen?«

»Nein, gar nicht. Er wohnt in Otterndorf. Da ist er aufgewachsen und dahin ist er auch nach der Ausbildung zurückgekehrt. Er ist Fachmann für Computer, wissen Sie?«, gab Gertrud Mattis bereitwillig Auskunft.

Otterndorf. Nur zwanzig Kilometer von Cuxhaven entfernt. Nina hätte sich eine größere Distanz zwischen sich und diesem gruseligen Kauz gewünscht. »Und dort wohnt er mit seiner Frau oder Freundin?«, bohrte sie.

»Nein, Marius lebt alleine in einer kleinen Mietwohnung. Eine Freundin hat er, soviel ich weiß, noch nie gehabt. Ich glaube, der Junge ist zu schüchtern.«

Zu schüchtern, um mich anzustarren, zu beobachten und zu verfolgen, ist er jedenfalls nicht, dachte Nina im Stillen. Laut sagte sie: »Vielleicht hängt es ja damit zusammen, dass seine Mutter früh gestorben ist. Was ist denn mit Marius' Vater? Bestimmt hat Ihr Enkel dafür einen engen Kontakt zu Ihrem Schwiegersohn, oder?«

Über das Gesicht von Frau Mattis legte sich ein Schatten. »Nein, hat er nicht. Er hat niemanden mehr außer mir. Das ist eine sehr schlimme Geschichte. Ich erzähle Sie Ihnen, wenn Sie möchten.« Sie wartete kaum Ninas zustimmendes Nicken ab, da schlug sie auch schon vor: »Wollen wir zu mir reingehen?«

Nina folgte ihr in die Wohnung. Sofort schlug ihr der Geruch von gebratenen Zwiebeln entgegen. Scheinbar hatte Frau Mattis bereits gegessen, noch dazu recht deftig. Über den Flur, der von einer wuchtigen Eichenholzgarderobe beinahe komplett ausgefüllt wurde, kamen sie in das Wohnzimmer. Hier gab es eine Anrichte und in der Ecke ein Fernsehtischchen, ebenfalls aus Eiche. In der Mitte des Raumes stand eine beigefarbene Sitzgruppe. Auf dem niedrigen Couchtisch war eine Programmzeitschrift aufgeschlagen, obenauf ein Kugelschreiber, und über der Armlehne des Sofas lag eine ordentlich zusammengefaltete Wolldecke. Die Farben Braun und Beige dominierten das gesamte Zimmer, die einzigen bunten Akzente setzten die üppig blühenden Orchideen, die auf der Fensterbank aufgereiht waren.

»Eine Pracht, finden Sie nicht?«, fragte Gertrud Mattis, die Ninas Blick gefolgt war. »Nehmen Sie doch bitte Platz, ich bin gleich wieder da.«

Vom Sofa aus sah Nina sich weiter um. Auf der Anrichte entdeckte sie mehrere gerahmte Fotos. Das erste war eine Schwarzweißaufnahme von einem gut aussehenden Mann um die fünfzig. Daneben stand ein Portrait von Marius Engel, das vor nicht allzu langer Zeit entstanden sein musste. Bei der Betrachtung des Bildes lief Nina wieder ein Schauer über den Rücken. Schnell lenkte sie ihre Aufmerksamkeit auf das dritte Foto. Es zeigte ein Paar an seinem Hochzeitstag. Der Kleidung nach stammte die Aufnahme aus den achtziger Jahren. In den Gesichtszügen des Mannes entdeckte Nina Ähnlichkeiten mit Marius, also waren das hier vermutlich seine Eltern bei ihrer Hochzeit. In diesem Augenblick kehrte Gertrud Mattis ins Wohnzimmer zurück, in der einen Hand eine Flasche Likör und in der anderen zwei Gläser.

»Gegen ein Gläschen nach dem Mittagessen ist wohl nichts einzuwenden«, verkündete sie und setzte sich neben ihren Gast auf das Sofa. Sie schenkte großzügig ein und prostete Nina zu. »Auf unsere gute Nachbarschaft, Frau Bergmann. Ich bin froh, eine Mieterin wie Sie zu haben. Mit niemandem würde ich lieber das Haus teilen, das mein Helmut für uns gebaut hat.«

»Vielen Dank, darüber freue ich mich sehr«, sagte Nina verlegen. Mit einer Kopfbewegung zu der Fotogalerie auf der Anrichte fragte sie: »Ist das auf dem Foto Ihr Mann?«

»Ja, das ist mein Helmut. Wir kannten uns schon in unserer Schulzeit, und als wir dann in die Lehre gingen, hat er damit begonnen, um mich zu werben.«

Zu werben. Diesen Ausdruck las Nina gelegentlich in Büchern, gehört hatte sie ihn schon lange nicht mehr, aber er gefiel ihr. Er machte das, was dahintersteckte, wertvoll und einzigartig.

»Vier Jahre hat es bis zur Verlobung gedauert und noch mal zwei bis zur Hochzeit.«

Nina seufzte. »Das alles passierte damals irgendwie viel geduldiger, ernsthafter und behutsamer. Leider haben sich die Zeiten geändert.«

»Nein, meine Liebe. Nicht die Zeiten haben sich geändert. Nur die Menschen.«

Einen Moment überlegte Nina, ob sie Frau Mattis mit ihrer nächsten Frage vielleicht zu nahe trat, aber sie überwand sich. »Sind Sie schon lange alleine?«

Gertrud Mattis nickte. »Auf dem Bild ist Helmut achtundvierzig. Ein Jahr danach ist er gestorben. Herzinfarkt.« Sie zog ein Taschentuch mit Häkelspitze aus ihrer Rocktasche und tupfte sich eine Träne aus dem Augenwinkel. Dann räusperte sie sich, drückte den Rücken durch und fügte mit verbittertem Tonfall hinzu: »Wenigstens musste er nicht mehr erleben, was für einen grässlichen Mann unsere einzige Tochter geheiratet hat.«

»Die Braut auf dem Hochzeitfoto da drüben ist Ihre Tochter, stimmt's?«

»Ja. Das war im August 1988. Sie kannte ihn erst ein paar Monate, und ich habe ihr gesagt, dass das alles viel zu schnell geht, aber sie wollte nicht auf mich hören. Welches Mädchen hört schon auf die Ratschläge der Mutter, wenn es glaubt, der Prinz auf dem weißen Pferd sei eingetroffen? Außerdem war sie zu dem Zeitpunkt bereits mit Marius schwanger. Er ist im März 1989 geboren, und damit nahm das Verhängnis seinen Lauf.«

»Wie meinen Sie das?«, hakte Nina vorsichtig nach.

»Ach, lassen wir die alte Geschichte lieber ruhen. Genau wie meine selige Tochter.«

Draußen zeigte sich zum ersten Mal an diesem Tag die Sonne. Sie schien durch die blitzblank geputzte Fensterscheibe, als wollte sie ihren Teil dazu beitragen, die Stimmung im Raum aufzuhellen. Der Blick von Gertrud Mattis verlor sich in den Staubkörnchen, die im Strahl des Sonnenlichts herumwirbelten. Nina nippte an ihrem Likör und überlegte fieberhaft, wie sie die alte Dame zum Weiterreden bewegen konnte. Sie wollte sie auf keinen Fall quälen, aber sie musste herausfinden, was mit Marius nicht stimmte. Und sie war sicher, dass das, was seine Großmutter zu erzählen hatte, ihr dabei helfen würde.

»Was war sie für ein Mensch, Ihre Tochter?«, fragte Nina und legte als Zeichen ihres Mitgefühls ihre Hand auf die von Gertrud Mattis. Die Berührung weckte die alte Dame aus ihrem tranceartigen Zustand.

»Sie war freundlich, warmherzig, hilfsbereit, aber leider auch leicht zu blenden und zu beeinflussen. Sie sah immer nur das Gute in den Menschen und liebte das Leben. Deshalb ist es ja so furchtbar, dass ihres nicht einmal vierzig Jahre dauerte.« Frau Mattis wischte sich erneut mit dem Taschentuch über die Augen und seufzte. Dann hob sie den Kopf und sah Nina mit traurigem Lächeln an.

»Wissen Sie, dass Sie mich an meine Tochter erinnern? Und ich meine damit nicht nur Ihr hübsches Gesicht, Ihre blonden Haare und Ihre zierliche Figur. Ich meine Ihre Freundlichkeit und Ihr herzliches Wesen. Ich bin sicher, dass die Ähnlichkeiten auch meinem Enkel aufgefallen sind.«

Selbst wenn Nina darin eine Erklärung für Marius Engels seltsames Verhalten gesehen hätte, sie rechtfertigte es beim besten Willen nicht. Nina räusperte sich, bevor sie fragte: »Hatte er ein gutes Verhältnis zu seiner Mutter?«

»Ja, die beiden haben sich von Herzen geliebt, und genau das war ihm ein Dorn im Auge.«

»Warum? Das war doch schön für ihn.«

»Ich rede nicht von Marius«, klärte Frau Mattis Nina auf, »ich rede von seinem Erzeuger. Ich nenne ihn so, weil er sich dem Jungen gegenüber nicht einen einzigen Tag lang wie ein Vater verhalten hat.«

»Lebt er noch?«, fragte Nina.

»Nein. Und ich kann nicht behaupten, dass mir das leidtut. Aber jetzt möchte ich lieber nicht mehr über dieses leidige Thema sprechen. Wissen Sie, normalerweise mache ich um diese Zeit ein kurzes Mittagsschläfchen.«

Nina verstand die versteckte Aufforderung und verabschiedete sich.

Kapitel 6

Es war zu spät, um noch ins Restaurant zu gehen. Sie holte ihre Post aus dem Briefkasten. Außer dem Werbeflyer eines Stromanbieters und der Speisekarte eines Pizza-Bringdienstes fand sie eine Ansichtskarte, auf der die Bremer Stadtmusikanten abgebildet waren. Sie drehte die Karte um und lachte. *Damit du die Heimat nicht vergisst*, stand da in Peters markanter Handschrift.

Während sie die Stufen hinaufstieg, dachte sie wieder an die soeben geführte Unterhaltung mit Frau Mattis. Ihr war klar, dass sie »dieses leidige Thema«, wie die Vermieterin es genannt hatte, nicht eher würde ruhen lassen können, bis sie alles darüber wusste. Sie würde nicht lockerlassen. Die Karte von Peter befestigte sie an der Pinnwand in der Küche, schmierte sich ein paar Brote und machte es sich mit klassischer Musik auf dem Sofa bequem. Doch immer wieder schob sich das Bild von Marius Engels Gesicht in ihre Gedanken.

Nina schreckte hoch. Der leere Teller, der auf der Armlehne gestanden hatte, fiel polternd auf den Laminatfußboden, zum Glück blieb er heil. Sie war tatsächlich eingeschlafen und jetzt völlig durcheinander. Einen kurzen Augenblick fragte sie sich, warum sie auf dem rechten Auge nichts sehen konnte, aber dann wurde ihr klar, dass eine Muschel ihres verrutschten Kopfhörers ihr die Sicht nahm. In solchen Momenten war es wahrlich ein Segen, wenn man allein lebte. Wer wollte schon gerne in einem derart derangierten Zustand gesehen werden?

Das Piepen ihres Handys, das den Eingang einer SMS verkündete und das sie geweckt hatte, wiederholte sich. Was war da los? So viele Nachrichten bekam sie sonst in einer ganzen Woche nicht. Sie griff nach dem Mobiltelefon, aber genau in dem Moment klingelte der Festnetzapparat, der in der Ladestation neben dem Fernseher steckte. Nina stand auf und nahm das Gespräch entgegen.

»Hallo?«

»Hier auch hallo!«

»Ach, du bist es, Peter. Alles klar bei dir?«

»Das wollte ich dich gerade fragen. Du klingst verwirrt«, stellte Peter fest. Sie warf einen Blick zum Couchtisch, auf dem das Display ihres Handys endlich nicht mehr leuchtete. Von Sekunde zu Sekunde wurde sie neugieriger auf den Absender der Nachrichten. Wer verschickte denn heutzutage eine SMS? Ninas Freunde und Bekannte meldeten sich per WhatsApp oder riefen direkt an. Und ihre Auftraggeber kommunizierten mit ihr per E-Mail.

»Ich war auf dem Sofa eingeschlafen und bin noch nicht ganz wach«, antwortete sie entschuldigend.

»Du schläfst doch nie mitten am Tag. Bist du krank? Soll ich vorbeikommen und dir was aus der Apotheke holen?«

Sie schüttelte lächelnd den Kopf. Peter meinte es nur gut, aber manchmal übertrieb er es mit seiner Fürsorge. Immerhin trennten sie hundert Kilometer. »Danke, es geht mir gut. Wirklich. Wolltest du etwas Bestimmtes?«

»Nein, nur wissen, ob es bei unserer Verabredung morgen bleibt. Wenn ich gewusst hätte, dass ich dich störe ...«

Der beleidigte Unterton in Peters Stimme war nicht zu überhören. »Du störst nie«, sagte sie leichthin und wechselte das Thema. »Hast du übrigens daran gedacht, dass heute der Geburtstag deiner Schwester Frauke ist? Sie würde sich bestimmt über deinen Anruf freuen.«

»Du erinnerst mich jedes Jahr daran, und ich sage dir immer wieder, dass mir das vollkommen egal ist«, erwiderte Peter mürrisch.

»Und genau das verstehe ich nicht. Sie ist deine einzige Schwester, und wir haben sie nur einmal besucht, als ich ein kleines Kind war. Lebt sie noch auf Neuwerk?«

»Interessiert mich nicht.«

»Und warum nicht?«

»Ist nun mal so.«

Sie sah ein, dass es keinen Zweck hatte, weiter mit Peter über seine Schwester sprechen zu wollen. »Okay«, lenkte sie ein. »Bei unserer Verabredung morgen bleibt es auf jeden Fall. Ich freue mich schon darauf.«

»Das ist gut«, meinte Peter zufrieden. »Also bis morgen Abend.«

»Ja, bis morgen.«

Sie steckte das Telefon wieder in die Ladestation, ging zurück zum Couchtisch und griff nach ihrem Handy. Neun Kurznachrichten hatte sie empfangen. Alle von derselben ihr unbekannten Nummer. Während sie die Nachrichten las, ließ sie sich aufs Sofa fallen und wurde immer fassungsloser.

Du bist nicht allein.

Ich passe auf dich auf.

Ich bin in deiner Nähe.

Ich sehe dich.

Ich bin immer da.

Du wirst mich nicht mehr los.

Du weißt, dass ich da bin.
Ich bin bei dir.
Nina, hab keine Angst.

Sie warf das Handy auf den Tisch, als hätte sie sich daran verbrannt. Besonders die letzte SMS war der reinste Hohn, denn wer würde bei solchen Nachrichten keine Angst bekommen? Gleichzeitig zerstörte diese Botschaft jede Hoffnung, dass jemand die falsche Nummer gewählt hatte und alles ein Irrtum war. Da stand ihr Name, alles war für sie bestimmt. Keine Sekunde zweifelte sie daran, dass Marius Engel dahintersteckte. Vor drei Tagen hatte sie ihn kennengelernt und ausgerechnet jetzt bekam sie zum allerersten Mal in ihrem Leben solch einen anonymen Dreck. An ein zufälliges Zusammentreffen der beiden Ereignisse glaubte sie nicht. Zumal er sie ja tatsächlich beobachtete, von leeren Drohungen konnte daher keine Rede sein. Nina warf einen Blick durchs Fenster. Der Himmel hing voller schwerer Wolken, es sah dunkel und ungemütlich aus. Schnell zog sie alle Vorhänge zu.

In der Küche öffnete sie eine Flasche Rotwein, goss sich ein Glas ein und leerte es in einem Zug. Sie musste ruhig bleiben. Cool mit der Situation umgehen. Sich nicht einschüchtern lassen. Dieser Blassbacke sollte möglichst schnell die Lust an seinen perfiden Spielchen vergehen. Sie blockierte auf ihrem Handy die Nummer, von der die Nachrichten geschickt worden waren und beschloss, Peter nicht in die Geschichte einzuweihen. Er würde sonst wieder pausenlos versuchen, sie zu einer Rückkehr nach Bremen zu überreden. In ihrem Elternhaus gab es eine Einliegerwohnung, die er ihr bereits zig Mal angeboten hatte. Mietfrei. Aber sie wollte nicht zurück nach Bremen. Sie hatte den Ortswechsel gebraucht, um einen Strich unter das Kapitel ihrer Ehe mit Lars zu ziehen. Obwohl sie Penny, ihre beste Freundin, vermisste und nur selten treffen konnte, hatte sich der Umzug nach Cuxhaven vom ersten Tag an richtig angefühlt. Sie fühlte sich wohl hier. Gut aufgehoben. Zu Hause. Und bis vor drei Tagen auch sicher. Warum musste dieser Marius Engel auftauchen und sich in ihre Gedanken und ihr Leben drängen?

Sie schenkte sich noch ein Glas Wein ein und trank es wieder komplett aus. Nein, sie würde den Störenfried nicht in ihrer beschaulichen kleinen Welt dulden. Sie würde ihre ganze Kraft dafür einsetzen, ihn loszuwerden. Zuerst wollte sie so schnell wie möglich alles aus Frau Mattis herausquetschen, was die ihr über ihren Enkel erzählen konnte. Je mehr sie über ihn Bescheid wusste, umso besser würde sie sich gegen ihn behaupten können. Und wenn er erst einmal merkte, dass sie kein hilfloses Weibchen, sondern eine gestandene Frau war, die sich nicht einschüchtern ließ, würde ihm bestimmt bald die Puste ausgehen. Dann würde er so schnell verschwinden, wie er aufgetaucht war, und Peter musste von allem nichts erfahren.

»Du machst mir keine Angst, du durchgeknallter Wurm«, sagte sie laut und überhörte selbstgnädig das leichte Zittern in ihrer Stimme. Sie reckte die Nase so hoch sie konnte, um sich eine selbstbewusste Haltung zu verpassen. Dann nahm sie die Weinflasche, um sich erneut nachzuschenken.

In diesem Moment klingelte schon wieder das Telefon. Nina stellte die Flasche so unsanft auf die Arbeitsplatte, dass ein bisschen Wein herausschwappte. Entschlossen ging sie zum Apparat und riss ihn aus der Ladestation.

»Was?«, bellte sie in den Hörer.

»Äh, Frau Bergmann? Sind Sie es? Hier spricht Oliver Kesting.«

Ihre wurde flau, als sie die nette Stimme aus Stade erkannte und sich ihrer eigenen Unfreundlichkeit in vollem Maße bewusst wurde. »Oh, Herr Kesting, Sie sind es«, sagte sie überflüssigerweise, dafür aber deutlich liebenswürdiger. Hoffentlich wollte er nicht absagen. Sie konnte ein bisschen unterhaltsame Gesellschaft heute Abend gut gebrauchen.

»Ich werde es leider nicht schaffen, wie vereinbart um achtzehn Uhr bei Ihnen zu sein. Macht es Ihnen etwas aus, wenn ich eine halbe Stunde später komme?«

»Nein, das ist wirklich gar kein Problem. Ich habe heute nichts mehr vor und Jeffrey kennt die Uhr sowieso nicht«, antwortete sie und hörte selbst, wie künstlich ihr Lachen klang.

»Jeffrey?«

»Mein Papagei«, erinnerte sie ihn. Na, der Witz hatte ja ganz toll funktioniert.

»Klar, natürlich.« Oliver Kesting war so nett, nachträglich über ihren Scherz zu lachen. »Dann also bis nachher, so ungefähr um halb sieben.«

»Ja, bis später. Und gute Fahrt.«

Nachdem sie aufgelegt hatte, warf sie einen Blick auf ihre Armbanduhr. Sie hatte noch zwei Stunden, bis Herr Kesting aus Stade eintraf. Genug Zeit, um ein entspannendes Bad zu nehmen und den leichten Schwips loszuwerden, der sich nach den beiden hastig getrunkenen Gläsern Rotwein bemerkbar machte.

Um drei Minuten nach halb sieben klingelte es. Nina warf einen letzten Blick in den Spiegel an der Garderobe. Sie trug eine enge Jeans, die ihre schlanke Figur perfekt zur Geltung brachte, und eine weiße Bluse. Das richtige Schuhwerk hatte ihr etwas Kopfzerbrechen bereitet. Sie wollte ihren Gast auf keinen Fall in Pantoffeln empfangen, aber Pumps oder Stiefeletten wären in der eigenen Wohnung unpassend gewesen. Und da sie die Meinung von Guido Maria Kretschmer teilte – Ballerinas waren absolut keine Lösung – besaß sie keine. Schließlich hatte sie sich für ihre weißen Sneakers entschieden. Außerdem hatte sie Wimperntusche und Lipgloss aufgelegt. Auf Rouge konnte sie verzichten, die beiden Gläser Rotwein hatten nachhaltig für rosige Wangen gesorgt. Zufrieden lächelte sie ihrem Spiegelbild zu. Adrett, aber nicht aufgedonnert, also genau richtig. Sie öffnete die Wohnungstür, drückte auf den Summer für die Haustür und wartete gespannt, ob die Optik des Herrn Kesting aus Stade hielt, was seine Stimme versprochen hatte.

Kapitel 7

Marius

Die hohe Hecke der Nachbarn war ein Segen. Von hier aus konnte er das Haus seiner Oma beobachten, ohne gesehen zu werden. Nur deren Köter, ein ungefährlicher, jedoch ständig kläffender Terrier, hatte anfangs ein Problem dargestellt, nach ein paar Leckerlis waren sie aber Freunde geworden. Jetzt gab der Hund keinen Laut mehr von sich, wenn Marius hinter den Eiben Stellung bezog. Seit fast drei Stunden stand er hier.

Eine SMS nach der anderen hatte er wie Schüsse aus einem Maschinengewehr auf sie abgefeuert und war enttäuscht, dass sie die Textnachrichten nicht sofort las. Scheinbar bekam sie das gar nicht mit. Denn sie telefonierte zehn Minuten mit wem auch immer, dann endlich rief sie die Nachrichten auf. Die Panik, die sich auf ihrem Gesicht abzeichnete und die er sogar von seinem Versteck aus sehen konnte, entzückte ihn geradezu. Gleich darauf hatte sie die Vorhänge zugezogen, aber das machte nichts. Es war nicht schwer, sich vorzustellen, wie sie aufgeregt in ihrer Wohnung umherlief. Irritiert, ängstlich und völlig ahnungslos, wer ihr die Botschaften geschickt haben könnte.

Kapitel 8

Gab es sie wirklich, die Liebe auf den ersten Blick? Nina hatte das Gefühl, vom Blitz getroffen worden zu sein, als Oliver Kesting das Haus im Wehrbergsweg betrat. Seine große und sportliche Statur, seinen lässigen Style und sein markantes, wenn auch nicht im klassischen Sinne schönes Gesicht gefielen ihr auf Anhieb. In der linken Hand hielt er einen wunderschönen Blumenstrauß. Nina hätte nicht sagen können, was mehr lächelte, sein Mund oder seine Augen. Und dieses Lächeln ließ ihr Herz schneller schlagen und ihre Knie zittern. Oliver Kesting drehte sich um und schloss die Haustür hinter sich, wodurch Nina feststellen konnte, dass seine Kehrseite ebenso ansehnlich war. Dann stieg er, immer zwei Stufen zugleich nehmend, die Treppe zu ihr herauf und hielt ihr die Blumen unter die Nase.

»Guten Abend. Danke, dass ich herkommen durfte.«

Nichts lieber als das, dachte sie, während sie den Strauß entgegennahm. »Oh, vielen Dank, das wäre aber nicht nötig gewesen. Bitte, kommen Sie herein.«

Als er sich an ihr vorbei in die Wohnung schob, konnte sie sein Parfum riechen. Boss bottled. An ihm roch es ganz besonders gut. Nina zeigte ihm den Weg ins Wohnzimmer und bat ihn, sich zu setzen.

»Möchten Sie vielleicht ein Glas Rotwein? Oder lieber ein Bier?«

»Wasser bitte, ich muss ja noch fahren.«

»Natürlich, kommt sofort«, sagte sie und ging in die Küche. Sie nahm eine Flasche Mineralwasser aus der Kiste und holte mit einem bedauernden Blick auf die halb volle Weinflasche vom Nachmittag zwei Wassergläser aus dem Schrank. Es wäre bestimmt kein guter Anfang, wenn sie gleich am ersten Abend dem Alkohol verfiele. Anfang? Anfang wofür? Er sucht ein Zuhause für seinen Papageien, wies sie sich in Gedanken zurecht. Ein neues Heim für seinen Vogel. Sonst nichts.

Als sie ins Wohnzimmer zurückkehrte, stand Oliver Kesting vor der Wand mit Ninas Familienfotos. »Sind Sie das?« Er zeigte auf ein Bild, auf dem sie am Strand im Sand buddelte.

»Ja, da war ich drei.«

»Wirklich süß«, sagte er und nahm das Glas entgegen, das sie ihm hinhielt. Ihre Finger berührten sich kurz und Nina erlebte den zweiten Stromschlag des Abends.

»Wohnen Sie schon immer in Cuxhaven?«

»Nein, ich komme aus Bremen und bin nach meiner Scheidung hergezogen. Ich dachte, ich heile am besten dort, wo meine schönsten Erinnerungen sind.«

»Eine kluge Entscheidung. Hat es geklappt, das mit dem Heilen?«, wollte er wissen.

»Absolut. Es ging mir nie besser.« Abgesehen davon, dass ich per SMS von einem Irren bedroht werde, fügte sie im Stillen hinzu, schob den Gedanken aber schnell beiseite.

»Wie schön. Darf ich ihn jetzt sehen?«

»Wen?«, fragte sie begriffsstutzig.

»Jeffrey. Ich möchte doch wissen, bei wem meine Clara vielleicht einzieht.«

»Ja, klar. Deshalb sind Sie ja hier. Kommen Sie.«

Im Arbeitszimmer ließ Oliver Kesting den Blick langsam und interessiert über Ninas Bücherregale und ihren Schreibtisch wandern, sagte aber nichts. Dann trat er näher an den großen Vogelkäfig heran.

»Hey, Jeffrey.«

»Grrrüß Gott«, krakeelte Jeffrey.

»Was für ein höflicher Geselle«, lachte Ninas Besucher.

»Nur leider sehr bayernlastig«, bedauerte sie. »Ein Überbleibsel der fragwürdigen Erziehung durch meinen Exmann.«

»Ja, ja, ja«, tönte es aus dem Käfig.

»Kein Problem, Jeffrey«, wandte Oliver Kesting sich wieder dem Vogel zu, »alles okay.«

»Okay, okay«, bestätigte Jeffrey und nickte heftig.

»Wie heißt eigentlich Ihr Papagei?«, fragte Nina ihren Gast.

»Clara. Clara mit C.«

»Natürlich. Mit K wäre es viel zu gewöhnlich.«

Oliver Kesting quittierte Ninas Bemerkung mit einem breiten Grinsen, das ihn noch sympathischer aussehen ließ.

»Clara mit C wegen Clara Schumann. Mein Vater war ein glühender Verehrer der Komponistin. Übrigens spricht Clara nicht viel, aber das ist vielleicht auch gut so, denn Jeffrey redet dafür scheinbar umso mehr. Ich bin schon jetzt davon überzeugt, dass Jeffrey ein hervorragender Gefährte und Sie genau das richtige Frauchen für Clara wären.«

Der Blick, mit dem er sie ansah, war so intensiv, dass Nina sich wünschte, sie wäre auch für ihn das richtige Frauchen. Ihr Hals war trocken, sie musste sich räuspern, bevor sie sagte: »Dann sollten Sie sie möglichst bald umsiedeln lassen. Ich freue mich darauf, Clara mit C kennenzulernen. Wollen wir jetzt zurück ins Wohnzimmer gehen?«

Oliver Kesting machte sich erst nach Mitternacht auf den Heimweg. Bis dahin hatten sie einander das Du angeboten und sich gegenseitig so viel von sich erzählt, dass sie das Gefühl hatte, ihn bereits seit Langem zu kennen. Sie gestand sich ein, dass sie dabei war, sich in den Mann aus Stade zu verlieben. Und auch in seinen Blicken glaubte sie, mehr als nur höfliches Interesse zu erkennen. Schon jetzt freute sie sich auf den Tag, an dem er Clara zu ihr bringen und sie ihn wiedersehen würde. Er hatte sich ihre Nummer notiert und würde sich melden, um einen Termin zu vereinbaren.

Sie stellte die Gläser in die Spülmaschine und wollte gerade ins Schlafzimmer gehen, als ihr Handy piepte. Vielleicht war es eine SMS von Oliver? Um ihr mitzuteilen, dass er den Abend genauso wie sie genossen hatte? Aber dann sah sie, dass die Nachricht erneut von einer unbekannten Nummer kam, genau wie die heute Nachmittag. Während sie die Botschaft las, überzog eine Gänsehaut ihren Körper.

Wer war der Typ? Wäre besser, wenn er sich hier nicht mehr blicken ließe.

Das Essen mit Peter am Samstagabend war eine einzige kulinarische Sünde. Er ging mit ihr ins *Duhner Strandhaus*, weil sie das Restaurant schon als Kind geliebt hatte. Durch die riesigen Panoramafenster konnte man direkt auf die Nordsee schauen. Bei schlechtem Wetter hatte Nina hier zusammen mit Mama und Peter unzählige Stücke Kuchen vertilgt, leckeren Kakao getrunken und darüber gesprochen, was sie alles unternehmen wollten, sobald der Regen aufhörte. Seit sie erwachsen war, bevorzugte Nina die erlesenen Speisen, die abends serviert wurden, aber den Blick auf die See liebte sie unvermindert. Wenn die Containerfrachter unterwegs nach Hamburg auf der Weltschifffahrtsstraße von der Nordsee in die Elbe einbogen oder den umgekehrten Weg fuhren, war sie jedes Mal wieder so fasziniert wie als Kind.

Sie verbrachte mit Peter einen kurzweiligen und harmonischen Abend. Ihre Unterhaltung drehte sich hauptsächlich um Ninas Arbeit und Peters Reisepläne. Als Lehrer für Geschichte und Erdkunde hatte er jahrzehntelang über die Welt referiert. Vor zwei Jahren, mit gerade mal achtundfünfzig, hatte er sich aus dem Schuldienst verabschiedet. Ein befreundeter Arzt hatte ihm geholfen, die Frühpension durchzuboxen. Viele Lehrer waren vor dem Erreichen des eigentlichen Pensionsalters ausgebrannt und dem Druck ihres Berufes nicht mehr gewachsen und in Peters Fall war sogar noch der Verlust seiner Frau nach schwerer Krankheit dazugekommen. Jetzt genoss er sein Rentnerdasein und wollte all die Städte und Länder sehen, über die er mit seinen Schülern Jahr für Jahr gesprochen hatte. Schon oft hatte er versucht, seine Stieftochter zu überreden, ihn zu begleiten, aber sie verspürte nicht das geringste Fernweh. Das hatte sie von ihrer Mutter geerbt. Cuxhaven und die Nordsee waren für sie alles, was sie von der großen weiten Welt brauchte.

Kapitel 9

Den ganzen Sonntag über hatte sie auf dem Sofa gelegen und sich eine Folge nach der anderen von ihrer Lieblings-Netflix-Serie *The Crown* angesehen. Sie mochte die Geschichten über das britische Königshaus. Vielleicht wäre die Queen not amused gewesen über so viel Faulenzerei, aber das Wetter ließ kaum Alternativen zu, denn: *It was raining cats and dogs.* Am Nachmittag fragte Oliver per WhatsApp, ob es ihr passen würde, wenn er am Freitagabend käme, um Clara zu bringen. Sie sagte den Termin zu und überlegte, ob sie schreiben sollte, dass sie sich darauf freute, ihn wiederzusehen, entschied sich jedoch dagegen. Lieber nicht zu dick auftragen. Umso mehr gefiel ihr, als eine weitere Nachricht von Oliver kam: *Dann bis Freitag, ich freue mich darauf, dich wiederzusehen.*

Gegen Abend brannten ihre Augen von den vielen Stunden vor der Flimmerkiste. Zum Arbeiten hatte sie keine Lust, zum Spazierengehen war es bereits zu spät, aber um ins Bett zu gehen, wiederum zu früh. Sie ging zum Wohnzimmerschrank, holte die alten Fotoalben hervor und gab sich ihren Erinnerungen hin.

Auf einem einzigen Foto entdeckte sie Peters Schwester Frauke. Bei ihrem allerersten Besuch auf Neuwerk zusammen mit Mama und Peter war sie sieben oder acht Jahre gewesen und sie erinnerte sich nur bruchstückhaft an den Tag. Die Fahrt mit der Kutsche durch das Watt hatte Spaß gemacht. Vor Frauke hatte sie im ersten Moment Angst gehabt, denn sie sah genauso aus wie die Hexe in ihrem Märchenbuch. Sehr groß, sehr dünn, mit einem hageren Gesicht und einem Blick, mit dem sie einen scheinbar durchbohrte. Nina hatte damals aber trotz ihres jungen Alters schnell begriffen, dass Frauke viel netter war, als ihr Aussehen vermuten ließ.

Im Laufe des Nachmittags war dann ein Streit zwischen Frauke und Mama und Peter entstanden. Worum es gegangen war, wusste Nina nicht. Sie waren danach nie wieder zusammen nach Neuwerk gefahren, und Peter wollte bis heute nichts mehr von Frauke wissen, obwohl Nina ihn Jahr für Jahr zu Weihnachten und zum Geburtstag an seine einzige Schwester erinnerte. Dass Nina kurz nach dem Abitur einen erneuten Ausflug nach Neuwerk unternommen hatte, wusste Peter bis heute nicht. Damals hatte sie eine Woche alleine in Duhnen verbracht und war mit der Fähre übergesetzt, um Frauke zu besuchen. Nicht aus Sentimentalität oder wegen irgendwelcher familiären Gefühle, sondern weil sie eine rebellische Phase ihren Eltern gegenüber gehabt hatte und sich bei ihrem Ausflug auf die Insel sehr verwegen vorgekommen war.

Dass ihr Stiefvater den Kontakt zu Frauke nach wie vor ablehnte, hieß aber nicht, dass Nina es genauso machen musste.

Einem spontanen Entschluss folgend, setzte sie sich an den Küchentisch und schrieb einen Brief an ihre Tante, in dem sie ihr nachträglich zum Geburtstag gratulierte. Auf Neuwerk wohnten ihrer Internetrecherche nach nur knapp 40 Menschen, es war deshalb davon auszugehen, dass der Postbote jeden einzelnen Bewohner kannte. Frauke hatte nie geheiratet, also war ihr Nachname Mertens. Gleich morgen früh wollte Nina den Brief zum Postkasten bringen. Sie hoffte, dass er sein Ziel erreichte: Frauke Mertens, Insel Neuwerk.

Am Montag war das Wetter wieder nasskalt und ungemütlich, so dass sie nach dem Frühstück nur schnell den Brief an Frauke einwarf, ansonsten aber auf einen Spaziergang verzichtete. Stattdessen mistete sie ihren Kleiderschrank aus und trennte sich von allen Klamotten, die ihr nicht mehr gefielen oder nicht mehr passten oder beides. Danach beschloss sie, zum Baumarkt in Cuxhaven zu fahren und alles einzukaufen, was sie brauchte, um sich endlich den Traum von einer Wohnzimmerwand in altrosa zu erfüllen. Kurz vor ihrem Einzug hatte Frau Mattis von einem Maler alle Wände in ihrer Wohnung weiß überstreichen lassen, damit es frisch und sauber aussah. Und das tat es, doch Nina wünschte sich nun mal eine Wand in Altrosa. Schon in Bremen hatte sie diese Idee einmal zur Sprache gebracht, aber Lars hatte nur gelacht und gemeint, »oma-pink« wolle er in seinem Zuhause nicht sehen. Sie hatte eingelenkt. Das hatte sie schließlich immer getan. Doch hier, in ihrem eigenen Reich, konnte ihr zum Glück niemand mehr etwas vorschreiben oder verbieten.

Im Baumarkt ließ sie sich den gewünschten Farbton von einem Verkäufer mischen und holte anschließend Malerkrepp,

Pinsel und Farbroller. Auf Abdeckfolie verzichtete sie, das wäre nichts weiter als ein unnötiger Berg Plastikmüll gewesen, alte Zeitungen taten es auch. Auf dem Weg zur Kasse fiel ihr ein, wie sie Papageiendame Clara den Einzug in ihr neues Zuhause erleichtern konnte. In Jeffreys Käfig gab es ein Schaukelseil, das er heiß und innig liebte und auf dem er fast den ganzen Tag saß. Und wenn Clara ebenso gerne schaukelte? Nina beschloss, ein Stück Naturseil zu kaufen und damit eine zweite Schaukel zu bauen. Schnell fand sie die entsprechende Abteilung. Sie schnitt mit dem am Regal befestigten Messer einen Meter von der Naturseilrolle ab.

Als sie mit ihrem Einkaufswagen um die Ecke bog, hätte sie beinahe einen anderen Kunden angefahren. Sie konnte den Zusammenstoß zum Glück noch abfangen und wollte sich gerade entschuldigen, als sie den Mann erkannte. Marius Engel stand grinsend vor ihr. In der Hand hielt er einen kleinen Karton. Sie versuchte, wortlos an ihm vorbeizukommen, aber er versperrte ihr mit einem schnellen Schritt zur Seite erneut den Weg.

»Was fällt Ihnen ein? Lassen Sie mich vorbei!«, fauchte sie.

»Hallo, Frau Bergmann«, antwortete er gänzlich unbeeindruckt von ihrer Wut. »Was für ein schöner Zufall.«

»Meine Freude hält sich in Grenzen«, schleuderte sie ihm entgegen. Sein Grinsen war widerlich. Zufall! Das glaubte er doch selbst nicht. Sie überlegte, ob sie ihn mit ihrem Verdacht konfrontieren sollte, dass er derjenige war, der ihr die gemeinen Nachrichten schickte. Doch irgendetwas hielt sie zurück. Sie wollte nur weg von hier, aber jetzt stützte er sich mit beiden Unterarmen auf dem Einkaufswagen ab, als hätte er vor, noch einige Zeit zu verweilen. Dann hob er die Hand mit dem kleinen Pappkarton und strich sich mit der Ecke der Schachtel übers Kinn. Sie erkannte, dass es sich um eine Packung Rattengift handelte. Hätte er es nicht in Ottendorf kaufen können? Oder brauchte er es nicht in Otterndorf, sondern hier? War das Gift für sie bestimmt? War das sein nächster Schlag gegen sie? Oh je, sie durfte jetzt auf keinen Fall paranoid werden. Hatte sie sich nicht vorgenommen, cool zu sein und ihm damit sein zweifelhaftes Vergnügen zu verderben?

»Tja, Herr Engel«, sagte sie so gelangweilt wie möglich, »ich habe weder Zeit noch Lust, um mit Ihnen zu plaudern, also werden Sie mir jetzt sofort aus dem Weg gehen, verstanden?«

Das Grinsen auf dem Gesicht von Marius Engel veränderte sich kein bisschen, aber er trat tatsächlich zur Seite und ließ sie vorbei. Mit wackeligen Schritten ging sie zur Kasse. Sie fühlte seinen Blick im Rücken und hoffte, dass er nicht sah, wie ihre Knie zitterten.

Auf dem Weg nach Hause machte sie einen Abstecher zum Städtischen Friedhof in der Sahlenburger Straße. Kreuz und quer lief sie zwischen den Gräbern umher. Ziellos, denn sie kannte keinen einzigen der Menschen, die hier im Laufe von vielen Jahrzehnten beerdigt worden waren. Ab und zu setzte sie sich für ein paar Minuten auf eine der Bänke und spürte, wie ihre innere Ruhe wiederkehrte. Schon immer hatten Friedhöfe eine beruhigende Wirkung auf sie gehabt. Von hier aus betrachtet, wurden alle Probleme kleiner, lösbarer, weniger bedrohlich. Sich die Endlichkeit des eigenen Lebens bewusst zu machen, hatte ihr stets geholfen, die Dinge klarer zu sehen. In ihrer Zeit als Teenager hatte sich ihre Mutter Sorgen deswegen gemacht. Welches normale heranwachsende Mädchen fühlte sich schon zwischen Gräbern wohl? Als sie aber verstanden hatte, dass Nina dort zur Ruhe kommen und ihre Gedanken sortieren wollte, anstatt in düsteren Klamotten irgendeinen Kult zu betreiben, hatte sie ihre Tochter gewähren lassen. Auch heute erfüllte der Aufenthalt an diesem friedlichen Ort seinen Zweck. Sie wurde ruhiger und die Begegnung mit Marius Engel spukte nicht mehr die ganze Zeit in ihrem Kopf umher. Als es schon dunkel war, ging sie zu ihrem Auto und fuhr nach Hause.

Zurück in ihrer Wohnung kochte sie sich Spaghetti mit Tomatensoße, stocherte dann aber appetitlos auf ihrem Teller herum. Das Fernsehprogramm ließ wieder einmal zu wünschen übrig, also beschloss sie gegen halb zehn, ins Bett zu gehen und zu lesen. Sie schaltete gerade den Fernseher aus, als ihr Handy den Eingang einer WhatsApp-Nachricht meldete. Oliver schrieb: *Nur noch vier Tage, bis wir uns wiedersehen. Ich freue mich.* Sie antwortete: *Ich mich auch. Sehr sogar.*

Kapitel 10

Marius

Er stand wieder hinter der hohen Hecke des Nachbargrundstücks. Dass ihm die Sache Spaß machte, konnte er beim besten Willen nicht behaupten. Es war kalt, es regnete und es war sterbenslangweilig, weil im Wehrbergsweg so wenig passierte. Nina Bergmann war am Dienstagmorgen nur einmal kurz mit ihrem Auto weggefahren. Während er noch überlegte, was sie vorhaben mochte, kehrte sie schon wieder zurück und verschwand mit einer Brötchentüte unter dem Arm im Haus. Den Vormittag brachte Marius mangels Alternative damit zu, seine Oma zu beobachten. Sie räumte ihre geliebten Orchideen von der Fensterbank und putzte das Wohnzimmerfenster, was man bei diesem miesen Wetter nur als Beschäftigungstherapie betrachten konnte. Anschließend reihte sie die Blumentöpfe wieder akribisch auf. Ganz großes Kino für ihn.

Gegen zwei Uhr am Nachmittag warf Nina einen dicken Stapel Zeitungen in die Papiertonne. Sie sah zerzaust und verschwitzt aus, scheinbar hatte sie ihre Renovierungsarbeiten abgeschlossen. Er hatte den Farbeimer gestern in ihrem Einkaufswagen gesehen, aber nicht auf den Farbton geachtet. Die Flecken und Kleckse auf ihrem weißen T-Shirt verrieten ihm, dass ihre Farbvorlieben nicht seinen Geschmack trafen. Bevor Nina ins Haus zurückging, sah sie sich verstohlen nach allen Seiten um, und Marius hatte sich an ihrer Angst geweidet.

Eine gute Stunde später kam Nina wieder heraus, warm angezogen und mit ihren leuchtend bunten Gummistiefeln an den Füßen. Sah aus, als wollte sie einen Spaziergang am Strand machen, um nach dem Farbgeruch jetzt frische Luft in ihre Lungen zu pumpen. Marius dachte einen Moment darüber nach, ob er ihr folgen und ein weiteres vermeintlich zufälliges Zusammentreffen inszenieren sollte, überlegte es sich aber anders. Er würde die Zeit nutzen und sich das Ergebnis der Renovierung ansehen. Einen Haustürschlüssel hatte er, und clever, wie er war, hatte er den Zweitschlüssel für Ninas Wohnung, den seine Oma für Notfälle in ihrem Garderobenschränkchen aufbewahrte, schon letzte Woche an sich genommen. Die scheintote Alte hatte davon nichts mitbekommen.

Marius wartete, bis Nina um die nächste Hausecke verschwunden war. Dann schlich er sich an das Wohnzimmerfenster seiner Oma. Er musste wissen, was sie tat, denn sie durfte ihn auf keinen Fall beim Betreten des Hauses erwischen. Gertrud Mattis lag ausgestreckt auf dem Sofa. Die Brille hing schief auf ihrer Nase und sie schien tief und fest zu schlafen, fix und fertig von der unsinnigen Fensterputzaktion. Marius war das nur recht.

Er schloss die Haustür auf und ging die Treppe hinauf zu Ninas Wohnung. Leise drehte er den Schlüssel herum und trat ein. Er kannte die Räumlichkeiten, aber natürlich nicht mit Ninas persönlicher Note. Sein erster Weg führte ihn ins Arbeitszimmer. Die Fülle an Büchern schreckte ihn ab und der Computer war so alt wie Methusalem. Wie konnte man bloß noch mit einem solchen Gerät arbeiten? In einem riesigen Käfig saß der blöde Papagei, von dem ihm seine Oma schon erzählt hatte. Zum Glück schlief das Vieh und bemerkte ihn nicht.

Marius ging in die Küche, die penibel sauber und aufgeräumt war und durch die man in das angrenzende Wohnzimmer kam. Er betrachtete die frisch gestrichene Wand, die denselben Farbton aufwies wie die Flecken auf Ninas T-Shirt. Ekelhaft. Eine echte Weiberfarbe. Nur raus hier.

Im Badezimmer verzichtete er auf einen Blick in die Schränke, denn der Kram, den er dort zweifellos finden würde, interessierte ihn nicht. Nur das Täschchen mit den Schminksachen auf der Ablage über dem Waschbecken sah er sich genauer an. Wofür brauchte eine Frau so viele Lippenstifte, die sich farblich kaum unterschieden? Danach inspizierte er das Schlafzimmer. Das Bett war ordentlich gemacht und auf dem Nachtschränkchen daneben stapelten sich Bücher. Er öffnete den Kleiderschrank und ließ den Blick über Ninas Klamotten schweifen. In einer Schublade bewahrte sie ihre Unterwäsche auf. Marius steckte einen schwarzen Spitzen-BH in seine Jackentasche.

Kapitel 11

Es war ziemlich windig, aber wenigstens regnete es nicht mehr. Der Spaziergang war eine gute Idee gewesen. Es war Ebbe, deshalb hatte Nina ihre Gummistiefel angezogen und war ein Stück hinaus ins Watt gegangen. Immer wieder faszinierte es sie, über den Meeresboden zu wandern, diese meistens verborgene Welt, die sich hier in verlässlicher Regelmäßigkeit dem Betrachter offenbarte. Sie wusste, dass viele Leute die Ostsee als Urlaubsziel bevorzugten, weil sie da zu jeder Tageszeit ins Wasser gehen konnten, aber gerade das Spiel der Gezeiten war es, was Nina an der Nordsee liebte. Mitten im Naturpark Wattenmeer schienen alle Sorgen und Probleme winzig zu werden, hier war es möglich, weit über die eigene Existenz hinauszuschauen. Trotzdem wurde es langsam Zeit, umzukehren. Sie wusste zu genau Bescheid über die Gefahren, die die einsetzende Flut mit sich brachte, und wollte sich keiner von ihnen aussetzen.

Zurück am Strand vibrierte das Handy in ihrer Jackentasche. Sie warf einen Blick auf das Display, bevor sie das Gespräch annahm. »Hallo, Peter!«

»Hallo, Sternchen! Was machst du?«

»Ich bin am Meer«, gab sie Auskunft. »Es ist beinahe menschenleer und ziemlich windig.«

»Klingt deprimierend«, fand Peter.

»Nein, es ist wunderbar. Du weißt, wie sehr ich das alles hier liebe.«

»Ich habe ja nichts gegen Duhnen als Urlaubsdomizil, obwohl die Welt weitaus mehr zu bieten hat, aber das ist ein anderes Thema. Ich finde nur, du könntest hier in Bremen ein wesentlich geselligeres und abwechslungsreicheres Leben führen. Außerdem wäre ich sofort da, wenn du mich brauchst.«

Sie hatte diese Unterhaltung mit ihrem Stiefvater schon zig Mal geführt, doch sie blieb ruhig, weil sie seine Fürsorge zu schätzen wusste und ihn nicht kränken wollte. »Peter, ich bin erwachsen, und zwar seit geraumer Zeit. Glaub mir, ich komme gut alleine klar, und es gibt nichts, worüber du dir Sorgen machen musst.« Mit Ausnahme einiger Droh-SMS und dieses Typen, der mich verfolgt, setzte sie der Vollständigkeit halber in Gedanken hinzu.

Peter schwieg für einen Moment, dann sagte er: »Weißt du, es ist meine Hauptaufgabe, mir Sorgen um dich zu machen. Und seit deine wunderbare Mutter von uns gegangen ist, gilt das umso mehr.«

»Ich weiß«, lenkte sie ein. »Aber ich bin über dreißig, und da steht man auf eigenen Füßen.«

»Schon gut, ich will dir ja nicht auf die Nerven gehen«, erwiderte er.

»Das könntest du gar nicht. Ganz nebenbei bist du nämlich zufällig auch mein bester Freund.«

»Na toll«, lachte Peter, »ist der beste Freund des Menschen nicht sein Hund?«

Sie stimmte in sein Lachen ein, dann sagte sie: »Mach's gut und lass uns bald wieder telefonieren, okay?«

»Ganz bestimmt. Mach's gut, Sternchen.«

Als sie in ihre Wohnung zurückkehrte, war es schon fast dunkel. Noch bevor sie ihre Jacke auszog, ging sie ins Arbeitszimmer, um nach Jeffrey zu sehen.

»Okay, okay, alles okay«, schmetterte ihr der Papagei sofort entgegen.

»Hallo, Jeffrey. Freust du dich auf deine neue Freundin?«

»Ja, ja, ja«, antwortete der Vogel, als hätte er jedes Wort verstanden. Sie musste lachen. Mit einem Blick auf ihren Schreibtisch beschloss sie, die Arbeit heute ruhen zu lassen. Morgen würde sie mit ihrem neuen Auftrag starten.

An der Garderobe zog sie ihre Jacke aus und nahm das Handy aus der Tasche. Das Display zeigte den Erhalt einer SMS an. Wahrscheinlich hatte sie das Piepen draußen wegen des Windes nicht gehört. Die Nachricht kam von einer neuen unbekannten Nummer. Sie dachte einen Moment darüber nach, die SMS ungelesen zu löschen, aber um seinem Feind begegnen zu können, musste man ihn kennen.

Die Kackfarbe im Wohnzimmer ist doch wohl nicht dein Ernst. Wütend warf sie das Handy auf die Arbeitsplatte. Von Anfang an war sie davon ausgegangen, dass die gemeinen Nachrichten von Marius Engel kamen. Jetzt war sie absolut sicher. Er hatte gesehen, dass sie im Baumarkt Farbe und andere

Malerutensilien gekauft hatte. Was ihr aber blankes Entsetzen verursachte, war die Tatsache, dass er zu wissen schien, in welchem Raum sie gestrichen hatte. Woher wusste er, dass sie die Farbe nicht im Schlaf- oder Arbeitszimmer oder in der Küche verwendet hatte? Hektisch und am ganzen Körper zitternd ließ sie den Blick durchs Wohnzimmer wandern. Alles sah aus wie immer. Nichts hatte sich verändert, nichts schien zu fehlen. Trotzdem war für sie nichts mehr wie vorher. An diesem Abend schloss sie ihre Wohnungstür doppelt ab, ließ den Schlüssel stecken und nahm zum ersten Mal in ihrem Leben eine Schlaftablette, um zur Ruhe zu kommen.

Als sie am Mittwoch aufwachte, war es schon halb zehn. Sie fühlte sich ausgeruht und ihre Nerven hatten sich beruhigt, was sicher an dem Medikament lag, das sie gestern eingenommen hatte. Natürlich lief ihr immer noch ein Schauer über den Rücken angesichts der Vermutung, dass Marius Engel sich in ihrer Wohnung aufgehalten haben könnte. Aber logisch überlegt fragte sie sich, wie er überhaupt hereingekommen sein sollte. An der Tür waren definitiv keine Einbruchspuren zu sehen. Frau Mattis hatte einen Zweitschlüssel für Notfälle, doch sie hätte ihrem Enkel den Schlüssel niemals ausgehändigt, dessen war Nina sich absolut sicher. Wahrscheinlich hatte der schräge Typ nur ins Blaue gequatscht und eins und eins zusammengezählt, nachdem er sie im Baumarkt getroffen hatte. Dass sie mit der Farbe, die er in ihrem Einkaufswagen gesehen hatte, das Wohnzimmer streichen würde, war womöglich nur eine Vermutung, mit der er jetzt zufällig richtig lag. Was bedeutete das alles schon? Auf keinen Fall wollte sie zulassen, dass diese Zwischenfälle, mit denen der kranke Nerd seinen Alltag zu beleben versuchte, ab jetzt ihre Gedanken bestimmten.

Nach einer Dusche und einem Frühstück machte sie sich wie geplant an die Arbeit. Mit der Übersetzung des Romans über Friedrich I., der von 1155 bis 1190 als römisch-deutscher Kaiser das Reich regiert hatte und den meisten als Kaiser Barbarossa geläufig war, kam sie nicht gut voran. Die Handlung war hölzern konstruiert, teilweise sogar albern, und Nina kämpfte sich lustlos und quälend langsam durch den Text. Erst spät in der Nacht hörte sie auf und fiel dann erschöpft in einen tiefen Schlaf.

Der Donnerstag war eine komplette Wiederholung des Tages davor. Sie arbeitete konzentriert, wenn auch ohne großen Enthusiasmus an der Barbarossa-Übersetzung und gönnte sich nur kurze Pausen. Zwischendurch schob sich immer wieder das Bild von Marius Engel in ihre Gedanken und verursachte ein unangenehmes Gefühl von Angst und Unsicherheit. Sie wehrte sich dagegen, so gut es ging, und machte verbissen weiter. Das Ergebnis war, dass sie am Donnerstagabend so gut vorangekommen war, dass sie spontan beschloss, am Freitag nicht zu arbeiten. Stattdessen putzte sie die Wohnung, kümmerte sich um ihre Wäsche, kaufte ausgiebig ein und freute sich auf den Abend mit Oliver.

Als die Sonne nachmittags zum ersten Mal seit Tagen durch die Wolken lugte, wäre Nina liebend gerne zum Strand gegangen, um sich die frische Seeluft um die Nase wehen zu lassen. Aber was, wenn Marius Engel sie wieder verfolgte? Vielleicht stand er jetzt gerade vor dem Haus und beobachtete sie. Auf eine erneute gruselige Begegnung hatte sie nicht die geringste Lust. Außerdem wollte sie sich durch nichts die Vorfreude auf den heutigen Abend verderben lassen.

Kapitel 12

Als es abends um halb sieben klingelte, sahen sowohl Nina als auch ihre Wohnung aus wie aus dem Ei gepellt. Oliver kam herein, steuerte direkt das Arbeitszimmer an und stellte den schweren und mit einem Tuch zugedeckten Papageienkäfig ab. Dann drehte er sich zu Nina um und strahlte sie an.

»Hallo«, sagte er nur, aber das eine Wort genügte, um aus Ninas Knien Wackelpudding zu machen.

»Schön, dass du da bist«, antwortete sie und fügte mit einem Blick auf den verhüllten Käfig hinzu: »Ich meine natürlich, schön, dass *ihr* da seid.«

Als hätte sie ihm damit das Stichwort gegeben, zog Oliver behutsam das Tuch herunter und zum Vorschein kam eine wunderhübsche Papageiendame mit glänzendem Gefieder und wachen Augen. Oliver überreichte Nina die CITES-Bescheinigung, die Clara als vor vielen Jahren legal importierten Papagei auswies.

»Du weißt bestimmt aus Erfahrung, dass die beiden sich ab jetzt miteinander unterhalten werden, indem sie schrille Pfiffe ausstoßen. Was wird deine Vermieterin dazu sagen?«

»Nichts«, antwortete Nina lächelnd, »denn sie ist schwerhörig.«

Vorsichtig öffnete sie die Tür der Voliere, damit Oliver den Käfig mit Clara hineinstellen konnte. Sie wussten beide, dass die Verpaarung von bereits ausgewachsenen Papageien weitaus schwieriger war als bei Jungvögeln. Genau wie die Menschen waren auch Graupapageien sehr wählerisch bei der Partnerwahl und in der Liebe ließ sich nun mal nichts erzwingen. Jeffrey blickte von seiner Schaukel neugierig auf seine Untermieterin herab und Clara warf kurze schüchterne Blicke zurück. Nina und Oliver beobachteten die beiden eine Weile und unterhielten sich darüber, dass diese neue Voliere zum Glück noch nicht allzu lange Jeffreys Revier war, denn nach Expertenmeinung hatte eine solche Papageien-Zusammenführung in neutraler Umgebung weitaus größere Erfolgschancen. Sie hofften beide, dass die zwei sich schnell aneinander gewöhnen würden.

»Ich werde sie genau beobachten«, versprach Nina, »und wenn es keinerlei Anzeichen von Streit gibt, können wir Claras Käfig in ein paar Tagen schon entfernen.«

»Und sehen, wie sich alles weiterentwickelt«, fügte Oliver hinzu, und sie war nicht sicher, ob er immer noch von den Papageien sprach.

»Also, Jeffrey«, mahnte Nina mit einem strengen Blick auf ihren Vogel, »sei nett und nutz deinen Heimvorteil nicht aus. Und wir«, sie wandte sich an Oliver, »überlassen die zwei jetzt sich selbst und verziehen uns, okay?«

Im Wohnzimmer standen Nina und Oliver einen Moment verlegen herum. Er ließ den Blick über die frisch gestrichene Wand wandern, sagte aber nichts.

»Was möchtest du trinken?«, fragte sie, um das Schweigen zu brechen.

»Heute darf es zur Feier des Tages ein Glas Wein sein«, antwortete er. Dann grinste er, setzte sich aufs Sofa und meinte: »Ist das zu fassen? Wir zwei fremdeln mehr als die Papageien. Lass uns doch einfach da weitermachen, wo wir letzte Woche aufgehört haben. Wovon sprachen wir gerade?«

Sie grinste und setzte sich zu ihm. Schnell war die Vertrautheit ihres ersten gemeinsamen Abends wieder da und sie redeten und lachten wie alte Bekannte. Sie erfuhr, dass Olivers Ehe nach nur zwei Jahren geschieden worden war und seine Exfrau jetzt mit ihrem Chef liiert war. Die Ehe war kinderlos, was Oliver rückblickend als Segen ansah. Ein Wochenendvater war das Letzte, was er sein wollte.

»Hast du Kinder?«, fragte er.

Sie schüttelte stumm den Kopf.

Oliver verstand, dass sie über das Thema nicht gerne sprach und stellte sofort eine andere Frage. »Hast du noch Verbindungen zu deinem Exmann?«

»Nur den Nachnamen. Den habe ich behalten, weil es beruflich ein ziemliches Chaos geworden wäre, alle zu informieren, die wichtig waren oder sind oder werden könnten.«

»Dann weißt du also nicht, was er so treibt?«

»Nein, aber wenn es mich interessieren würde, was nicht der Fall ist, müsste ich nur das Internet befragen. Lars war schon immer überzeugt von seiner eigenen Suchmaschinenrelevanz. Bestimmt teilt er der Nation regelmäßig alle noch so uninteressanten Details aus seinem Leben mit.«

Oliver lachte, wobei kleine Fältchen in seinen Augenwinkeln sichtbar wurden. »Diese sozialen Medien sind meiner Meinung nach so überflüssig wie Schlittschuhe in der Wüste. Und außerdem gefährlich. Wissenschaftler haben rausgefunden, dass jeder Dritte mit seinem Leben unzufrieden ist, wenn er Posts von anderen gelesen hat. Als ob das Selbstwertgefühl nur noch durch die Anzahl von Likes und Followern bestimmt wird. Dabei hat das alles mit echtem Interesse an der jeweiligen Person meistens überhaupt nichts zu tun.«

»Ich sehe das genauso«, sagte sie, »und was die Leute da alles von sich preisgeben. Aber wen bitte schön gehen meine Gewohnheiten und die kleinen Rituale meines Alltags etwas an?«

»Keinen, außer mir, hoffe ich«, meinte Oliver mit einem Augenzwinkern, »ich möchte alles über dich erfahren.«

Sie lächelte und spürte, wie sie rot wurde. Um ihre Verlegenheit zu überspielen, fragte sie Oliver nach seinen Hobbys.

»Lenkdrachen«, lautete seine Antwort, »ich arbeite gerne und viel, aber sobald ich mal Zeit habe, fahre ich an den Strand und lasse Lenkdrachen steigen. Und wo bist du am liebsten, wenn du nicht arbeitest?«

»Auch am Strand. Und ich habe den Vorteil, dass ich sogar dort arbeiten kann, indem ich mir Notizen über das Buch mache, das ich gerade übersetze.«

Nachdem sie ein paar Details über ihren Job erzählt hatte, fragte sie ihn nach seinem Beruf und erfuhr, dass er als Physiotherapeut im Elbe Klinikum in Stade arbeitete. Als Oliver im Laufe des Abends den Arm um sie legte, fühlte Nina sich einfach nur wohl und geborgen. Vielleicht lag es an ihm, vielleicht am Wein, vielleicht an beidem. Jedenfalls war die Beklommenheit der letzten Tage wie ausradiert, und Marius Engel war keine Bedrohung mehr, sondern höchstens ein lästiges kleines Ärgernis.

Kapitel 13

Sie redeten und redeten, und zwischendurch sahen sie hin und wieder nach Jeffrey und Clara. Die beiden Graupapageien hatten sich bereits angenähert. Jeffrey saß auf einem Ast ganz in Claras Nähe, und sie drückte sich gegen die Stäbe ihres Käfigs, als wolle sie ihm auch nahe sein, was ein gutes Zeichen war.

Gegen 23 Uhr, Oliver erzählte gerade eine Anekdote von einem schwierigen Patienten, leuchtete das Display von ihrem Handy auf, das auf dem Couchtisch lag. Sie tat so, als hätte sie nichts bemerkt.

»Willst du nicht rangehen?«, fragte Oliver.

»Das ist nur eine SMS, die kann ich später lesen.«

»Vielleicht ist es wichtig.«

»Nein, ist es nicht«, gab sie ein wenig unbeherrscht zurück. Sie stand abrupt auf, nahm das Handy vom Tisch und warf es in einer der Küchenschubladen, die sie mit einer heftigen Bewegung zuknallte.

Oliver sah sie erschrocken und irritiert an. »Hey, was ist los?«

Jetzt konnte Nina die Tränen nicht mehr zurückhalten und die Worte strömten aus ihr heraus. Ohne Punkt und Komma erzählte sie Oliver von Marius Engel, ihrem seltsamen Kennenlernen, den beängstigenden Treffen und der Angst, die der Typ ihr einflößte. Es war befreiend, sich das alles von der Seele zu reden, denn Peter gegenüber wollte sie das Thema nach wie vor nicht anschneiden. Oliver unterbrach sie kein einziges Mal, aber sie sah ihm an, dass ihn ihr Bericht schockierte. Als sie zu Ende erzählt hatte, nahm er sie in die Arme und wiegte sie wie ein Kind.

Irgendwann löste sich Oliver von ihr und sagte: »Du solltest zur Polizei gehen.«

»Um denen was zu sagen?«, fragte sie. »Wissen Sie, Herr Wachtmeister, mir begegnet immer wieder so ein Typ, der mir unangenehm ist. Ob er mir was getan hat? Nein. Ach so, dann können Sie nichts machen? Okay, nichts für ungut und einen schönen Tag noch. Was soll das bringen? Weiß doch jeder, dass erst was passieren muss, bevor die Polizei einschreitet.«

»Sie könnten versuchen, die Nummern zurückzuverfolgen«, schlug Oliver vor.

»Und dann? Ich weiß auch so, wer dahintersteckt. Seinen Namen zu kennen, verschafft der Polizei keinen Handlungsspielraum.«

»Leider hast du Recht«, gab Oliver zu.

Sie nickte, straffte die Schultern und sagte wesentlich selbstbewusster, als sie sich fühlte: »Ich darf ihn einfach nicht so wichtig nehmen. Je weniger ich mich für seine dämlichen Aktionen interessiere, umso schneller verliert er die Lust daran.«

Anstatt zu antworten, hielt Oliver beide Daumen hoch. Nina bemerkte, dass er verstohlen einen Blick auf die Uhr warf. Sie befürchtete, dass er sich gleich auf den Heimweg machen wollte, und überlegte fieberhaft, wie sie genau das verhindern konnte.

»Ich glaube, ich muss los«, sagte Oliver in diesem Moment. »Es sei denn ...« Er ließ den Satz unvollendet. Sie verstand, was er hatte sagen wollen, und ja, sie wünschte sich nichts mehr, als dass er bei ihr blieb und sie die Nacht in der Geborgenheit seiner Nähe verbringen konnte. Allerdings kannten sie sich kaum und heute war erst ihr zweiter gemeinsamer Abend. Wie würde es auf ihn wirken, wenn sie ihn einlud, bei ihr zu übernachten? Welchen Stempel würde ihr das aufdrücken? Als hätte er ihre Gedanken gelesen, sagte Oliver: »Wenn du heute Nacht nicht alleine sein möchtest, könnte ich hier auf dem Sofa schlafen. Dann hättest du die Gewissheit, dass ich da bin, und wir würden trotzdem nichts überstürzen.«

Dankbar lächelte sie ihn an. »Wenn es dir wirklich nichts ausmacht. Es würde mich sehr beruhigen.«

»Kein Ding«, sagte Oliver. »Gibt es sonst irgendetwas, das ich für dich tun kann? Dann sag es bitte. Ich könnte dich begleiten, solltest du dich doch entschließen, zur Polizei zu gehen. Oder ich sehe mich draußen um und stelle den Typen zur Rede, falls ich ihn treffe. Oder ich poliere ihm gleich die Fresse.« Er grinste, wurde aber schnell wieder ernst. »Du sollst nur wissen, dass ich für dich da sein möchte, wann immer du das willst.«

Olivers gefühlvolle Worte rührten sie und sie war froh, mit dem Problem Marius Engel nicht mehr allein dazustehen. »Danke«, flüsterte sie. Dann holte sie Kissen und Decke und zeigte Oliver im Badezimmer, wo er frische Handtücher und eine nagelneue Zahnbürste fand.

Nachdem sie noch einen Blick auf die friedlich schlummernden Papageien geworfen und sich einen scheuen Gutenachtkuss auf die Wange gegeben hatten, rollte sie sich in ihrem Bett zusammen. Beim Einschlafen dachte sie an Oliver, dessen Berührungen sie genoss, der sie zärtlich ansah, der mit seiner schönen Stimme beruhigende Worte fand und der jetzt nebenan auf ihrem viel zu kurzen Sofa schlief. An die SMS auf ihrem Handy in der Küchenschublade verschwendete sie keinen Gedanken.

Kapitel 14

Am nächsten Morgen erwachte Nina um halb neun. Sie fühlte sich ausgeruht und entspannt und freute sich auf den Nachmittag. Sie wollte nach Bremen fahren, um sich endlich mal wieder mit Penny, ihrer besten Freundin seit der Grundschulzeit, zu treffen. Schon vor Wochen hatten beide diesen Samstag für ihre Verabredung festgelegt. Wenn sie früh genug losfuhr, könnte sie vorher sogar kurz bei Peter vorbeischauen, aber davon hatte sie ihm vorsichtshalber nichts gesagt. Er würde sich total darauf versteifen und wäre über alle Maßen enttäuscht, würde die Zeit nicht reichen. Auf einmal fiel ihr ein, dass Oliver nebenan auf ihrem Sofa lag. Wie hatte sie das nur vergessen können? Ihr Herz machte einen Satz und sie sprang mit einer flinken Bewegung aus dem Bett. Wie würden sie einander begegnen nach dieser gemeinsamen und doch nicht gemeinsamen Nacht?

Sie schlüpfte in ihren Frottierbademantel, zog ihn schnell wieder aus und entschied sich stattdessen für den seidenen Morgenrock, den Lars ihr zum ersten Hochzeitstag geschenkt hatte. Dann schlich sie ins Bad, putzte sich die Zähne, kämmte ihre Haare und legte Lipgloss und Rouge auf, damit sie frisch und munter aussah. Als sie das Wohnzimmer betrat, erkannte sie sofort, dass all ihre Bemühungen umsonst gewesen waren. Das Sofa war verlassen, die Decke ordentlich zusammengelegt und von Oliver fehlte jede Spur. Dafür lag auf dem Couchtisch eine Notiz, in der er erklärte, dass er dringend losmusste, sie aber am Abend anrufen wollte. Enttäuschung machte sich in ihr breit. Diesen Abgang hatte sie ihm nicht zugetraut. Doch dann fand sie in der Küche einen weiteren Zettel. Oliver schrieb, dass er einen wichtigen Termin mit seiner Mutter einhalten müsse, beim nächsten Mal jedoch gerne zum Frühstück bleiben würde. Nina lächelte. Das hörte sich gleich viel besser an. Es gefiel ihr, dass er ein nächstes Mal erwähnte. Auf dem Garderobenschränkchen lag ein dritter Zettel von Oliver, auf dem stand, dass er sich jetzt schon darauf freute, sie wiederzusehen. Und an der Wohnungstür steckte eine vierte Botschaft mit den Worten: *Ich bin dabei, mich in dich zu verlieben.* Ninas Laune hatte sich von Notiz zu Notiz gesteigert. Er war dabei, sich in sie zu verlieben! War das Leben nicht herrlich?

Sie ging ins Arbeitszimmer, wo Jeffrey und Clara beinahe synchron auf ihren Seilschaukeln hin und her schwangen.

»Na, ihr zwei? Gut geschlafen? Hier ist euer Frühstück. Und wisst ihr was? Claras Herrchen wird uns hoffentlich viel häufiger besuchen, als wir dachten.«

Zurück in der Küche überlegte sie, ob sie heute Morgen lieber Tee oder Kaffee trinken wollte. Plötzlich fiel ihr ein, dass sie noch immer nicht die SMS von gestern Abend gelesen hatte. Sie holte das Handy aus der Schublade und bemerkte, dass ihre Hand zitterte. Dann öffnete sie die Nachricht, die wieder von einer neuen unbekannten Nummer aus verschickt worden war. Wie viele Prepaid-Karten wollte der Kerl eigentlich noch verbrauchen?

Wieso ist dieser Typ schon wieder da?

Nina wurde übel. Marius Engel hatte sie also auch gestern genau im Blick gehabt. Woher sonst hätte er wissen sollen, dass Nina Besuch gehabt hatte? Hatte der Idiot wirklich nichts Besseres zu tun, als sie zu verfolgen und zu beobachten? War sein eigenes Leben derart langweilig? Nina war nach wie vor überzeugt, dass eine Rückverfolgung der Nummer durch die Polizei sie nicht weiterbringen würde. Das musste sie aber nicht davon abhalten, dem Feigling zu antworten. Sie tippte:

Weil ich ihn eingeladen habe. Im Gegensatz zu dir. Er tut mir gut. Und du gehst mir auf den Wecker, du Arsch.

Obwohl sie wusste, dass es ihr nicht viel nutzen würde, blockierte sie auch diese Nummer, schaltete das Handy danach aus und beschloss, auf das Frühstück zu verzichten. Sie wollte nur duschen und sich dann gleich auf den Weg nach Bremen machen. Ein ausgiebiger Klön-Nachmittag mit Penny war genau das, was sie jetzt brauchte.

Eine Stunde später schloss sie die Wohnung ab und verließ das Haus. Sie traute ihren Augen nicht, als sie auf ihr Auto zuging. Auf der Motorhaube prangte das Wort *Schlampe* in leuchtenden weißen Buchstaben. War das Farbe? Nein, es war Creme, Nivea oder so. Das durfte ja wohl nicht wahr sein! Das konnte niemand anderes gewesen sein als Marius Engel. Wahrscheinlich war ihm nicht verborgen geblieben, dass Oliver die Nacht in ihrer Wohnung verbracht hatte, was ihr jetzt diese Beleidigung eingebracht hatte. Was fiel diesem Typen eigentlich ein? Sie ahnte, dass der Fiesling auch jetzt in der Nähe war, um zu sehen, wie sie auf seine Schmiererei reagierte. Sie wollte so schnell wie möglich weg hier, deshalb zog sie eine Packung Tempos aus ihrer Tasche, wischte notdürftig die Buchstaben ab, stieg ein und brauste davon. Ihr erster Weg führte sie nach Cuxhaven zum *TOP CLEAN* an der Altenwalder Chaussee. Dort ließ sie ihr Auto waschen, wobei sie die verwunderten Blicke des Angestellten angesichts ihrer seltsam zugerichteten Motorhaube geflissentlich übersah.

Mit dem frisch gewaschenen Wagen, aber auch mit einer brodelnden Wut im Bauch fuhr sie anschießend Richtung Autobahn. Ihr war klar, dass sie den Abstecher zu Peter ausfallen lassen musste. Er würde ihr sofort anmerken, wie aufgewühlt sie war. Und er würde nicht eher Ruhe geben, bis sie ihm alles erzählt hätte. Doch dafür hatte sie jetzt absolut keinen Nerv. Gut, dass Peter von ihrer Fahrt nach Lilienthal nichts wusste.

Erst als sie ihr Ziel schon fast erreicht hatte, drängte sich endlich wieder die Vorfreude auf das Wiedersehen mit Penny in den Vordergrund. Sie hatte ihre beste Freundin zuletzt zu Ostern gesehen, also vor fünf Monaten. So etwas wäre früher undenkbar gewesen. Als Nina noch in Bremen wohnte, hatten sich die beiden Frauen mindestens einmal pro Woche getroffen. Penny war Psychologin mit eigener Praxis und konnte sich ihre Zeit ebenso wie Nina frei einteilen. Durch Ninas Umzug nach Cuxhaven waren ihre Treffen seltener geworden, aber nicht weniger intensiv.

Um kurz nach zwölf hatte sie Lilienthal erreicht. Sie sah Penny schon vor dem Haus stehen, das sie zusammen mit ihrem Mann gebaut hatte und in dessen Erdgeschoss ihre Psychotherapie-Praxis untergebracht war. Penny hieß eigentlich

Penelope, verabscheute den Namen jedoch so sehr, dass sie sich nach eigener Aussage lieber nach einem Discounter benannte. Penny war leicht übergewichtig, weil sie gutes Essen liebte und jeglichen Sport hasste, aber sie war das, was man eine blonde Naturschönheit nennen konnte. Sie brauchte kein Styling oder Make-up, sie war zu jeder Tages- und Jahreszeit ein absoluter Hingucker, auch wenn sie sich dessen nicht bewusst war. Penny war die perfekte Symbiose ihrer beiden Elternteile und verdankte ihr skandinavisches Äußeres ihrer schwedischen Mutter und den Namen ihrem griechischen Vater. Er hatte darauf bestanden, dass sie so hieß wie die Frau des Odysseus.

Solange Penny zur Schule gegangen war, hatte die Familie in Bremen gelebt und sämtliche Ferien in Griechenland verbracht. Vor zwölf Jahren, nach Pennys Hochzeit, waren ihre Eltern dann in die Heimat ihres Vaters Iraklion gezogen. Seitdem beschränkte sich der Kontakt auf Telefonate und ein Wiedersehen pro Jahr.

Nina parkte in der Einfahrt, sprang aus dem Wagen und kurz darauf lagen sich die Frauen in den Armen. Erst nach einer gefühlten Ewigkeit schob Penny ihre Freundin von sich und sah sie forschend an.

»Was ist los?«

Nina wusste, dass es keinen Sinn hatte, ausweichend zu antworten. Vielleicht lag es an Pennys Beruf, vielleicht auch daran, dass die beiden Frauen sich schon so lange kannten. Auf jeden Fall hatte Penny keine fünf Minuten gebraucht, um zu sehen, dass mit Nina etwas nicht stimmte.

»Ich erzähl's dir, aber lass uns erst mal reingehen. Der Tag ist ja noch lang.«

Im Wohnzimmer begrüßte Nina Kilian. Sie hatte den zurückhaltenden Mann, mit dem Penny seit elf Jahren verheiratet war, von Anfang an gemocht und gönnte ihnen ihr Glück von Herzen. Penny behauptete zwar immer, dass die schwere Bürde der unmöglichen Vornamen Kilian und sie zusammengebracht hatte, aber die beiden verband echte und ehrliche Liebe, das konnte jeder sehen. Dass Nina manchmal sogar ein bisschen neidisch war, weil Penny genau die Ehe führte, die Nina sich gewünscht hatte, behielt sie für sich. Kilian hatte einen Imbiss vorbereitet und Nina bemerkte erst jetzt, wie hungrig sie war, da sie am Morgen nicht gefrühstückt hatte.

Nach dem Essen schlug Penny vor, in die Bremer Innenstadt zu fahren, einen Bummel zu machen und später in ihrem Lieblingscafé einzukehren. Für Nina klang das nach einem guten Plan, den sie sofort in die Tat umsetzten . Schon im Auto nahm Penny ihre Freundin in die Mangel.

»Also, raus damit. Was ist passiert?«

»Wie kommst du darauf, dass etwas passiert ist?«

Anstatt zu antworten, warf Penny Nina einen Blick zu, der zu sagen schien: Netter Versuch, aber wirkungslos. Nina gab sich geschlagen.

»Ich werde von einem komischen Typen verfolgt und beobachtet.«

»Was?«, rief Penny und fuhr sofort rechts ran. »Was für ein Typ? Ein Fremder? Oder kennst du ihn? Wer ist er und wo kommt er her?«

»Er ist der Enkel meiner Vermieterin. Sie hat ihn mir vor einer Woche vorgestellt, als er sie besucht hat. Und seitdem ... ich weiß nicht ... seitdem scheint er irgendwie immer da zu sein, wo ich bin. Er hat mich vom Garten aus beobachtet, er war da, als ich eingekauft habe, er schickt mir miese SMS und heute hat er ... heute hat er ...«

»Heute hat er was?«

»Heute hat er mit Nivea-Creme *Schlampe* auf mein Auto geschmiert.«

»Scheiße«, fasste Penny die soeben erfahrenen Details zusammen. »Und was willst du jetzt tun?«

»Was kann ich schon tun? Er ist mir unheimlich, aber er hat mir bisher nichts getan, was die Polizei auf den Plan rufen könnte.«

»Immerhin schickt er dir Nachrichten, die keine Nettigkeiten enthalten, oder?«

»Das stimmt, nur kann ich nicht beweisen, dass sie von ihm sind.«

Penny schüttelte sich angewidert. Dann legte sie den Gang ein und fädelte sich wieder in den vorbeifahrenden Verkehr ein. Bis sie im Parkhaus in der Wilhadistraße einen Platz gefunden hatten, schwiegen beide und hingen ihren Gedanken nach. Nina wusste, dass Penny ihr in der Sache mit ihrem Stalker, denn so durfte sie Marius Engel wohl mit Fug und Recht nennen, nicht helfen konnte. Trotzdem hatte es gutgetan, der Freundin das Herz auszuschütten.

Kapitel 15

In der Innenstadt suchten Nina und Penny ihre bevorzugten Boutiquen auf, probierten Klamotten an und stöberten in Accessoires. Erst als sie gegen halb fünf in ihrem Lieblingscafé saßen, vor sich frische Waffeln mit heißen Kirschen und Sahne, schnitt Penny das unschöne Thema erneut an.

»Hat Peter keine Idee, wie man dem Typen das Handwerk legen kann?«

»Peter weiß nichts von den Vorfällen«, gab Nina zu.

»Wieso nicht?« Penny sah Nina fassungslos an. »Peter ist dein Vater, zwar nicht biologisch, aber wen interessiert das schon noch nach all den Jahren? Auf jeden Fall ist er der Mensch, dem du alles auf der Welt bedeutest. Findest du nicht, dass er ein Recht darauf hat, zu erfahren, dass du in Gefahr bist?«

»Jetzt mach mal halblang. Ja, der Typ starrt mich an. Ja, der Typ verfolgt mich. Ja, der Typ schickt immer mal wieder eine SMS, oder auch mehr als eine. Und ja, der Typ hat mein Auto mit Nivea-Creme beschmiert. Aber es ist ja nicht so, dass ich um mein Leben fürchte. Und gerade weil Peter sich sowieso ständig Sorgen um mich macht, ist es besser, dass er von dieser Sache nicht erfährt. Jetzt noch nicht.«

»Klar, du willst warten, bis was Schlimmes passiert«, antwortete Penny ironisch und fügte hinzu: »Hättest du in deinem Leben nur halb so viele schräge Dinge gesehen und gehört wie ich in meiner Praxis, würdest du das alles nicht auf die leichte Schulter nehmen.«

»Das mache ich gar nicht. Aber Peter kann den Gedanken, dass ich jetzt in Cuxhaven wohne und nicht mehr in seiner unmittelbaren Nähe, kaum ertragen. Wenn er von dieser Sache wüsste, würde er erst recht nicht damit aufhören, mich wieder zurück nach Bremen zu locken.«

»Und was wäre so schlimm daran? Mir fehlst du auch.«

»Ich weiß«, lenkte Nina ein und nahm ihre Freundin spontan in den Arm, »aber ich habe nach der Ehe mit Lars den kompletten Neuanfang inklusive Ortswechsel gebraucht. Und es hat funktioniert, ich fühle mich pudelwohl in Duhnen. Deshalb erzähle ich Peter vorerst nichts. Und du wirst das auch nicht tun. Versprich es mir.«

»Okay, ich sage nichts. Aber pass auf dich auf. Solche Typen gehen, was Skrupel angeht, meistens total unbelastet ins Rennen. Halt mich wenigstens ständig auf dem Laufenden. Das musst du mir im Gegenzug versprechen.«

»Versprochen«, sagte Nina und wechselte schnell das Thema. »Und jetzt lass hören, wie es dir und Kilian geht. Ist alles gut bei euch? Und wie läuft die Praxis?«

»Beruflich ist bei uns beiden alles in Ordnung. Ich könnte noch viel mehr Patienten behandeln, wenn ich die Zeit hätte. Und Kilian sitzt in seiner Firma zum Glück ebenfalls fest im Sattel. Nur Lilo bereitet uns Sorgen.«

»Was ist denn mit ihr?«, fragte Nina erschrocken. Lilo, eigentlich Lieselotte, war Kilians Mutter. Penny hatte zu ihr ein herzliches und inniges Verhältnis, wie man es nur selten zwischen Schwiegermutter und Schwiegertochter fand. Auch Nina mochte Lilo von Herzen gern.

»Wir haben vor ein paar Wochen erfahren, dass sie an Alzheimer erkrankt ist«, erklärte Penny. »Leider geht es rasant mit ihr bergab, sie kann nicht mehr lange in ihrer Wohnung bleiben. Wir müssen so schnell wie möglich einen geeigneten Platz im betreuten Wohnen für sie finden.«

»Oh nein, wie traurig. Sie ist von der Aussicht auf einen Umzug bestimmt nicht begeistert, oder?«

»Nein. Und das Schlimme ist, dass wir ihr die Sache täglich aufs Neue erklären müssen, weil sie es immer wieder vergisst. Zu uns holen können wir sie nicht. Wir hätten ja beide kaum Zeit für sie.«

»Und wenn du beruflich kürzertrittst?«, schlug Nina vor. »Leisten könntet ihr es euch doch.«

»Ja, schon. Das Haus ist schuldenfrei und Kilian verdient ebenfalls gut. Aber ich liebe meinen Beruf sehr. Lilo liebe ich auch, versteh mich nicht falsch. Ach, es ist verzwickt. Ich weiß selbst nicht, was momentan richtig ist.«

Nina nahm ihre Freundin tröstend in die Arme, weil sie nicht wusste, was sie sagen sollte. Nach einem kurzen Moment löste sich Penny aus der Umarmung.

»Hast du wenigstens deiner Vermieterin erzählt, wie ihr Enkel sich dir gegenüber benimmt?«

Nina begriff, dass Penny nicht länger über ihre eigenen Sorgen reden wollte. Sie hatte zwar keine Lust, wieder über Marius Engel zu sprechen, aber der Freundin zuliebe stieg sie auf den Themenwechsel ein.

»Nein, und das werde ich auch nicht tun. Frau Mattis ist die liebenswürdigste alte Dame, die ich jemals getroffen habe. Das Verhalten ihres Enkels wäre ihr so peinlich, dass sie mir nicht mehr in die Augen sehen könnte, und das will ich ihr und mir und unserem Zusammenleben nicht zumuten. Außerdem kann sie nichts dafür, dass er so verkorkst ist. Es gibt da irgendetwas in seiner Vergangenheit, das sie einmal kurz angeschnitten hat. Genaues weiß ich nicht. Da bleibe ich aber auf jeden Fall dran.«

»Und wie willst du das machen?«, fragte Penny.

»Ich werde immer wieder das Gespräch mit ihr suchen und auf ihren Enkel lenken. Dass mit dem was nicht stimmt, liegt ja wohl auf der Hand. Und wenn ich erst weiß, was das ist, kann ich ihm vielleicht sein mieses Handwerk legen.«

»Im Alleingang? Du spinnst ja!«, rief Penny laut, so dass sich vereinzelte Gäste an den Nachbartischen umdrehten.

»Schrei doch nicht so. Von Alleingang kann gar nicht die Rede sein.«

»Ach nein? Habe ich was verpasst? Die Polizei hat keine Handhabe, um dir zu helfen. Peter willst du nichts sagen. Und ich bin nicht Miss Marple. Wer bitte bleibt jetzt noch?«

Nina konnte ein breites Grinsen nicht verhindern, woraufhin Penny Augen und Mund aufriss.

»Gibt es einen neuen Mann? Seit wann? Wie heißt er? Wie habt ihr euch kennengelernt? Na los, ich muss alles wissen.«

In der nächsten Stunde drehte sich die Unterhaltung ausschließlich um Oliver. Es machte Nina Spaß, von ihm zu sprechen, also erzählte sie in aller Ausführlichkeit.

»Das hört sich alles toll an. Mensch, ich freue mich für dich. Am Ende findest du doch noch deinen Mr. Darcy«, prophezeite Penny auf Ninas Verehrung für Jane Austen und ihre Romane anspielend.

»Wer weiß?«, antwortete Nina.

»Und vielleicht sind das alles gar keine Zufälle. Vielleicht hat dein neuer Bekannter den Stalker angeheuert, damit er dich jetzt vor ihm retten und dein Herz gewinnen kann.« Penny wollte die Sache mit ihrer Aussage wahrscheinlich entschärfen und verharmlosen. Es war ihr allerdings deutlich anzusehen, dass ihr das nicht einmal bei sich selbst gelungen war. »Auf jeden Fall erwarte ich regelmäßige und lückenlose Berichterstattungen, wie es mit euch weitergeht«, verlangte Penny.

»Kriegst du.« Nina warf einen Blick auf ihre Armbanduhr. »Mensch, schon fast sieben Uhr. Der Nachmittag mit dir ist wieder mal wie im Flug vorbeigezogen, war ja klar. Wollen wir uns jetzt auf den Rückweg machen?«

Kapitel 16

Um kurz vor acht machte Nina sich auf den Heimweg. Spontan beschloss sie, doch noch einen Blitzbesuch bei Peter zu machen, weil sie es nicht übers Herz brachte, fast an seiner Haustür vorbeizufahren, ohne sich blicken zu lassen. Doch als sie bei ihrem Elternhaus im Bremer Westend ankam, stand das Garagentor offen und Peters Auto war nicht da. Also war er nicht zu Hause, aber sie hatte es wenigstens versucht.

Sie fuhr zurück Richtung Autobahn. Nachdem sie der A 27 einige Kilometer mit gemütlichen 120 Stundenkilometern gefolgt war, meldete ihre Blase, dass sie der nachmittäglichen Kaffeemenge nicht bis nach Cuxhaven standhalten konnte. Zum Glück lag direkt vor ihr die Raststätte Habichthorst, wo sie ihr menschliches Bedürfnis erledigen konnte.

Zurück im Auto sah sie, dass eine neue Nachricht auf ihrem Handy eingetroffen war, von einer neuen unbekannten Nummer. Nina hatte nicht die geringste Lust auf eine weitere gemeine Botschaft von Marius Engel, nur zögernd griff sie nach dem Apparat. Mit angehaltenem Atem rief sie die Nachricht auf, die keinen Text enthielt, aber einen Dateianhang in Form eines Videos.

Sie öffnete die Datei, und sofort krampfte sich ihr Magen zusammen. Was sie sah, war ein Rundgang durch ihre eigene Wohnung. Eine Minute und achtzehn Sekunden lang sah sie ihr Zuhause, aufgenommen von jemandem, der langsam und mit erstaunlich ruhiger Hand jeden Winkel ausspionierte. Alles war so, wie sie es am Morgen verlassen hatte. Das Bettzeug, das sie Oliver für die Übernachtung auf ihrem Sofa gegeben hatte, lag genau dort, wo er es liegen lassen hatte. Auf dem Schränkchen im Flur sah sie die drei Notizzettel mit Olivers Botschaften, die sie selbst dort hingelegt hatte. Auf der Ablage des Waschbeckens lag der Lipgloss, den sie am Morgen benutzt und dann nicht wie gewohnt in ihre Handtasche gesteckt hatte. All das waren Beweise dafür, dass der Film heute entstanden war. Aber es kam noch schlimmer. Das Handyvideo war erst vor wenigen Minuten aufgenommen worden. Das bewies die Anzeige der Uhrzeit auf dem Radiowecker neben ihrem Bett, die jetzt in Großaufnahme zu sehen war. Nina warf ihr Handy von sich und schaffte es gerade so, die Autotür aufzustoßen, bevor sie sich auf den Parkplatz übergab.

Ein paar Minuten später ließ sie sich erschöpft wieder auf den Fahrersitz fallen. Irgendjemand war in ihrer Wohnung gewesen oder war noch dort. Nein, nicht irgendjemand. Marius

Engel. Nina war sicher, dass er es war. Sie musste die Polizei einschalten. Jetzt sofort. Es gab keinen anderen Weg mehr. Sie fischte ihr Handy aus dem Fußraum auf der Beifahrerseite, ließ es dann aber nach kurzem Zögern in ihrer Handtasche verschwinden. Beim Eintreffen der Streife wäre der Typ bestimmt längst wieder verschwunden. Und sie könnte nicht einmal Anzeige erstatten, sollte er entgegen ihrer Vermutung doch im Besitz eines Wohnungsschlüssels und somit nicht mal Einbruchspuren zu finden sein. Auf ihren Verdacht, dass Marius Engel dahintersteckte, würden die Beamten wahrscheinlich gar nicht näher eingehen, weil sie keinerlei Beweise vorlegen konnte. Und was das alles für Frau Mattis bedeuten würde, mochte Nina sich gar nicht ausmalen.

Schweißgebadet startete sie den Motor. Am liebsten wäre sie für immer auf diesem Parkplatz geblieben, aber das ging natürlich nicht. Zurück zu Penny wollte sie nicht. Sich bei Oliver zu verkriechen, kam ebenfalls nicht infrage. Ihre Beziehung, sofern es überhaupt schon eine war, war viel zu frisch, um jeden Tag Probleme zu wälzen. Und ob Peter inzwischen wieder nach Hause gekommen war, war fraglich.

Nein, es blieb ihr nichts anderes übrig, als weiter allein zu versuchen, sich den Typen vom Hals zu schaffen, auch wenn sie dafür viel mutiger, kühner und unerschrockener sein musste, als sie sich fühlte. Mit zitternden Händen fädelte sich Nina in den fließenden Verkehr auf der A 27 ein. Mit jedem Kilometer, den sie Richtung Cuxhaven zurücklegte, zwang sich Nina innerlich zu mehr Ruhe. Sollte Marius Engel bei ihrer Heimkehr wider Erwarten in ihrer Wohnung sein, galt es, ihm mit kühlem Kopf zu begegnen. Aber wahrscheinlich war er längst verschwunden.

Plötzlich dachte sie wieder darüber nach, was Penny zum Schluss gesagt hatte. Dass es ein merkwürdiger Zufall war, dass ihr Stalker in dem Moment aufgetaucht war, als Oliver in ihr Leben getreten war. Und da jeder Mann liebend gerne den Beschützer spielte, konnte er gleich zeigen, was er auf dem Gebiet draufhatte. Und dass hier vielleicht gar kein Zufall im Spiel war, sondern Oliver den Stalker engagiert hatte, um sich einen glanzvollen und heldenhaften Start bei ihr zu verschaffen. Auf derart absurde Ideen konnten wirklich nur Psychologen kommen. Oder ein paar ihrer gestörten Patienten. Sie war gar nicht in der Lage, um so viele Ecken zu denken. Außerdem war der Grund ihres Kennenlernens die Zusammenführung ihrer Papageien, und wer würde schon den Aufwand betreiben, sich einen solchen Vogel anzuschaffen, um sich einer Frau zu nähern? Das war doch völlig abwegig. Oder etwa nicht? Was wusste sie eigentlich von Oliver? Viel war es noch nicht. Sie schüttelte den Kopf und hoffte, damit Pennys These aus ihren Gedanken zu verbannen. Es hatte bestimmt nur ein Witz sein sollen, nichts weiter. Und es würde sie nicht weiterbringen, sich wilden Verschwörungstheorien hinzugeben und ab jetzt jedem zu misstrauen. Dabei würde sie höchstens langsam verrückt. Sie brauchte alle ihre Sinne und einen klaren Verstand, um diesen widerlichen Marius Engel loszuwerden.

Eine Dreiviertelstunde später stand Nina vor ihrer Wohnung: Einbruchsspuren konnte sie nicht erkennen. Die Tür war abgeschlossen, sie sperrte sie auf und betrat mit zum Zerreißen angespannten Nerven den Flur und horchte angestrengt. Nichts. Er war also wie vermutet längst verschwunden. Sie schloss mit zitternden Händen die Tür hinter sich ab und ließ den Schlüssel vorsichtshalber stecken. Das Türschloss musste ausgewechselt werden, so viel stand fest. Da das Haus eine Schließanlage hatte, waren auch die Haustür und Frau Mattis' Wohnungstür von einem derartigen Wechsel betroffen. Einen solchen Austausch konnte ohnehin nur Frau Mattis als Hauseigentümerin in die Wege leiten. Nina würde gleich morgen mit ihr darüber sprechen. Aber dazu musste sie erst irgendwie diese Nacht hinter sich bringen.

Mit geschlossenen Augen atmete sie durch, zwang sich zur Ruhe und ging ins Wohnzimmer. Und dort spürte sie es. Ein Gefühl, für das ihr nicht das passende Wort einfiel und das sich auf sie legte wie eine schwere Decke. Irgendetwas stimmte nicht. Auf den ersten Blick sah alles aus wie immer, aber es fühlte sich anders an. Kalt. Fremd. Als würden störende Schwingungen den Raum beherrschen. Nina blieb wie erstarrt stehen und horchte in die Stille hinein, die sie umgab. Doch da war mehr als Stille, da war ein seltsames, undefinierbares Geräusch. Sie war nicht allein in der Wohnung. Nackte Angst nahm von Nina Besitz. Sie tastete in der Jackentasche nach ihrem Handy. Es war nicht da! Im Auto vergessen? Mist. Die Ladestation des Festnetztelefons war leer. Nina hatte den Apparat gestern Abend ins Schlafzimmer mitgenommen. Sie blieb wie erstarrt stehen und lauschte. All ihre Sinne waren geschärft. Sie hörte nur ihre eigenen nervösen Atemzüge. War da vielleicht doch nichts? War sie am Ende nur übermüdet von der Autofahrt? Sie schloss kurz die Augen – und hörte das Geräusch erneut. Ihr Körper begann vor Entsetzen zu kribbeln.

Was jetzt? Sollte sie sich verstecken? Oder lieber versuchen, die Wohnung wieder zu verlassen? Oder mutig nach dem Eindringling suchen? Da die Wohnungstür verschlossen und unbeschädigt gewesen war, konnte es sich nur um Marius Engel handeln. Nur er hatte die Möglichkeit, den Zweitschlüssel ihrer Vermieterin zu benutzen.

Auf einmal siegte Ninas Wut über ihre Angst. Seit fast zwei Wochen gehörten die Eskapaden dieses Mistkerls jetzt zu ihrem Alltag, sie musste dem Treiben jetzt ein Ende setzen. Sie schaltete den Fernseher ein, um vorzutäuschen, dass sie es sich im Wohnzimmer gemütlich machte. Dann streifte sie die Schuhe von den Füßen und schlich auf Zehenspitzen hinaus, unschlüssig, welche Richtung sie einschlagen sollte. Arbeitszimmer? Badezimmer? Schlafzimmer? Sie entschied sich für Letzteres und näherte sich der Tür hinten im Flur.

Angst und Nervosität ließen sie gleichzeitig frieren und schwitzen. Sie legte ihre schweißnasse Hand auf die Klinke. Jetzt reiß dich zusammen, ermahnte sie sich. Du bist über dreißig, hast eine unschöne Scheidung überstanden und dein Leben in jeder Beziehung im Griff. Du wirst doch wohl nicht einknicken vor einem alternden Milchbubi, der mit seinen dreißig Jahren noch keine Freundin hatte und sich nur ein bisschen aufspielen will. Los, jetzt! Geig ihm die Meinung. Entschlossen drückte sie die Klinke nach unten, aber in diesem Moment wurde die Tür von innen aufgerissen, so dass sie beinahe das Gleichgewicht verloren hätte und in ihr Schlafzimmer gestolpert wäre.

Vor ihr stand tatsächlich Marius Engel. Für den Bruchteil einer Sekunde war sie sprachlos und vor Schreck wie gelähmt. Dann schrie sie ihn an: »Das darf doch nicht wahr sein! Wie kommen Sie hier rein und was zum Teufel machen Sie hier?« Ihre Stimme überschlug sich fast vor Zorn, aber der Eindringling zeigte keine Anzeichen eines schlechten Gewissens.

»Hallo, Frau Bergmann. Alles klar bei Ihnen?«

»Das geht Sie einen Scheißdreck an. Ich will jetzt sofort wissen, was Sie hier zu suchen haben.«

»Ich war so nett, mich um Ihr Fenster zu kümmern«, antwortete er, als wäre es das Selbstverständlichste der Welt, sich Zutritt zu ihrer Wohnung zu verschaffen.

»Wie bitte?«

»Es schlug unkontrolliert auf und zu. Das hätte die Scheibe wahrscheinlich nicht mehr lange mitgemacht.«

»Reden Sie keinen Mist«, widersprach sie. »Das Fenster war geschlossen, das weiß ich ganz genau.«

»Sie irren sich, Frau Bergmann. Als ich ins Haus kam, um meine Großmutter zu besuchen, habe ich den Krach sofort gehört und mich der Sache angenommen. Zum Glück haben wir einen Zweitschlüssel.«

»Wir? Diesen Schlüssel darf ausschließlich meine Vermieterin nutzen, auch wenn Sie Ihr Enkel sind.«

»Und ich helfe meiner Großmutter, wo ich kann.«

Sein selbstgefälliges Grinsen verursachte Nina Übelkeit. Seinem Namen zum Trotz hatte er nicht die geringste Ähnlichkeit mit einem Engel. Marius Teufel, das passte viel besser zu ihm.

»Jedenfalls sollten Sie darauf achten, alle Fenster zu schließen, wenn Sie nicht zu Hause sind.«

Wagte der Typ es wirklich, sie zu belehren? Ihre Fassungslosigkeit nahm ungeahnte Ausmaße an, während Marius Teufel sich nach wie vor nicht aus der Ruhe bringen ließ. Der Typ war aalglatt. Sie beschloss, das Video nicht zu erwähnen. Sollte er ruhig denken, dass sie es nicht bekommen hatte. Dann fiel ihr etwas ein, das ihn vielleicht aus seiner Selbstgefälligkeit reißen würde.

»Und um das Fenster zu schließen, haben Sie sich gleich hier eingeschlossen?«

Sie erkannte an dem kurzen Flackern in seinen Augen, dass er darauf nichts zu erwidern wusste. Das war wenigstens mal ein Punkt für sie. Sie wartete nicht ab, bis er sich eine Antwort überlegt hatte, sondern sagte: »Sie wollten mich in Sicherheit wiegen, damit ich einen umso größeren Schreck bekomme, nicht wahr? Sie mieses Drecksstück! Raus hier! Und wagen Sie es nie wieder, meine Wohnung zu betreten, mich zu verfolgen oder mir ihre krankhaften Nachrichten zu schicken, sonst zeige ich Sie an.«

»Welche Nachrichten?«, fragte er mit Unschuldsmiene, aber sie wiederholte nur: »Raus!«

Betont langsam schlenderte er den Flur entlang zur Wohnungstür, drückte vergeblich die Klinke herunter, drehte den Schlüssel und war endlich draußen. Direkt hinter ihm knallte Nina die Tür zu. Dann stürmte sie zurück ins Schlafzimmer und sah sich hektisch um, konnte aber nichts entdecken, was darauf hinwies, dass der Typ herumgeschnüffelt oder sogar etwas geklaut hatte.

Sie riss das Fenster auf und ließ die kalte Abendluft ins Zimmer strömen, als könnte sie damit die Spuren von Marius Teufels Anwesenheit weglüften. Sie zitterte immer noch, wusste allerdings nicht, ob ihr immer noch das Entsetzen in den Knochen saß oder die unbändige Wut auf den Typen sie dermaßen aufwühlte. Das Schlimmste war, dass sie mit niemandem über den Vorfall sprechen konnte. Peter sollte nach wie vor nichts von ihrem Stalker wissen. Penny war jetzt mit Kilian bei einer Geburtstagsfeier, von der sie ihr am Nachmittag erzählt hatte. Oliver hatte gestern schon zu viel von der

Sache mitgekriegt. Sie wollte ihn damit auf keinen Fall überstrapazieren, dafür kannten sie sich noch nicht lange und gut genug.

Sie zog sich bis auf die Unterwäsche aus, verkroch sich in ihr Bett und kniff die Augen zu. Aber alle Bemühungen, ruhig zu werden und bestenfalls einschlafen zu können, blieben erfolglos. In ihrem Kopf hatte sich ein neuer furchtbarer Gedanke festgesetzt. Was, wenn dieser gestörte Marius Kameras in ihrer Wohnung verteilt hatte? Sie sprang auf, wickelte sich in ihren alten Bademantel und stürmte ins Arbeitszimmer. Ohne auf die Protestgeräusche von Jeffrey und Clara zu achten, die sie aus dem Schlaf gerissen hatte, knipste sie die Schreibtischlampe an und fuhr den Computer hoch.

Erst mehr als zwei Stunden später legte sie sich wieder ins Bett. Sie hatte sich im Internet Bilder von Minikameras angesehen und nachgelesen, wo diese am besten versteckt werden konnten. Dann hatte sie in jedem Raum ihrer Wohnung die entsprechenden Stellen abgesucht, aber zum Glück ohne Erfolg. Wenigstens in dem Punkt war ihre Angst unbegründet. Um in dieser Nacht doch noch ein bisschen Schlaf zu finden und ihren Nerven eine verdiente Pause zu gönnen, nahm sie erneut eine Schlaftablette.

Kapitel 17

Schweißgebadet schreckte sie um kurz nach drei Uhr aus dem Schlaf und starrte einen Moment atemlos in die Dunkelheit. Im Traum hatte sie die Konfrontation mit Marius Engel erneut durchlebt und diesmal hatte er sie sogar mit einem Messer bedroht. Entschlossen, nicht über diese Horrorvorstellung nachzudenken, knipste sie die Lampe auf ihrem Nachttisch an und griff nach *Stolz und Vorurteil*. Es war ihr Lieblingsbuch von Jane Austen und lag stets griffbereit neben ihrem Bett. Seit ihrer Jugend hatte die Geschichte über Elizabeth Bennet und ihren Mr. Darcy es immer zuverlässig geschafft, sie abzulenken und ungute Gefühle zu vertreiben.

Heute nicht. Nachts war man zu durchlässig für negative Gedanken, sie pirschten sich an und machten sich im Kopf breit. Nina klappte das Buch zu, löschte das Licht und warf sich bis zum Morgen unruhig im Bett hin und her. Doch die Erinnerungen an die Begegnung mit Marius Engel ließen sich leider nicht durch hektische Bewegungen verscheuchen wie Rehe auf einer Waldlichtung. Um sieben Uhr stand sie auf, duschte, zog sich an und bemühte sich, den Tag so normal wie möglich anzugehen. Sie fütterte die Papageien, bereitete sich ein Frühstück zu, das sie dann allerdings nicht anrührte, und checkte ihre E-Mails. Plötzlich fiel ihr ein, dass ihr Handy noch immer im Auto lag, wo sie es gestern Abend vergessen hatte. Sie würde es holen, wenn sie nach unten ging, um mit Frau Mattis über den dringend notwendigen Austausch der Schließanlage zu sprechen. Nina wusste, dass sie sich erst danach auf ihre Arbeit an der Barbarossa-Übersetzung würde konzentrieren können, also verließ sie gegen halb neun die Wohnung. Sie traf ihre Vermieterin schon im Hausflur. Frau Mattis kam gerade die Kellertreppe herauf und hielt vier Gläser mit selbstgemachter Marmelade in den Armen. Nina ging auf sie zu und nahm ihr zwei der Marmeladengläser ab, die bedenklich ins Rutschen geraten waren.

»Ach, Sie schickt der Himmel, Frau Bergmann. Nicht auszudenken, was das für eine Schweinerei geworden wäre. Eigentlich wollte ich nur ein oder zwei Gläser holen. Die Marmelade ist von einer Bekannten, sie versorgt mich immer großzügig damit. Aber wenn meine Beine mich schon mal in den Keller tragen, nutze ich die Gunst der Stunde und nehme viel mehr mit, als ich brauche. Ja, so ist das im Alter. Da bestimmt der Körper, was erledigt wird, und nicht der Wille.«

Nina lächelte und trug die Marmeladengläser in die Wohnung ihrer Vermieterin. Dann fasste sie sich ein Herz und sagte: »Frau Mattis, ich möchte etwas mit Ihnen besprechen und weiß nicht genau, wie ich anfangen soll.«

»Klar und direkt, schlage ich vor«, antwortete Gertrud Mattis. »Ist das nicht stets der beste Weg?«

»Ja, aber ich will nicht, dass Sie mich falsch verstehen.«

»Momentan verstehe ich noch gar nichts. Und das ist sicher zu wenig, habe ich Recht?«, fragte Frau Mattis aufmunternd.

»Also gut«, begann Nina. »Es geht um Ihren Enkel.«

»Um Marius? Was ist mit ihm?«

»Er war gestern in meiner Wohnung. Einfach so. Als ich nicht zu Hause war. Angeblich hat er ein offenes Fenster schlagen hören, dabei bin ich sicher, dass ich morgens alles kontrolliert habe, bevor ich weggefahren bin. Haben Sie auch etwas gehört?«

»Nein, aber das heißt nichts. Sie wissen ja, meine Ohren sind nicht mehr die besten. Ich wusste nicht, dass er in Ihre Wohnung gegangen ist, sonst hätte ich ihn zumindest begleitet, wenn es denn wirklich nötig gewesen wäre. Ich verstehe, dass Sie darüber verärgert sind und werde mit ihm sprechen.«

»Danke, das ist nett von Ihnen.«

»Nein, das ist selbstverständlich. Der Junge übertreibt manchmal mit seiner Hilfsbereitschaft. Und damit so etwas nicht noch einmal vorkommt, werde ich den Zweitschlüssel zu Ihrer Wohnung an einen anderen Platz legen.« Mit diesen Worten öffnete sie die Schublade ihres Garderobenschränkchens. Dann stutzte sie. »Der Schlüssel ist weg. Bestimmt hat Marius vergessen, ihn zurückzulegen. Ich werde das mit ihm klären. Und natürlich muss er sich bei Ihnen entschuldigen.«

Nina legte nicht den geringsten Wert auf eine Entschuldigung, aber das würde sie Frau Mattis nicht sagen. Außerdem glaubte sie keine Sekunde an ein Versehen. Ihr wurde schlecht bei dem Gedanken, dass der Typ jederzeit wieder in ihre Wohnung marschieren konnte. »Sie sollten die Schließanlage auswechseln lassen. Ich bin bereit, mich an den Kosten zu beteiligen. Nur so können wir uns vor ungebetenen Gästen schützen, jetzt, wo einer der Schlüssel unauffindbar ist.«

»Jetzt übertreiben Sie«, widersprach Frau Mattis, »der Schlüssel ist ja nicht unauffindbar. Marius wird ihn mir zurückgeben und dann vergessen wir die Sache, in Ordnung?«

Obwohl für Nina gar nichts in Ordnung war, nickte sie. Sie musste gründlich darüber nachdenken, wie sie Frau Mattis von der Dringlichkeit eines Schließanlagenwechsels überzeugen konnte, ohne ihr wegen ihres Enkels zu nahe zu treten. Sie drehte sich um und wollte die Wohnung ihrer Vermieterin verlassen, aber die verfügte offensichtlich über weitaus mehr Menschenkenntnis als angenommen.

»Sie haben noch etwas auf dem Herzen, oder?«, fragte sie behutsam.

Jetzt half nur schonungslose Ehrlichkeit.

»Ja«, gab Nina zu. »Ihr Enkel. Er ... er macht mir Angst. Er starrt mich an, und ich glaube, dass er mir anonyme und nicht sehr freundliche Nachrichten auf mein Handy schickt. Er hat etwas gegen mich, ich weiß nur nicht, was. Und jetzt war er einfach so in meiner Wohnung. Ich fühle mich von ihm bedroht.«

Jetzt war es raus. Nervös wartete Nina auf die Reaktion von Gertrud Mattis. Auf deren Gesicht erschien ein trauriger Ausdruck, der Nina ins Herz schnitt. Es tat ihr unendlich leid, der alten Dame Kummer zu bereiten. Frau Mattis ging auf ihr Wohnzimmer zu, drehte sich dort zu Nina um und winkte sie zu sich heran.

»Kommen Sie. Ich möchte Ihnen etwas erzählen.«

Sie folgte ihrer Vermieterin und nahm dort Platz, wo sie bereits vor ein paar Tagen gesessen und sich mit Frau Mattis unterhalten hatte. Die Orchideen blühten in ihrer gewohnten Pracht, alles war penibel sauber und aufgeräumt, lediglich die Zeitschrift mit dem angefangenen Kreuzworträtsel war weg und hatte einem Handarbeitskorb Platz gemacht. Frau Mattis setzte sich diesmal nicht zu Nina auf das Sofa, sondern in den Sessel gegenüber. Nervös strich sie Falten, die nur sie sah, auf ihrem Rock glatt. Nina wartete geduldig, bis die alte Dame sich gesammelt hatte und anfing zu sprechen.

»Marius ist ein lieber Junge, aber über seinem Leben stand von Anfang an kein guter Stern.«

»Was meinen Sie damit?«

»Er hat leider kaum Selbstvertrauen und ist sehr menschenscheu. Dadurch wirkt er düster und bedrohlich, wenn man ihn nicht kennt, doch solche Dinge, die Sie gerade beschrieben haben, würde er niemals tun. Am liebsten würde Marius gar nichts mit anderen zu tun haben, weil er sich für unzulänglich hält. Und das ist nur die Schuld von diesem, diesem ...«

»Wessen Schuld ist es?«, hakte Nina nach.

»Die von meinem Schwiegersohn. Ich hasse es, ihn so zu nennen. Er war ein durch und durch schlechter Mensch. Er hat meine unschuldige und liebenswerte Tochter behandelt wie sein Eigentum, hat darüber bestimmt, was sie tun und lassen durfte und wie sie zu leben hatte. Sie war blind vor Liebe und hat seine Bevormundungen für Fürsorge gehalten. Ich habe immer wieder versucht, ihr die Augen zu öffnen. Vergebens, sie wollte nicht zuhören. Sie war ihm hörig, anders ist es nicht zu erklären.«

»Und Ihr Mann lebte zu dem Zeitpunkt leider schon nicht mehr«, erinnerte sich Nina.

»Stimmt. Er fehlt mir jeden Tag, aber in der Zeit fehlte er mir am allermeisten. Als Marius auf die Welt kam, war meine Tochter überglücklich. Ihr Mann jedoch fühlte sich durch das Baby an den Rand gedrängt und vernachlässigt. Er hat den Jungen mit Verachtung gestraft und bei jeder sich bietenden Gelegenheit schikaniert und gedemütigt.«

»Das muss Ihrer Tochter doch die Augen geöffnet haben«, warf Nina ein.

»Ja, aber die Zweifel kamen nur allmählich. Immer mal wieder packte sie ihre Sachen, nahm das Kind und verließ ihn. Sie versteckte sich entweder hier bei mir oder bei einer Freundin, aber er fand sie jedes Mal, lullte sie ein mit Liebesschwüren und großen Versprechungen und holte sie so wieder zu sich zurück. Sie hatte trotz allem noch Gefühle für ihn und redete sich ein, sie dürfe ihm den Sohn nicht wegnehmen. Obwohl er sich für Marius ohnehin nur interessierte, wenn er ein Ventil für seine schlechte Laune brauchte. Und so vergingen viele Jahre. Sie ging, er holte sie zurück. Er liebte Frau und Kind zwar nicht, aber sie gehörten ihm und das sollte auch so bleiben.«

»Und was ist dann passiert?«

»Als Marius elf war, erfuhr meine Tochter, dass sie unheilbar an Leukämie erkrankt ist. Immer, wenn sie im Krankenhaus war, erlebte Marius zu Hause mit seinem sogenannten Vater die Hölle. Der trank viel zu viel und verprügelte den Jungen, um seine Aggressionen abzubauen. Erzählt hat Marius mir nichts davon. Und sichtbare Verletzungen hatte er nie, so schlau war der Mistkerl sogar noch im Suff.«

Nina konnte sich nicht dagegen wehren, trotz allem Mitleid für Marius Engel zu empfinden. »Was für eine schreckliche Kindheit.«

»Ja«, stimmte Frau Mattis zu, »und deshalb wäre es nicht gerecht gewesen, wenn das, was er getan hat, sein Leben zerstört hätte.«

Plötzlich war Nina sich nicht mehr sicher, ob sie die ganze Wahrheit wissen wollte. Trotzdem hörte sie sich fragen: »Was hat er getan?«

»Meine Tochter starb überraschend während eines Reha-Aufenthaltes in Bad Salzungen. Marius war außer sich vor

Kummer und Angst. Er wusste, dass er dem schrecklichen Mistkerl nun total ausgeliefert war. Als der den Jungen eines Nachts wieder mal verprügelt hatte und anschließend seinen Rausch ausschlief, hat Marius das Haus angezündet und seinen Vater verbrennen lassen.«

Nina schnappte nach Luft, so schockiert war sie von der Aussage an sich und dem emotionslosen Tonfall, mit dem Gertrud Mattis davon berichtete. Sie wollte etwas sagen, doch ihre Kehle war ganz trocken und sie war sicher, keinen Ton herauszubringen.

Frau Mattis redete weiter, als würde sie sich durch das Gespräch von einer Last befreien. »Die Polizei fand damals schnell heraus, dass es sich um Brandstiftung handelte, und natürlich haben sie Marius verdächtigt. Aber ich habe ausgesagt, dass der Junge zur fraglichen Zeit hier bei mir gewesen ist. Es waren Ferien, also wunderte sich niemand darüber, dass er ein paar Tage bei seiner Oma verbrachte. Der Richter verzichtete darauf, mich zu vereidigen. Ich weiß nicht, ob er mir geglaubt hat oder nur Mitleid mit dem Jungen hatte, und es ist mir auch egal. Strafmündig war Marius ohnehin nicht, und die Schilderungen seines Alltags gingen an keinem der Anwesenden im Gerichtssaal spurlos vorbei. Und ihrem Kind beizustehen, war schließlich alles, was ich für meine Tochter noch tun konnte. Außerdem ist mir nur Marius von meiner Familie geblieben. Von meiner dunklen und traurigen Seele ist er der einzige helle Teil, den ich noch habe.« Nach diesem Monolog sackte Gertrud Mattis in sich zusammen. Plötzlich erschien sie älter, als sie war, und über alle Maßen zerbrechlich.

»Hat Marius danach hier bei Ihnen gewohnt?«, fragte Nina leise.

»Nein, man hielt es für besser, ihn in einer Wohngruppe mit anderen traumatisierten Jugendlichen unterzubringen. Ich bin so froh, dass er die Kurve gekriegt hat. Er hat einen Beruf, er hat eine Wohnung und er hat sein Leben im Griff. Sie ahnen nicht, wie viel mir das bedeutet.«

Nina war absolut nicht der Meinung, dass Marius Engel sein Leben im Griff hatte. Dazu war das Verhalten, das er an den Tag legte, viel zu schräg, aber das konnte sie Frau Mattis unmöglich sagen. Nina verurteilte die Frau nicht für ihre Falschaussage, die sie aus Liebe zu ihrer verstorbenen Tochter und ihrem Enkel gemacht hatte. Sie verspürte sogar ein gewisses Verständnis für das, was Marius Engel getan hatte, auch wenn es natürlich ein schweres Verbrechen blieb. Doch was hatte das alles mit ihr zu tun?

Sie wartete einen Augenblick und gab ihrer Vermieterin damit Zeit, sich zu sammeln, bevor sie sagte: »Es tut mir leid für Sie und Ihren Enkel, was Sie durchgemacht haben. Aber weshalb verhält er sich mir gegenüber so seltsam?«

»Sie erinnern ihn, genau wie mich, an seine Mutter. Sie war so alt wie Sie jetzt, als sie starb. Und das macht ihn froh und traurig zugleich.«

»Und was glauben Sie, warum er mir nachstellt und mir diese gemeinen Nachrichten schickt?«

Frau Mattis straffte die Schultern. »Das, meine Liebe, glaube ich überhaupt nicht. Duhnen ist ein kleiner Ort. Da läuft man sich nun mal über den Weg. Purer Zufall, wenn Sie mich fragen. Und wer immer Ihnen unschöne Nachrichten schickt, mein Enkel ist es sicherlich nicht.«

Nina sah ein, dass es keinen Sinn hatte, das Gespräch weiterzuführen. Sie hätte natürlich berichten können, dass Marius sie vom Garten aus unverhohlen beobachtet hatte. Dass er sie im Lebensmittelladen körperlich bedrängt hatte. Dass er ihr im Baumarkt aufgelauert hatte und dass aufgrund der Inhalte niemand außer ihm in Frage kam als Absender der Handy-Nachrichten. Aber all das würde zu nichts führen. Gertrud Mattis würde sich stets vor ihren Enkel stellen, so wie sie es in der Vergangenheit getan hatte. Und in gewisser Weise bewunderte Nina sie sogar dafür. Außerdem war ein Austausch der Schließanlage vielleicht gar keine Lösung, denn Marius Engel konnte den Schlüssel zu Ninas Wohnung immer wieder an sich nehmen, wenn er bei seiner Oma zu Besuch war. Sie hatte ja auch diesmal nichts davon mitbekommen. Nina hoffte, dass Frau Mattis wirklich den Zweitschlüssel von ihrem Enkel zurückbekommen würde, und nahm sich vor, ihn dann nicht mehr bei ihrer Vermieterin zu hinterlegen. Wozu auch?

Kapitel 18

Marius

Wenn er nur wüsste, worüber die beiden redeten. Von seinem Stammplatz hinter der Hecke des Nachbargrundstücks aus sah Marius in das Wohnzimmer seiner Oma. Nina Bergmann saß jetzt schon seit mehr als einer Stunde auf dem Sofa, Oma Gertrud ihr gegenüber, mit dem Rücken zum Fenster. Die zwei waren in ein Gespräch vertieft. Obwohl – soweit Marius es erkennen konnte, hatte Frau Bergmann bisher kaum etwas gesagt. Scheinbar redete seine Oma die ganze Zeit, aber der Gesichtsausdruck ihres Gastes ließ vermuten, dass es sich keineswegs um einen harmlosen und lockeren Plausch handelte. Worum also ging es in der Unterhaltung?

Marius hatte angenommen, dass die Bergmann sein Eindringen in ihre Wohnung für sich behalten würde, um Oma Gertrud nicht unnötig aufzuregen. Hatte er sich geirrt? Hatte sie ihn verraten? Und hatten die beiden Weiber schon nach dem Zweitschlüssel gesucht und gemerkt, dass er nicht an seinem Platz lag? Egal, er würde sagen, er hätte ihn aus Versehen mitgenommen. Seine Oma konnte er damit bestimmt überzeugen. Sie um den Finger zu wickeln, war von Kindesbeinen an eine seiner leichtesten Übungen. Nina würde ihm natürlich nicht glauben, aber das war auch gut so. Sie sollte Angst vor ihm haben, sich unsicher und unwohl fühlen. Das war der Plan, und bisher setzte er ihn ziemlich gut um.

Kapitel 19

Nachdem sie sich von Frau Mattis verabschiedet hatte, brauchte sie unbedingt frische Luft und entschloss sich zu einem ihrer geliebten Spaziergänge. Es war ein kalter Tag und sie hatte den Strand fast für sich allein. Der Wind, der von der See her wehte, schnitt ihr schmerzhaft ins Gesicht, aber sie nahm es kaum wahr. Viel zu sehr beschäftigte sie alles, was sie über

Marius Engel erfahren hatte. Er hatte in seiner Kindheit unfassbare Dinge erlebt. Einen versoffenen Vater, der ihn vom ersten Tag an ablehnte und regelmäßig misshandelte. Und den viel zu frühen Verlust der geliebten Mutter, ohne die alles noch schlimmer wurde, so dass er als letzten Ausweg nur die kriminelle Tat sah, bei der sein Vater starb. Und auch wenn er in der Wohngruppe therapiert anstatt tyrannisiert wurde und man ihm dort fachmännisch zuhörte, war das kein Ersatz für ein Zuhause mit Eltern, die einen von Herzen und bedingungslos liebten. Ein Gefühl von Wärme strömte trotz des kalten Wetters durch Ninas Körper, als ihr wieder einmal klar wurde, wie wunderschön und behütet und liebevoll ihre eigene Kindheit gewesen war. Dabei fiel ihr ein, dass Peter bestimmt schon krank war vor Sorge, weil er sie nicht hatte erreichen können. Sofort meldete sich ihr schlechtes Gewissen, denn auch wenn Peter sie mit seiner Fürsorge manchmal erdrückte, hatte er es nicht verdient, dass sie ihn schmoren ließ. Diesen wunderbaren Mann, der ihre Mutter von Herzen geliebt hatte und der zwar nicht ihr Vater, aber doch immer ihr Papa gewesen war.

Sie kehrte um und machte sich auf den Weg zurück zu ihrer Wohnung. Bevor sie aber ins Haus ging, holte sie ihr Handy aus dem Auto und sah, dass sechs verpasste Anrufe von Peter gespeichert waren. Auf dem Festnetztelefon würde die Bilanz vermutlich ähnlich ausfallen. Sie musste sich jetzt sofort bei ihm melden. Als sie ins Haus trat, wurde zeitgleich die untere Wohnungstür von innen geöffnet und Frau Mattis, gefolgt von Marius Engel, kam zu ihr hinaus. Gertrud Mattis verkündete freudestrahlend: »Frau Bergmann, es war genau so, wie ich es vermutet habe. Marius hat vergessen, den Schlüssel zurückzulegen, nachdem er ihr Fenster geschlossen hatte.«

»Das Fenster *war* geschlossen«, warf Nina ein und merkte selbst sofort, wie überflüssig die Bemerkung war. Der liebevolle Blick, mit dem Gertrud Mattis ihren Enkel ansah, sprach Bände. Sie würde ihm immer glauben. Immer und alles. Es überraschte Nina daher nicht, dass ihre Worte ignoriert wurden.

»Natürlich war es ganz und gar nicht in Ordnung, dass er Ihre Wohnung ohne mein Wissen betreten hat, aber er hat es ja nur gut gemeint. Und er macht es nicht noch einmal, das hat er mir versprochen. Wir müssen also gar nichts weiter unternehmen, schon gar keinen kostspieligen Schlösseraustausch oder so etwas, und können uns alle wieder beruhigen.«

Für Frau Mattis war der Fall nun erledigt. Für Nina nicht. »Würden Sie mir den Schlüssel bitte überlassen?«

»Warum denn?«, fragte Frau Mattis.

»Ich möchte ihn meinem Stiefvater geben«, log Nina, »damit er jederzeit in meine Wohnung kann. Er ist meine engste Bezugsperson, wissen Sie?«

»Kommt nicht infrage«, sagte Marius, bevor seine Oma antworten konnte, »es gibt nur diesen einen zusätzlichen Schlüssel und der bleibt natürlich beim Vermieter. Meine Oma kennt Ihren Stiefvater nicht. Was muten Sie ihr zu, wenn Sie dafür sorgen, dass ein für sie Fremder dieses Haus betreten kann, wann immer er will?«

Nina wusste, dass ein Vermieter nach herrschender Rechtsprechung keinen Schlüssel zu einer vermieteten Wohnung behalten durfte, aber als sie Gertrud Mattis nicken sah, wusste sie auch, dass diese Runde wieder eindeutig an Marius Engel ging. Ihr drehte sich der Magen um, als sie das selbstgefällige Grinsen sah, mit dem er sie hinter dem Rücken seiner Oma ansah.

Warum ließ er sie nicht in Ruhe? Was hatte sie ihm getan? Und wie wurde sie ihn los? Nina hatte auf keine dieser Fragen eine Antwort. Sie stapfte wortlos und ohne sich zu verabschieden die Treppe hinauf zu ihrer Wohnung, und es war ihr egal, was Gertrud Mattis über ihr Benehmen dachte.

Nachdem sie einen Kamillentee getrunken hatte, entspannte sie sich und ihr Magen beruhigte sich. Jetzt war sie in der Lage, ihren Stiefvater anzurufen. Das Festnetztelefon zeigte tatsächlich acht verpasste Anrufe an, alle von Peter. Sie drückte auf die Kurzwahltaste, hinter der sich seine Nummer verbarg. Er nahm nach dem ersten Klingeln ab.

»Sternchen, um Himmels willen, was ist los bei dir? Ich habe schon tausend Mal angerufen. Wo warst du?«

»Vierzehn Mal.«

»Was?«

»Vierzehn Mal hast du angerufen, nicht tausend«, sagte sie.

»Und was sollen jetzt die Spitzfindigkeiten? Ich habe mir Sorgen gemacht, bin schon fast wahnsinnig geworden, als ich dich weder zu Hause noch per Handy erreichen konnte. Also?«

»Also was?« Sie wusste selbst nicht, warum sie so kaltschnäuzig war. Hatte sie nicht erst vor Kurzem tiefe Dankbarkeit für Peter und seine Fürsorge empfunden? Doch irgendwo musste die schlechte Laune hin, die dieser Marius Teufel in ihr hervorgerufen hatte.

»Also, wo warst du die ganze Zeit?«

»Ich war spazieren und mein Handy lag im Auto. Das ist mir aber eben erst eingefallen«, log sie. Peter antwortete nicht, deshalb fügte sie hinzu: »Du musst aufhören, immer besorgt um mich zu sein. Ich bin einunddreißig Jahre und kann gut auf mich aufpassen.«

Konnte sie das wirklich? Sie trat ans Küchenfenster und schaute hinunter auf die Straße. Fast erwartete sie, Marius Engel vor dem Haus stehen zu sehen, der sie wieder beobachtete. Doch da war nur der Nachbar von gegenüber, der in der Auffahrt sein Auto wusch, obwohl heute Sonntag war, und ein Mädchen mit einem Hund an der Leine.

»Ich weiß«, lenkte Peter ein, »aber du fehlst mir nun mal. Ich würde dich gerne viel öfter sehen, am liebsten jeden Tag.«

Sie wusste nicht genau, ob sie sich geschmeichelt oder eingeengt fühlte von Peters Worten. Sie hielt es für das Beste, gar nicht darauf einzugehen. »Was wolltest du denn von mir?«

»Nichts. Nur deine Stimme hören.«

»Na gut, das hast du ja jetzt. Sei mir nicht böse, aber ich muss noch arbeiten. Mein aktueller Übersetzungsauftrag raubt mir den letzten Nerv, ich möchte das so schnell wie möglich hinter mich bringen.«

»Schon okay«, antwortete Peter, doch es war ihm deutlich anzuhören, dass es eben nicht okay für ihn war, abgewimmelt zu werden. Egal, sie war jetzt nicht in der Verfassung, sich um die Befindlichkeiten ihres Stiefvaters allzu viele Gedanken zu machen. Sie beendete das Gespräch und wollte das Telefon gerade weglegen, als es erneut klingelte. *Unbekannt* stand auf dem Display, und sofort lief es Nina wieder kalt über den Rücken. Reichte es diesem Hobby-Psychopathen jetzt nicht mehr, ihr gemeine Nachrichten zu schicken? Zündete er die nächste Stufe, indem er sie direkt anrief? Kurz überlegte sie, den Anruf einfach wegzudrücken. Aber hatte sie sich nicht fest vorgenommen, dem Typen die Stirn zu bieten, anstatt sich ihrer Angst hinzugeben? Energisch drückte sie auf die grüne Taste.

»Bergmann«, bellte sie in den Hörer und ließ ihren eigenen Namen klingen wie ein Schimpfwort. Für einen winzigen Moment blieb es still am anderen Ende, bevor eine Frauenstimme sagte: »Guten Tag, hier spricht Frauke. Aber wenn ich ungelegen ...«

Die Anruferin ließ den Satz unvollendet, und in Ninas Kopf purzelte alles durcheinander. Es war nicht Marius, Gott sei Dank. Es war eine Frau. Frauke. Welche Frauke? Ach ja, Frauke Mertens. Tante Frauke. Der Geburtstagsbrief hatte seinen Bestimmungsort auf Neuwerk im Laufe der vergangenen Woche also erreicht. Nina fiel ein, dass sie ihre Telefonnummer angegeben hatte, falls Frauke Lust hätte, ihre erwachsene angeheiratete Nichte anzurufen. Und jetzt war sie am Telefon.

»Nein, ich freue mich über deinen Anruf, wirklich«, beeilte sie sich zu sagen.

»Und ich habe mich über deinen Brief gefreut. Damit hätte ich nicht gerechnet nach so langer Zeit.«

»Gut, dass du ihn bekommen hast. Es stand ja nur dein Name und der der Insel drauf.«

»Ach, hier kennt jeder jeden«, bestätigte Frauke lachend Ninas Vermutung. »Unser Postbote, der uns nicht nur Briefe und Päckchen, sondern auch allerhand andere Sachen vom Festland bringt, kommt im Sommer sechs Mal und im Winter drei Mal die Woche. Das klappt alles wunderbar.«

»Toll«, antwortete Nina. Worüber sprach man mit einer Frau, die man kaum kannte und über die man so gut wie nichts wusste? »Wie geht es dir denn so?«, fügte sie einfallslos hinzu.

»Mein Leben hat sich in den letzten Jahrzehnten nicht wesentlich verändert. Aber der achtjährigen Nina, die du bei eurem ersten Besuch warst, der Abiturientin beim zweiten Mal und der Frau Bergmann von heute ist zwischenzeitlich sicher viel Interessantes passiert. Also erzähl mir doch lieber von dir.«

Und das tat Nina. Schon nach wenigen Minuten hatte sie nicht mehr das Gefühl, mit einer Frau zu telefonieren, die ihr so gut wie fremd war. Frauke Mertens schien ehrlich interessiert an Ninas Werdegang und ihrem jetzigen Leben. Sie hörte aufmerksam zu, stellte Zwischenfragen, urteilte oder bewertete aber nicht. Mehrfach lud sie Nina ein, sie auf Neuwerk zu besuchen, und Nina versprach, das bald zu tun. Als sie das Gespräch nach fast eineinhalb Stunden beendeten, bemerkte Nina, dass sie die ganze Zeit über nicht ein einziges Mal an Marius Engel gedacht hatte.

Kapitel 20

Entschlossen, sich jetzt ganz und gar der Barbarossa-Übersetzung zu widmen, ging sie ins Arbeitszimmer und setzte sich an ihren Schreibtisch. Sie arbeitete konzentriert, bis ihr Magen so laut knurrte, dass sie es nicht mehr ignorieren konnte. Auf dem Weg in die Küche überlegte sie, worüber sich ihre nicht verwöhnten Geschmacksnerven freuen würden. Tiefkühlpizza? Dosenravioli? Toast Hawaii? Während sie nachdachte, fiel ihr Blick auf ihr Handy, das auf der Arbeitsplatte lag und anzeigte, dass zwei neue SMS eingetroffen waren. Obwohl sie wusste, wer der Absender war, öffnete sie die Nachrichten.

Ich besuche dich bald wieder.

Ich besuche dich, wann ich will.

Sie starrte ihr Handy an wie ein ekelerregendes Insekt. Am liebsten hätte sie es auf den Fliesen des Küchenfußbodens zerschellen lassen, damit Marius Engel ihr keine weitere miese Botschaft schicken konnte. Loswerden würde sie ihn dadurch allerdings nicht. Er trieb ein hundsgemeines Spiel mit ihr, dessen Dauer und Verlauf er bestimmte. Es war offensichtlich unmöglich, ihn zu stoppen, sie wusste ja nicht einmal, warum er so besessen von ihr war. Lag es tatsächlich nur an ihrer Ähnlichkeit mit seiner verstorbenen Mutter? Hatten die Dämonen seiner Kindheit ihn erneut fest im Griff, so dass Vergangenheit und Gegenwart ineinanderflossen und ihm total die Sinne vernebelten? Für den dreizehnjährigen Jungen von damals empfand sie Mitgefühl, vor dem erwachsenen Marius Engel, der sie verfolgte und bedrohte, fühlte sie nur nackte Angst. Er brauchte Hilfe, das war klar. Doch solange weder er noch seine Oma das erkannten, war Nina ihm und seinem Katz-und-Maus-Spiel hilflos und ohnmächtig ausgeliefert.

Und wenn sie doch wieder nach Bremen zog? Würde er sie in Ruhe lassen? Wahrscheinlich, aber sie spürte, dass sie dazu nicht bereit war. Dass sie sich nicht von ihm vertreiben lassen wollte. Sie brauchte vorerst nur eine Pause und ein bisschen Ablenkung. Spontan griff sie erneut nach ihrem Handy und wählte Olivers Nummer. Als er sich meldete, bemühte sie sich um einen möglichst lockeren Tonfall und schlug ihm vor, heute Abend in Stade zusammen essen zu gehen. Er sagte begeistert zu und nannte ihr seine Adresse.

Sie eilte ins Schlafzimmer, um sich umzuziehen. Wo war nur der schwarze BH mit Spitze? Sie durchwühlte die Wäscheschublade und nahm sie am Ende komplett heraus, um zu sehen, ob er dahintergerutscht war. Schließlich war die letzte Gelegenheit, etwas Derartiges zu tragen, eine halbe Ewigkeit her. Nichts. Sie beschloss, nicht noch mehr Zeit mit der Suche zu vergeuden. Vielleicht war es ohnehin besser, normal und alltäglich auszusehen. Sie wollte zwar durchaus ihr sexuelles Interesse zum Ausdruck bringen, aber sie sollte es vielleicht nicht gleich übertreiben. Zum Schluss packte sie ein paar Sachen in die Sporttasche, die sie sich in Bremen wegen eines Pilates-Kurses gekauft hatte, weil die Frauen von Lars' Freunden alle dahingegangen waren. Falls Oliver ihr doch vorschlug, die Nacht bei ihm zu verbringen, wollte sie vorbereitet sein. Und falls nicht, musste er ja nicht erfahren, dass sie die Tasche überhaupt dabeihatte.

Es war schon Nachmittag, als sie am Montag aus Stade zurückkam und mit einem zufriedenen Lächeln im Gesicht ihre Wohnung betrat. Sie fühlte sich wie die sprichwörtliche Katze, die am Sahnetopf genascht hatte. Und ein Sahnetopf war Oliver wirklich. Jede Sekunde mit ihm hatte sie genossen. Bei ihrer Ankunft begrüßte er sie so stürmisch, als hätten sie sich monatelang nicht gesehen und er sie schmerzlich vermisst. Nach dem hervorragenden Essen bei seinem Lieblingsitaliener schlug er vor, in seiner Wohnung ein Glas Wein zu trinken, aber bei einem Glas blieb es nicht. Auf sein Angebot, sie könne gern über Nacht bleiben, reagierte sie gekonnt überrascht und lehnte es dann halbherzig ab mit der Begründung, dass er am Montag bestimmt früh zur Arbeit müsse und sie ihn in seinem morgendlichen Ablauf nicht stören wolle. Als er daraufhin beteuerte, dass sie ihn niemals stören würde, und morgen schon gar nicht, weil montags sein freier Tag war, nahm sie die Einladung an und holte ihre Tasche aus dem Auto. Falls ihn ihre Weitsicht überraschte, Waschzeug und ein paar Wechselklamotten mitzubringen, zeigte er es zumindest nicht. Jedenfalls schlief sie am Ende nicht nur bei, sondern auch mit ihm.

Wie sehr ihr körperliche Nähe und Zärtlichkeiten doch gefehlt hatten! Den einzigen unromantischen Moment gab es, als Oliver Jazzmusik anstellte. Sie mochte Jazz nicht und konnte das nicht besonders gut verbergen. Als er sie fragte, ob ihr die Musik gefiele, antwortete sie: »Ich bin bei Jazz immer nicht sicher, ob alle Musiker dasselbe Stück spielen.« Zum Glück hatte Oliver darüber lachen können.

Zum ersten Mal seit Langem spürte sie wieder das von Pe Werner Anfang der neunziger Jahre besungene Kribbeln im Bauch und fühlte sich frei und unbeschwert. Was Penny wohl zu diesen Entwicklungen sagen würde? Sie beschloss, ihre Freundin in den nächsten Tagen anzurufen und ihr alles genau zu berichten. Vorher aber musste sie unbedingt die letzten Kapitel von diesem furchtbaren Barbarossa-Roman übersetzen.

Kapitel 21

Marius

Sie hatte die Nacht nicht zu Hause verbracht. Zuerst hatte er beim Anblick der Tasche, die sie im Kofferraum ihres Autos verstaute, gedacht, sie würde zum Sport oder ins Schwimmbad gehen und bald zurückkommen. Also stand er geschlagene drei Stunden hinter der Hecke, um ihre Rückkehr nicht zu verpassen. Bis ins kleinste Detail malte er sich aus, wie er sich in die Wohnung und ins Badezimmer schleichen würde, während sie unter der Dusche stand. Es ging ihm nicht darum, einen Blick auf ihren nackten Körper zu werfen, er war schließlich kein Spanner. Er würde lediglich mit einem ihrer Lippenstifte eine Botschaft auf dem beschlagenen Spiegel über dem Waschbecken hinterlassen und dann wieder verschwinden. Szenen wie diese hatte er schon in unzähligen Filmen gesehen, und immer waren die Opfer dieser Aktionen vor Angst fast durchgedreht. Was für ein Spaß! Aber sie kam nicht nach Hause und er wartete umsonst. Schlecht gelaunt hatte er den Abend vor dem Fernseher verbracht.

Am nächsten Morgen postierte er sich erneut vor dem Haus seiner Oma und wartete und wartete und wartete. Erst nach Stunden traf Nina Bergmann endlich ein, und als er einen Blick in ihr verräterisch glückseliges Gesicht warf, war ihm alles klar. Sie war bei dem Kerl gewesen, der neulich bei ihr übernachtet hatte. Marius ballte die Fäuste, wusste nicht wohin mit dieser alles verzehrenden Wut, die sich in seinem In-

neren sammelte wie ein glühend heißer Feuerball. Der dusse-
lige Nachbarshund kam schwanzwedelnd auf ihn zu und freute sich offenbar, ihn zu sehen. Der hatte ihm gerade noch gefehlt. Mit einem Tritt in die Seite verscheuchte er den Köter,
der sich winselnd aus dem Staub machte. Sein Zorn war dadurch allerdings nicht kleiner geworden, der Feuerball in ihm
glühte weiter. Warum hatte sie das getan? Warum ließ sie
sich auf diesen Scheißkerl ein? Warum machte sie alles kaputt? Und wie, zum Teufel, sollte er damit jetzt umgehen?

Kapitel 22

Seit zwei Stunden versuchte sie schon, Penny anzurufen, aber
sie erreichte ihre Freundin weder übers Handy noch auf dem
Festnetz. Langsam hatte sie das Gefühl, zu platzen, wenn sie
jetzt nicht endlich mit jemandem über Oliver und die vergangene Nacht reden konnte, also rief sie ersatzweise bei Peter
an. Er würde sich für sie freuen, dass es wieder einen Mann in
ihrem Leben gab. Die schlüpfrigen Details, die Penny zweifellos entzückt hätten, musste sie eben schweren Herzens weg-
lassen.

Das Telefonat mit Peter verlief allerdings völlig anders, als
sie es sich vorgestellt hatte. Ihr Stiefvater war keineswegs erfreut über die Nachricht, dass sie bis über beide Ohren verliebt
war. Im Gegenteil. Er mahnte zur Vorsicht und warnte sie davor, sich zu schnell auf einen neuen Mann einzulassen. Viel-

leicht sei dieser, wie hieß er noch, ach ja, dieser Oliver gar nicht so nett, wie er vorgab. Was wisse sie denn schon über ihn? Fast jeder habe doch eine Leiche im Keller und solange sie nicht sicher sein könne, welches dunkle Geheimnis dieser Herr Kesting hatte, solle sie lieber vorsichtig sein und ihn nicht zu nahe an sich heranlassen.

Zu spät, dachte sie im Stillen. Näher als letzte Nacht ging nicht mehr. Und überhaupt, was sollte das? Warum war Peter so misstrauisch? Warum freute er sich nicht für sie? Und warum traute er ihr nicht die geringste Menschenkenntnis zu? Ja, die Ehe mit Lars war ein Fehler gewesen. Und ja, Peter hatte das von Anfang an gewusst. Aber hätte er seine Warnungen nicht ein bisschen freundlicher verpacken können? Er meinte es nur gut, natürlich, Peter meinte immer alles nur gut. Ganz besonders, wenn es um Nina ging. Trotzdem war sie enttäuscht von seiner Reaktion und wechselte lieber schnell das Thema.

»Ich habe übrigens gestern mit Frauke telefoniert.«

Als Peter nicht antwortete, fügte sie erklärend hinzu: »Mit deiner Schwester Frauke auf Neuwerk.«

»Ich weiß, wer Frauke ist«, bellte Peter ins Telefon, »aber woher hast du ihre Nummer?«

Sie erzählte ihm von ihrem Brief. Obwohl Peter die ganze Zeit nichts sagte, hörte sie an seinen Atemzügen, dass er mit jedem Wort wütender wurde. Was war denn bloß heute mit ihm los? »Warum ärgert dich das?«, fragte sie ihn offensiv.

Peter schnaubte hörbar. »Weil sie ein böses altes Weib ist, von dem du dich fernhalten solltest.«

»Ich fand sie sehr nett und habe mich gerne mit ihr unterhalten.«

Peter schnaubte erneut.

»Sie hat ...« Nina brachte den Satz nicht zu Ende. Sie hatte sagen wollen, dass Frauke sie nach Neuwerk eingeladen hatte, verkniff es sich aber lieber.

»Sie hat was?«

»Nichts«, wich sie seiner Frage aus. Schon wieder dachte sie angestrengt über einen Themenwechsel nach. Sie schob ihren Schreibtischstuhl zurück, stand auf und lief unruhig vor dem Papageienkäfig auf und ab. Das war ja wie verhext heute, dieses Telefonat mit Peter erschien ihr wie ein einziges Minenfeld. »Ich habe übrigens einen Stalker«, platzte sie heraus.

»Was sagst du da? Seit wann? Kennst du ihn? Wer ist es? Was hat er dir angetan?« Wie erwartet war Peter von dieser Nachricht dermaßen schockiert, dass seine Stimme sich überschlug und nichts anderes mehr eine Rolle spielte.

»Seit ungefähr zwei Wochen«, antwortete sie. »Ich bekomme fiese SMS von ihm, vermutlich von einem Prepaid-Handy. Und manchmal beobachtet oder verfolgt er mich. Er heißt Marius Engel und ist der Enkel von Frau Mattis, meiner Vermieterin.«

Am anderen Ende der Leitung blieb es einen Moment still. Sie hielt es für vorstellbar, dass Peter sich jetzt sofort ins Auto setzte, nach Cuxhaven kam und sich den Typen wütend zur Brust nahm. Wäre das nicht sogar die beste Lösung? Denn allein schaffte sie es anscheinend nicht, sich Marius Engel vom Hals zu halten. Umso erstaunter war sie über Peters Antwort.

»Mit solchen Verdächtigungen musst du vorsichtig sein. Vielleicht kann von beobachten und verfolgen gar nicht die Rede sein. Möglicherweise war dieser Herr Engel zufällig ein paar Mal am selben Ort wie du. Und hast du einen Beweis dafür, dass er der SMS-Absender ist? Vielleicht steckt ja dein neuer Bekannter dahinter.«

Was sollte das denn jetzt? Warum spielte Peter die Sache herunter? Hielt er sie nur für hysterisch? Warum stellte er sich vor Marius Engel, sparte im Gegenzug jedoch nicht mit Verdächtigungen gegen Oliver? Er kannte doch beide nicht. »Ich weiß aber genau, dass Marius Engel mir nachstellt«, sagte sie und hörte selbst den trotzigen Unterton in ihrer Stimme.

»Und woher weißt du es?«

»Ich habe ihn in meiner Wohnung erwischt. Als ich am Samstag abends nach Hause gekommen bin, war er hier.«

»Er ist bei dir eingebrochen?«, fragte Peter jetzt doch erschrocken.

»Nein, das nicht. Er hat sich den Zweitschlüssel genommen, den Frau Mattis bei sich aufbewahrt. Angeblich ist ein Fenster bei mir auf- und zugeschlagen, dabei bin ich sicher, dass ich keines offen gelassen habe, als ich morgens aus dem Haus gegangen bin.«

»Ach, Sternchen. Du ahnst nicht, wie oft ich sicher bin, etwas getan zu haben. Und dann stellt sich heraus, dass ich es doch vergessen habe.«

»Ja, aber du bist fast sechzig und ich erst einunddreißig«, antwortete sie hart. Sie war wütend auf Peter, auf ihren wunderbaren Papa, und dieses Gefühl war so ungewohnt und schrecklich, dass ihr die Tränen kamen.

Peter ignorierte ihre Bemerkung. »Wo warst du überhaupt am Samstag?«

»Ich war unterwegs«, sagte sie ausweichend. Dass sie in Bremen war, ohne sich mit ihm zu verabreden, musste er nicht wissen.

»Wie auch immer, du solltest dich da in nichts hineinsteigern. Nimm lieber deinen neuen Bekannten genauer unter die Lupe. Und geh auf keinen Fall zur Polizei, hörst du? Du würdest dich nur lächerlich machen. Bestimmt ist dieses Enkelchen harmlos.«

»Das Enkelchen ist dreißig Jahre alt«, gab sie zurück, »und harmlos ist absolut nicht das Wort, mit dem ich ihn beschreiben würde. Er hatte eine schlimme Kindheit, das hat mir meine Vermieterin erzählt.«

»Und das macht gleich einen gefährlichen Erwachsenen aus ihm? Nina, jetzt machst du es dir zu leicht. Das ist ja die reinste Küchenpsychologie. Oder hat dir das deine Freundin Penny, die Super-Therapeutin, eingeredet?«

Jetzt reichte es ihr. Zuerst hatte Peter auf Oliver herumgehackt und jetzt auch noch auf Penny. »Ich möchte dieses Gespräch jetzt beenden«, sagte sie kalt. »Auf mich wartet viel Arbeit, und wir müssen uns beide erst beruhigen.«

»Gut«, lenkte Peter ein, »lass uns morgen wieder telefonieren, Sternchen. Und solltest du dich in deinem Nordseekaff nicht mehr wohlfühlen, weißt du, dass du hier immer ein Zuhause finden wirst.«

»Dieses Nordseekaff *ist* mein Zuhause, Peter.«

»Ach was. Du kennst das alles bisher nur als Ferienparadies deiner Kindheit. Bestimmt ist alles nur noch halb so toll, wenn du erst einen kalten, einsamen und langweiligen Winter dort verbracht hast.«

»Das werden wir ja sehen. Und jetzt Schluss für heute, okay? Bis morgen.«

Nach dem unschönen Telefonat gelang es ihr nicht, sich auf ihre Übersetzung zu konzentrieren. Wahrscheinlich lag das auch daran, dass Jeffrey ein Wort aufgeschnappt hatte, das ihm offensichtlich gefiel. Pausenlos wiederholte er es. Sie hätte nicht in seinem Beisein vom Arbeitszimmer aus telefonieren sollen. Schließlich wusste sie, wie rasant ihr Papagei neue Begriffe lernte und dann in Endlosschleife abspulte. Da es inzwischen schon fast zehn Uhr war, beschloss sie, schlafen zu gehen. Sie fuhr den Computer runter und löschte das Licht. Als sie im Bett lag und auch Jeffrey ruhig geworden war, glaubte sie, das Wort immer noch zu hören. Marius, Marius, Marius.

Kapitel 23

Am nächsten Tag erschien ihr das Telefonat mit Peter nicht mehr so dramatisch. Was wusste sie schon, was zwischen ihm und seiner Schwester Frauke in der Vergangenheit vorgefallen war? Bestimmt hatte er seine Gründe, nichts mit ihr zu tun haben zu wollen, aber das war seine Sache. Sie würde trotzdem mit ihrer einzigen Tante in Kontakt bleiben, denn das wiederum war ihre Sache.

Was Marius Engel anging, konnte sie vorerst nur abwarten und darauf hoffen, dass ihm seine Stalkerei jetzt keinen Spaß mehr machte, weil sie ja genau wusste, dass er dahintersteckte. Außerdem war er berufstätig, wie viel Zeit konnte er also erübrigen, um sie zu beobachten oder ihr aufzulauern?

Und was Oliver betraf: Was hatte sie denn erwartet? Dass sie sofort Peters Segen erhielt für die taufrische Beziehung, obwohl er noch so gut wie nichts über ihren neuen Freund wusste? Sie musste die beiden Männer erst miteinander bekanntmachen, dann würden sich Peters Bedenken bestimmt schnell in Luft auflösen und alles wäre gut. Fest entschlossen, dafür bald eine passende Gelegenheit zu finden, setzte sie sich an ihren Schreibtisch, um zu arbeiten.

Am späten Nachmittag schaltete sie genervt ihren Computer aus und lehnte sich seufzend zurück. Dieser Barbarossa-Roman war so zähflüssig und langweilig, dass ihr das Übersetzen unendlich schwerfiel. Oder lag es daran, dass ihre Gedanken ständig abschweiften zu Oliver und ihrer gemeinsamen Nacht? Egal, bis zum Abgabetermin hatte sie reichlich Zeit. Außerdem sah sie Oliver erst wieder am Freitagabend, und bis dahin würde sie mit der Übersetzung noch ein gutes Stück vorankommen. Sie beschloss, sich eine Freude zu machen und das schicke Paar Schuhe zu kaufen, das sie vor über einer Woche in einer der Boutiquen an der Strandpromenade gesehen hatte. Wenn sie sich sofort auf den Weg machte, schaffte sie es dahin, bevor der Laden seine Pforten für heute schloss. In diesem Moment piepte ihr Handy und zeigte eine WhatsApp-Nachricht von Oliver an. Sofort schlug ihr Herz schneller. Sie las: *Vermisse dich. Freue mich auf Freitag und bin um halb acht bei dir. Kuss, O.* Nina antwortete, dass sie es kaum erwarten konnte, und schickte zur Unterstreichung ihrer Worte einen Kuss-Smiley mit.

Eine halbe Stunde später betrat sie den Laden mit den begehrten Schuhen. Es handelte sich um schwarze Lackpumps, die an der Rückseite mit jeweils fünf Swarovski-Steinen verziert waren. Nach einem Blick auf das Preisschild hoffte sie kurz, dass ihre Größe ausverkauft war. Das würde ihr die schwierige Entscheidung ersparen, ob sie fast zweihundert Euro ausgeben sollte für Pumps, die sie nur zu Gelegenheiten tragen konnte, die überwiegend im Sitzen stattfanden. Als die nette Verkäuferin ihr allerdings die passende Größe brachte und Nina sich in den Schuhen im Spiegel betrachtete, vergaß sie alle Hemmungen. Ihr fielen geschätzt tausend Gründe ein, die den Kauf rechtfertigten. Sie verstaute ihre neuen Lieblingsschuhe im vorsorglich von zu Hause mitgebrachten Stoffbeutel und wollte die Boutique gerade verlassen, als sie den Mann erkannte, der scheinbar interessiert die reduzierte Ware neben dem Eingang begutachtete. Sollte sie sich an ihm vorbeistehlen oder in die Offensive gehen? Sie entschied sich für die zweite Option und sagte zu dem ihr zugewandten Rücken: »Guten Tag, Herr Engel.«

Die Art, wie er sich zu ihr umdrehte, verriet ihr, dass er von ihrer Anwesenheit nicht überrascht war.

»Was haben Sie davon, mich zu verfolgen? Wird das nicht langweilig? So spannend ist das, was ich den ganzen Tag mache, nun auch wieder nicht.«

Er erwiderte nichts. Nina beschloss, es auf die psychologische Tour zu versuchen. Zu irgendwas mussten die zahlreichen Gespräche mit Penny doch gut gewesen sein.

»Ich weiß, dass ich Sie an Ihre Mutter erinnere, die Sie sehr geliebt haben. Und ich weiß auch von Ihrem Hass auf ihren alkoholkranken und gewalttätigen Vater. Und dass Sie, um ihm zu entkommen, das Haus haben abbrennen lassen, in dem er seinen Rausch ausgeschlafen hat. Und ich versichere Ihnen, dass ich Sie *deswegen* ebenso wenig verurteile wie Ihre Oma. Sie hat mir erzählt, dass er Sie wie so oft vorher verprügelt hatte, und Sie kopflos diese Tat begangen haben, um Ihrem Martyrium zu entfliehen. Glauben Sie mir, ich kann die Tat nicht gutheißen, aber ich kann sie verstehen. Außerdem waren Sie noch ein Kind. Doch nur weil ich Ihrer Mutter, die Sie so sehr vermissen, ähnlich sehe, dürfen Sie sich nicht in mein Leben drängen.«

Marius Engel hatte die ganze Zeit auf seine Schuhspitzen gestarrt. Jetzt hob er den Kopf, aber in seinem Blick lag nicht der erwartete Ausdruck von Wut auf den Vater, Trauer um die Mutter oder schlechtem Gewissen Nina gegenüber. Nein, sein Blick war – schadenfroh. Er bewegte kaum die Lippen, als er sagte: »Sie wissen gar nichts. Und das ist gut so. Ja, er war ein versoffenes Schwein. Und ja, er hat mich regelmäßig verdroschen. Nur nicht an diesem Abend. Da wollte ich ihn einfach nur loswerden.«

Ninas Magen krampfte sich zusammen. So schnell wie möglich wollte sie raus aus dem Laden, doch Marius versperrte ihr den Weg.

Zum Glück trat in diesem Moment die Verkäuferin zu ihnen und fragte, ob sie helfen könne. Nina wäre ihr vor Erleichterung am liebsten um den Hals gefallen. Der Typ verdiente ihr Mitgefühl nicht. Sie musste ihm die Stirn bieten, dann würde er sie in Ruhe lassen. Sie kratzte alles zusammen, was sie an Kaltschnäuzigkeit aufbringen konnte und sagte betont freundlich: »Ja, Herr Engel, raus damit. Suchen Sie etwas Bestimmtes? Falls ja, werden Sie es hier nicht finden, diese Boutique führt ausschließlich Damenmode. Es sei denn, Sie tragen so zwischendurch ganz gerne mal High Heels.«

Marius Engel drehte sich zu ihr um, und sie stellte zufrieden fest, dass sie ihn kurz aus dem Konzept gebracht hatte.

Sein Gesicht hatte eine tiefrote Farbe angenommen und seine Augen waren nur noch schmale Schlitze. Er war zugleich peinlich berührt und wütend. Eine interessante Kombination, die sie gleich zu ihrem nächsten Satz anstachelte.

»Wollten Sie sich neulich etwa Klamotten von mir leihen, als sie unbefugt meine Wohnung betreten haben? Wissen Sie was? Fragen Sie mich doch einfach. Ich verspreche, es nicht Ihrer Oma zu verraten.«

Sie sah, dass Marius Engel beide Hände zu Fäusten ballte. Er konnte seine Wut kaum noch im Zaum halten. Nina machte auf dem Absatz kehrt und verließ hoch erhobenen Hauptes die Boutique.

Ihr Hochgefühl verflog allerdings mit jedem Schritt, den sie auf ihrem Heimweg zurücklegte. Sie hatte keine Angst gezeigt, und das war gut. Aber sie hatte ihn provoziert, ihn gereizt, sich über ihn lustig gemacht. War sie damit zu weit gegangen? Würde er sich an ihr rächen? Und wenn ja, auf welche Art? Vielleicht hatte sie durch ihr furchtloses Auftreten heute ja auch geschafft, dass er in ihr eine Gegnerin sah und nicht länger nur ein Opfer. Wenn seine Versuche, ihr Angst einzujagen, keinen Erfolg zeigten, was brachten sie ihm dann noch? Es konnte durchaus sein, dass er sie ab sofort in Ruhe ließ. Als sie zu Hause ankam, war sie davon überzeugt, dass Marius Engel jetzt genauso schnell aus ihrem Leben verschwinden würde, wie er aufgetaucht war.

Kapitel 24

Am Mittwoch rief Oliver an und fragte, ob sie Lust habe, am Nachmittag einen Spaziergang mit ihm zu machen. Er sagte, er werde gegen sechzehn Uhr Feierabend machen, da seine beiden letzten Patienten ihre heutigen Termine abgesagt hätten. Um fünf könne er bei ihr sein. Begeistert sagte sie zu. Oliver außerplanmäßig wiederzusehen, ließ ihr Herz vor Freude hüpfen. Außerdem würde sie zumindest in den Stunden, die sie mit Oliver verbrachte, nicht über Marius Engel, die gestrige Begegnung in der Boutique und die möglichen Konsequenzen daraus nachdenken. Sie arbeitete bis halb fünf konzentriert an ihrer Übersetzung und machte sich dann fertig für Oliver und den gemeinsamen Spaziergang.

Er war überpünktlich und sah zum Anbeißen aus. Zu seinen verwaschenen Jeans trug er schwarze Dockers und aus dem Kragen seiner grauen Windjacke lugte ein schwarzer Rollkragen hervor. Zur Begrüßung küsste er sie so stürmisch, dass sie auf etwas ganz anderes als einen Spaziergang Lust bekam, aber das sagte sie ihm natürlich nicht. Stattdessen schlüpfte sie in ihre Jacke, wickelte sich einen Schal um den Hals und übersah geflissentlich die bereitliegenden Handschuhe. Für kalte Hände gab es heute eine viel bessere Lösung.

Sie machten sich gut gelaunt auf den Weg, gingen direkt zum Strand und dann Richtung Döse. Als sie die Kugelbake erreichten, erzählte Nina, dass dieser Ort sie schon als Kind fasziniert habe. Peter hatte ihr damals erklärt, dass Bake das mittelalterliche Wort für alle Seezeichen wie zum Beispiel

Leuchttürme war. Die Kugelbake kennzeichne die geografische Begrenzung zwischen Elbe und Nordsee und war als Ausflugsziel und Fotomotiv überaus beliebt, weshalb Oliver auch sofort ein Selfie von sich und Nina machte. Das unter Denkmalschutz stehende Seezeichen habe zwar längst keine nautische Bedeutung mehr, fuhr sie fort, gehöre aber zu Cuxhaven wie der Michel zu Hamburg. In der Nähe der Kugelbake stehe das Denkmal des Erfinders Jonathan Zenneck, der als Pionier der deutschen Funktechnik galt. Irgendwann um die vorletzte Jahrhundertwende habe er die ersten Versuche mit drahtloser Telegrafie auf deutschem Boden unternommen.

Die Erklärungen hörten sich in ihren eigenen Ohren an wie die Klugscheißerei eines unbeliebten Klassenstrebers, aber Oliver lauschte ihr aufmerksam und interessiert. Zwischendurch nahm er sie immer wieder in die Arme, um sie zu küssen, was sie ohne den geringsten Widerstand geschehen ließ.

Als es kühl wurde, machten sie sich auf den Rückweg. Unterwegs kehrten sie in der Strandbar ein. Sie tranken Kaffee, sahen den großen Containerschiffen nach und freuten sich an der Gesellschaft des anderen. Als Oliver seine Hand auf ihre legte, genoss sie seine Berührung und wünschte sich, sie könnte die Zeit anhalten.

Wieder vor Ninas Wohnhaus angekommen, lehnte Oliver leider das Angebot ab, noch mit hineinzukommen. Ihre Enttäuschung wurde durch die Aussicht auf ihr Wiedersehen am Freitag ein wenig gemildert. Sie winkte ihm nach, bis sein Auto nicht mehr zu sehen war, und ging dann lächelnd ins Haus.

Der Donnerstag verlief ruhig und ereignislos. Sie freute sich auf das Wiedersehen mit Oliver am Freitag und war fest entschlossen, ein unvergessliches Wochenende mit ihm zu verbringen. Sie war verliebt wie nie zuvor in ihrem Leben. Selbst Lars gegenüber hatte sie nicht dieses tiefe und warme Gefühl empfunden, das jeder Gedanke an Oliver in ihr auslöste.

Den Freitagvormittag verbrachte sie damit, das Internet nach außergewöhnlichen Fischrezepten zu durchforsten. Sie wollte Oliver am Abend mit etwas Besonderem überraschen. Es sollte aufwändig und raffiniert wirken, aber nicht zu schwierig zuzubereiten sein, denn sie war weder eine begabte noch begeisterte Köchin. Sie hatte sich für Fisch entschieden, schließlich waren sie hier nur einen Steinwurf von der Nordsee entfernt. Nachdem sie mehrere einschlägige Websites studiert hatte, entschied sie sich für Heilbutt mit Pistazienkruste und dazu Salat. Das klang zugleich lecker und gesund, außerdem machte die gezeigte Abbildung des fertigen Essens wirklich was her. Sie notierte alles, was sie brauchte, und machte sich auf den Weg zum Supermarkt.

Am Nachmittag begann sie schon früh mit den Vorbereitungen für das Abendessen, damit ihr später noch genug Zeit blieb, sich für Oliver schön zu machen. Bestens gelaunt machte sie sich in der Küche ans Werk. Seit ihrem Zusammentreffen in der Boutique hatte sie nichts von Marius Engel gehört oder gesehen. Sie sah sich dadurch in ihrer Annahme bestärkt, dass er das Interesse an ihr verloren hatte.

Zuerst hackte sie die Pistazien und vermischte sie mit Öl und abgeriebener Zitronenschale. Als sie den Fisch gewaschen und abgetrocknet hatte, fiel ihr ein, dass sie gar nicht wusste, ob Oliver überhaupt Fisch mochte. Sollte sie es einfach darauf ankommen lassen oder ihn besser schnell fragen? Die Zeit würde sogar noch ausreichen, ihre Pläne komplett über den Haufen zu werfen und sich für ein anderes Rezept zu entscheiden.

Nina wusch sich die Hände, trocknete sie an ihrer Schürze ab und holte das Telefon aus dem Wohnzimmer. Sie wählte Olivers Handynummer, war aber nicht sonderlich überrascht, als sie auf die Mailbox umgeleitet wurde. Bestimmt galt während der Arbeitszeiten ein Handyverbot, damit die Behandlung der Patienten ungestört durchgeführt werden konnte. Eine Nachricht zu hinterlassen, machte in diesem speziellen Fall keinen Sinn, also legte sie auf. Sie überlegte, ob sie direkt in dem Krankenhaus, in dem er arbeitete, anrufen und sich mit ihm verbinden lassen sollte. Oder war der Anlass dafür nicht wichtig genug? Aber wer würde es schon erfahren? Sie wollte ihm nur eine simple Frage stellen, auf die er kurz mit ja oder nein antworten konnte. Nina öffnete den Internetbrowser auf ihrem Handy und gab *Elbe Klinikum Stade* in die Suchmaschine ein. Sofort wurde sie auf die entsprechende Homepage geleitet und wählte mit dem Festnetztelefon in der anderen Hand die Nummer der Klinikzentrale.

»Elbe Klinikum Stade, Sie sprechen mit Nadine Sommer, was kann ich für Sie tun?«

»Guten Tag, mein Name ist Nina Bergmann. Würden Sie mich bitte mit der physiotherapeutischen Abteilung verbinden?«

»Einen Moment, bitte.«

Sie wurde in die Warteschleife verbannt und hörte sechs bis acht Mal den Satz *Sie werden verbunden, bitte legen Sie nicht auf,* bevor eine gestresst klingende weibliche Stimme sagte: »Elbe Klinikum, Physiotherapie.«

»Äh, guten Tag, Nina Bergmann am Apparat. Könnte ich bitte Herrn Kesting sprechen?«

»Wen?«

»Herrn Kesting. Oliver Kesting. Er ist Therapeut in Ihrer Klinik.«

»Nee, ist er nicht«, sagte die Stimme gelangweilt.

Nina war irritiert. Gab es in dem Krankenhaus mehrere Abteilungen für Physiotherapie? Oder telefonierte sie mit einer Praktikantin, die gerade erst angefangen hatte und Oliver nicht kannte? »Was meinen Sie damit?«, fragte Nina.

»Ich meine, was ich sage. Er arbeitet nicht hier. Nicht mehr. Und zwar schon seit drei Monaten. Ist sonst noch was?«

»Nein, vielen Dank.«

Verstört legte sie auf. Hatte sie sich dermaßen verhört, als Oliver seinen Arbeitgeber genannt hatte? Sie war sicher, dass er genau von diesem Krankenhaus gesprochen hatte. Wenn er dort seit drei Monaten nicht mehr beschäftigt war, wo arbeitete er dann? Oder arbeitete er überhaupt nicht? Hatte er sie angelogen? Oder war alles nur ein Missverständnis, das er in wenigen Stunden aufklären würde? Sie schüttelte hilflos den Kopf, doch das Durcheinander ihrer Gedanken ließ sich damit nicht entwirren. Es machte keinen Sinn, jetzt darüber nachzugrübeln. Sie verbannte ihr Handy und auch den Festnetzapparat in die Küchenschublade, als könnte sie dadurch das soeben geführte Gespräch ungeschehen machen, und widmete sich wieder dem Heilbutt. Auf jeden Fall musste Oliver heute Abend Fisch essen, ob er ihm nun schmeckte oder nicht.

Als Oliver um Punkt halb acht eintraf, stieß er bei ihrem Anblick einen anerkennenden Pfiff aus. Sie trug ihre nagelneuen

Pumps und dazu ein schwarzweißes Kleid, das bereits einige Jahre alt war, ihr jedoch immer noch ausgezeichnet stand. Zugegeben, für einen Abend in den eigenen vier Wänden war sie etwas overdressed, aber was machte das schon? Oliver überschüttete sie mit Komplimenten und sie sog jedes einzelne in sich auf wie ein Schwamm.

Sie führte Oliver zum liebevoll gedeckten Tisch und bat ihn, die Flasche Weißwein zu öffnen. Nachdem sie angestoßen, sich lange in die Augen geblickt und sich mehrmals geküsst hatten, ging Nina in die Küche und holte den Fisch aus dem Backofen. Die Pistazienkruste hatte zum Glück gehalten und die Vinaigrette mit der leichten Senfnote gab dem Salat einen besonderen Geschmack. Als sie das Essen anrichtete, stellte sie zufrieden fest, dass alles genauso aussah wie auf dem Bild im Internet.

Sie nahm auf dem Stuhl ihm gegenüber Platz und wünschte ihm einen guten Appetit. Lachend sagte Oliver: »Wenn das Essen so schmeckt, wie es duftet, ziehe ich noch heute bei dir ein.«

Als hätte sie nur auf dieses Stichwort gewartet, bemerkte sie: »Nur hättest du dann jeden Tag einen ziemlich weiten Weg zur Arbeit.«

»Stimmt«, sagte er kauend, »aber für dich und dieses leckere Essen würde ich es tun.«

»Wie heißt noch mal das Krankenhaus, in dem du arbeitest?«

»Elbe Klinikum«, antwortete er, ohne zu zögern, »genauer gesagt, Elbe Kliniken Stade und Buxtehude. Die beiden Häuser gehören zusammen.«

»Und wie war es dort heute?«

»Ach, wie immer. Lass uns nicht über meinen Job sprechen, ich habe zum Glück seit«, er warf einen kurzen Blick auf seine Armbanduhr, »seit zweieinhalb Stunden Feierabend.«

Kapitel 25

Von einer Sekunde zur anderen schmeckte der Heilbutt nach Schuhsohle und der Salat nach Stroh. Oliver hatte sie tatsächlich angelogen, und jetzt tat er es schon wieder. In ihrem Hinterkopf hörte sie Peters Warnungen. *Sei vorsichtig. Du weißt fast nichts über ihn. Vielleicht hat er ein dunkles Geheimnis.* Dann gesellte sich auch noch die Stimme von Penny dazu. *Vielleicht hat Oliver den Stalker engagiert, um dich vor ihm retten zu können.*

Mit einem Ruck schob sie ihren Stuhl zurück und stand auf. Oliver sah sie verwirrt und erschrocken an.

»Du arbeitest nicht im Elbe Klinikum. Schon seit drei Monaten nicht mehr. Warum lügst du?« Sie spuckte ihm die Worte ins Gesicht.

Oliver war blass geworden. Langsam legte er sein Besteck neben den Teller und stützte den Kopf in die Hände.

»Antworte!«, verlangte sie.

»Hast du mich ausspioniert?« Als sie nichts darauf erwiderte, sagte er kaum hörbar: »Weil ich mich geschämt habe.«

Sein trauriger Blick schnitt ihr ins Herz, aber das ließ sie sich nicht anmerken. »Geht es vielleicht etwas genauer?«

»Ich habe fast zwanzig Jahre im Elbe Klinikum gearbeitet. Dann bekamen wir in der Physio einen neuen Chef, mit dem ich vom ersten Tag an immer wieder Zoff hatte. Für ihn zählte nur, dass wir viele Patienten in kurzer Zeit behandelten, um die wirtschaftliche Bilanz der Abteilung aufzuhübschen. Der Mensch hinter dem Patienten interessierte ihn nicht. So konnte und wollte ich nicht arbeiten, also haben wir das Arbeitsverhältnis in beiderseitigem Einverständnis aufgelöst. Ich habe eine Abfindung kassiert, von der ich seitdem lebe.«

»Warum hast du mir nicht die Wahrheit gesagt?«, verlangte sie zu wissen.

»Weil ich dich dafür bewundere, wie du dein Leben im Griff hast. Freiberuflich, unabhängig und stark. Ich wollte kein arbeitsloser Versager in deinen Augen sein.«

»Aber ein Lügner zu sein, hat dir nichts ausgemacht?«

Oliver zuckte bei ihren Worten sichtbar zusammen. »Doch. Hat es.«

Ein paar Minuten schwiegen beide. Dann fragte sie: »Hast du eine neue Stelle in Aussicht?«

»Ich möchte mich selbständig machen. Davon träume ich schon lange.«

»Leben ist mehr, als von dem zu träumen, was man gerne hätte.« Sie merkte selbst, dass sie klang wie eine strenge und freudlose Gouvernante.

»Leben heißt aber auch nicht, sich verbissen auf ein Ziel zu fokussieren, sondern die Reise dorthin zu genießen. Inzwischen habe ich allerdings endlich die perfekten Räumlichkeiten gefunden. Ich habe Ersparnisse und außerdem etwas Geld von meinem Vater geerbt. Damit kann ich die Praxis mieten und einrichten. Und es reicht sogar für die schwierige Anfangsphase, bis ich mir einen Patientenstamm aufgebaut habe und der Laden läuft. Und das wird er. Ich bin gut in meinem Job. Das wird toll, davon bin ich überzeugt.«

Gern hätte sie sich anstecken lassen von Olivers Begeisterung, aber was, wenn auch diese Geschichte wieder gelogen war? Konnte sie ihm überhaupt noch irgendwas glauben?

»Und wo in Stade sind diese perfekten Praxisräume?«, fragte sie, obwohl sie mit der Auskunft kaum etwas anfangen konnte. Außer der Straße, in der Oliver wohnte, kannte sie keine einzige in dem Städtchen. Sie wusste nur, dass Stade die Kreisstadt des gleichnamigen Landkreises in Niedersachsen war, am Rande des Alten Landes lag und zur Metropolregion Hamburg gehörte.

»Sie sind nicht in Stade, sondern ganz in deiner Nähe. In Sahlenburg. Über der Praxis ist eine kleine Wohnung, in die ich einziehe. Aber das wollte ich dir alles erst sagen, wenn klar ist, ob es eine gemeinsame Zukunft für uns gibt. Du solltest nicht denken, dass ich dich mit diesem Ortswechsel zu irgendwas drängen will.«

Als sie darauf nichts sagte, stand Oliver auf, kam zu ihr und versuchte, sie in den Arm zu nehmen. Sie drehte sich weg und sagte, ohne ihn anzusehen: »Ich möchte jetzt alleine sein. Ich muss das alles erst sortieren und darüber nachdenken.«

Er nickte und ging wortlos zur Tür. Dort wandte er sich noch einmal zu ihr um. »Es tut mir leid, dass ich dich angelogen habe. Darf ich dich morgen anrufen?«

»Ich melde mich bei dir«, antwortete sie, »aber nicht morgen und auch nicht übermorgen. Gib mir ein bisschen Zeit.«

Er nickte erneut. Kurz danach fiel die Wohnungstür hinter ihm ins Schloss und Nina ließ ihren Tränen freien Lauf.

Der nächste Tag begann für Nina mit hämmernden Kopf-schmerzen. Anstatt zu schlafen, hatte sie fast die ganze Nacht geweint. Sie hatte geglaubt, in Oliver ein neues Liebes- und Lebensglück finden zu können, doch was war eine Beziehung wert, die mit einer Lüge anfing? Hätte er sich bei ihrer Frage nach seinem Beruf elegant aus der Affäre gezogen und das Thema vermieden, wäre sie jetzt nur halb so enttäuscht. Etwas nicht zu erwähnen, war für sie okay, aber bewusst die Un-wahrheit zu sagen, ganz und gar nicht. Oliver hatte ihr detail-liert einen Job geschildert, den er momentan nicht ausübte. Hatte ihr die Klinik beschrieben, in der er seit Monaten nicht mehr beschäftigt war. Hatte ihr von Patienten erzählt, die er längst nicht mehr behandelte. Was hatte er sich dabei gedacht? Und wie sollte es jetzt weitergehen? Wenn die Geschichte von der eigenen Praxis stimmte und er seine Arbeitslosigkeit wirk-lich nur aus Schamgefühl verheimlicht hatte, könnte sie ihm verzeihen. Aber wenn nicht? Wer einmal lügt ...

Sie schlurfte ins Bad. Beim Anblick ihres Spiegelbildes er-schrak sie. Ihre Haut war fleckig und ihre Augen geschwollen. Sie schluckte eine Kopfschmerztablette und ging hinüber ins Wohnzimmer. Der liebevoll gedeckte Tisch mit der halb her-untergebrannten Kerze und die noch fast vollen Teller ließen erneut Tränen in ihr aufsteigen und von dem Geruch nach kaltem Fisch wurde ihr übel. Sie sehnte sich nach frischer Luft, aber zuerst musste sie aufräumen.

Nach einer knappen Stunde sahen Küche und Wohnzim-mer wieder aus wie immer. Nina hatte gründlich gelüftet, das Essen im Biomüll entsorgt und das Geschirr in die Spülma-schine geräumt. Sie ging ins Arbeitszimmer, um Jeffrey und Clara zu füttern.

»Hallo, ihr zwei.«

»Grrrrüß Gott, alles okay«, plapperte Jeffrey. Clara schaukelte schweigend vor sich hin.

»Nichts ist okay, Jeffrey. Aber ich bin froh, dass wenigstens aus euch beiden ein glückliches Paar geworden ist.«

Als sie wieder in die Küche zurückkehrte, klingelte dumpf und leise das Telefon, das in der Schublade lag. Sie nahm es heraus und warf einen Blick auf das Display. Peter rief an, das hatte ihr jetzt gerade noch gefehlt. Zum allerersten Mal in ihrem Leben drückte sie ihn weg. Dann sah sie, dass auf ihrem Handy eine neue SMS angezeigt wurde, und öffnete sie.

Gut, dass du ihn weggeschickt hast. Aber
wer soll dich jetzt beschützen?

Ihr wurde schwarz vor Augen. Sie musste sich kurz an der Arbeitsplatte festhalten, bis sich die Küche nicht mehr drehte. Seit ihrem Zusammentreffen in der Boutique hatte Marius Engel sich nicht blicken lassen und keine Nachricht geschickt. Sie hatte tatsächlich geglaubt, dass sie ihn los war. Und jetzt das! Die SMS war um 20.10 Uhr eingetroffen. Kurz nachdem Oliver gegangen war. Das konnte nur bedeuten, dass Marius sich in der Nähe aufgehalten und seine Abfahrt beobachtet hatte. Oder hatte Oliver ... Nein, alles in ihr wehrte sich gegen diesen Gedanken, aber er ließ sich nicht vertreiben. War Oliver sogar selbst der Verfasser und Absender der Nachricht? Der Zeitpunkt war vielleicht ein Indiz dafür. Die Vorstellung, dass der Mann, in den sie bis über beide Ohren verliebt war, womöglich ein gemeiner Psychopath war, schien zu schrecklich. Nein, Nina konnte sich unmöglich derartig in Oliver getäuscht haben. Sie wollte nicht so über ihn denken. Aber der Zweifel war gesät.

Kapitel 26

Vollkommen durchnässt kehrte sie am späten Nachmittag zurück nach Hause. Sie war mehrere Kilometer am Strand entlanggegangen, hatte Wind und Regen kaum wahrgenommen und versucht, Ordnung in ihre wirren Gedanken zu bringen. Es hatte nicht funktioniert. Sie wusste nicht, was sie glauben und wem sie noch vertrauen sollte. Und vor allem wusste sie nicht, mit wem sie über diese verworrene Geschichte reden konnte. Penny hatte momentan zu viele eigene Sorgen wegen Lilos Erkrankung. Und Peter würde seine ohnehin misstrauische Haltung gegenüber Oliver nur bestätigt sehen und mehr denn je versuchen, sie zu einer Rückkehr nach Bremen zu überreden.

Mit hängenden Schultern und gesenktem Blick betrat sie das Haus und stieg die Treppe hinauf. Zum ersten Mal seit ihrem Umzug nach Duhnen fühlte sie sich einsam. Sie schälte sich aus ihren nassen Klamotten, hängte sie zum Trocknen auf und zog Leggings, einen dicken Pulli und warme Socken an. Dann schlenderte sie ziellos durch die Wohnung und wusste nichts mit sich anzufangen. Im Arbeitszimmer schliefen die beiden Papageien eng aneinandergekuschelt.

Die Zusammenführung der Vögel hatte erstaunlich gut geklappt. Sie mochten sich, und Nina hatte sich sehr darüber gefreut, wie sie sofort zu schnäbeln begonnen und schon nach wenigen Tagen aus einer Schüssel gefressen hatten. Zwar lehnte Clara es nach wie vor ab, auch nur ein einziges Wort an Nina zu richten, aber das machte ihr nichts aus. Die Hauptsache war, dass sie sich hier wohlfühlte und sie sich mit Jeffrey verstand.

Sie ging in die Küche, füllte ein Glas mit Leitungswasser und trank es in kleinen Schlucken. Danach setzte sie sich an ihren Schreibtisch und begann, dort ein bisschen aufzuräumen. Das Chaos an ihrem Arbeitsplatz erschien ihr wie ein Spiegel des Durcheinanders in ihrem Kopf.

Als sie ihr Handy leise piepen hörte, fiel ihr ein, dass es noch immer in ihrer Jackentasche steckte. Sie holte es heraus und sah auf das Display, das den Eingang einer WhatsApp-Nachricht von Oliver anzeigte. Obwohl sie ihn gestern Abend gebeten hatte, zu warten, bis sie sich bei ihm meldete, war sie doch froh, dass er sich nicht an die Abmachung hielt. Wenn der Streit ihm ebenso zusetzte wie ihr, konnte das nur bedeuten, dass sie ihm wirklich etwas bedeutete.

Sie kehrte zurück ins Arbeitszimmer, ließ sich auf ihren Schreibtischstuhl fallen und öffnete die Nachricht in Erwartung einer wortreichen Entschuldigung und der zum Ausdruck gebrachten Hoffnung auf eine filmreife Versöhnung. Was sie jedoch las, ließ sie erschrocken nach Luft schnappen.

Das hätte ich nicht von dir gedacht, stand da. Und weiter: Ja, ich habe einen Fehler gemacht. Aber ich fasse es nicht, dass du sofort alles beendest und uns keine Chance mehr gibst. Und dann auch noch per E-Mail. Ich bin schockiert und wütend, wünsche dir dennoch alles Gute. Oliver

Sie traute ihren Augen nicht. Wovon redete, oder richtiger ausgedrückt, schrieb er da? Sie hatte nicht Schluss gemacht. Und wenn, hätte sie es niemals per E-Mail gemacht. Ein schrecklicher Verdacht keimte in ihr auf. Sie öffnete Outlook und klickte auf *Gesendet*. Und tatsächlich! Um zwanzig nach drei am Nachmittag war von ihrem PC aus eine E-Mail an Oliver geschickt worden. Darin machte sie ihm unmissverständlich klar, dass sie sich nicht mehr mit ihm treffen möchte, weil sie festgestellt habe, dass sie keine Gefühle für ihn entwickeln könne. Er möge sie bitte künftig in Ruhe lassen und sich nicht noch einmal bei ihr melden.

Wütend schlug sie mit der Faust auf den Schreibtisch. Niemals hatte sie diese Worte getippt und an Oliver gesendet. Außerdem war sie um die Uhrzeit unterwegs gewesen und nicht zu Hause. Das konnte nur bedeuten, dass Marius Engel, dieser kriminelle Wicht, sich erneut in ihre Wohnung geschlichen und die E-Mail geschrieben hatte. Ihr Passwort zu knacken war für einen Nerd wie ihn wahrscheinlich kinderleicht. Wenn sie doch nur Beweise hätte. Aber wieder einmal würde nur ihr Wort gegen seins stehen, und wem zumindest Frau Mattis glaubte, lag auf der Hand. Doch im Augenblick hatte sie ganz andere Sorgen. Sie nahm ihr Handy und wählte Olivers Nummer. Er meldete sich nach dem dritten Klingeln.

»Kesting?«

»Ich bin's, Nina.«

»Ach. Ich habe nicht aufs Display gesehen«, sagte er, und sie begriff, dass er das Gespräch andernfalls gar nicht erst angenommen hätte.

Sie holte tief Luft und sagte: »Du, diese E-Mail heute, die habe ich nicht geschrieben. Das musst du mir glauben.«

»Muss ich?«

»Ja, weil ich gar nicht Schluss machen will. Du weißt doch, dass ich verfolgt und gestalkt werde. Der Typ war schon mal in meiner Wohnung, das habe ich dir bloß nicht erzählt. Jetzt ist er offensichtlich wieder hier gewesen. Die Nachricht war von ihm.«

Einen Moment blieb es still, dann sagte Oliver: »Ganz ehrlich, Nina, ich habe schon bessere Geschichten gehört.«

»Oliver, bitte! In der E-Mail wird der Grund unseres Streites, also die Sache mit deinem Job, nicht erwähnt, oder? Warum wohl? Weil der Typ das gar nicht weiß. Ich hätte davon doch was geschrieben, wäre die Nachricht von mir.«

Oliver blieb hart. »Kann sein, kann auch nicht sein. Ich weiß nicht, was ich glauben soll. Vielleicht ist es wirklich besser, wenn wir uns vorerst nicht sehen. Mach's gut.«

Sie ließ das Handy sinken, als sie hörte, dass er aufgelegt hatte. Sie stand auf und lief im Arbeitszimmer auf und ab. Ihr Zuhause, das sie liebte und in dem sie sich sonst wohl und geborgen fühlte, erschien ihr plötzlich eng und leer. Die Wände schienen immer näher zu kommen und die Luft zum Atmen wurde knapp. Sie musste hier raus. Aber wohin? In diesem Moment fiel ihr Fraukes Einladung ein. Was war schon dabei, wenn sie Peters Schwester besuchte? Sie hatten, abgesehen von dem Telefonat in der vergangenen Woche, viele Jahre keinerlei Kontakt gehabt, und es war gut möglich, dass sie sich nichts zu erzählen hatten, doch alles war besser, als hier herumzusitzen und zu grübeln.

Draußen dämmerte es, der Tag ging in den Abend über. Bevor sie den soeben gefassten Entschluss in Zweifel ziehen konnte, griff sie nach ihrem Handy. Im Internet informierte sie sich über den aktuellen Fahrplan der Wattwagen, die regelmäßig zwischen Cuxhaven und Neuwerk pendelten. Anschließend wählte sie Fraukes Nummer. Peters Schwester war begeistert von Ninas Plan, sie am nächsten Tag zu besuchen, und bot ihr sofort an, bei ihr zu übernachten. Als Nina zögerte, erinnerte Frauke sie daran, dass die Wattwagen nur sechzig Minuten Aufenthalt auf der Insel hatten, da sie innerhalb einer Tide wieder zurückfahren mussten. Daraufhin nahm Nina die Übernachtungseinladung dankend an, denn eine Stunde war wirklich ein viel zu kurzer Zeitraum für den Besuch. Telefonisch reservierte sie sich einen Platz für die Wattwagenfahrt nach Neuwerk am nächsten Morgen um zehn Uhr sowie für die Rückfahrt am Montag.

Kapitel 27

Am nächsten Morgen war sie erstaunt darüber, wie erholt und ausgeschlafen sie sich fühlte. Wahrscheinlich hatte die Kombination aus ihren traurigen Grübeleien und der Vorfreude auf den Besuch bei Frauke für einen tiefen und traumlosen Schlaf gesorgt. Nachdem sie sich warm angezogen, gefrühstückt, die Vögel versorgt und das Nötigste für die Übernachtung eingepackt hatte, machte sie sich zu Fuß auf den Weg zum Haus Wattenpost in der Duhner Strandstraße.

Als sie dort eintraf, war schon alles zur Abfahrt bereit. Die beiden Pferde schnauften und stampften aufgeregt hin und her. Über die Anlegeleiter kletterte gerade der sechste Fahrgast auf den hohen Wagen mit den riesigen Rädern. Die zwei gut gepolsterten Sitzbänke hinter dem Kutschbock waren damit besetzt, und ein älterer Mann mit Schiebermütze, vermutlich der Kutscher, nahm die Leiter ab und verstaute sie unter der vorderen Bank. Dann drehte er sich um und bemerkte Nina.

»Kommen Sie«, sagte er freundlich und bot ihr seine Hand an, »Sie sitzen vorne bei mir.«

Sie ergriff die runzelige Hand und ließ sich beim Einsteigen helfen. Sie schätzte, dass der Wattwagenfahrer mindestens achtzig Jahre sein musste, und staunte darüber, wie flink er aufstieg. Nachdem er die Zügel aufgenommen hatte, drehte er sich zu seinen Fahrgästen um.

»So, Lüü, nu spitzt mal die Ohren. Ick bin Fiete, und wir machen uns jetzt auf na Neuwerk. Hoffentlich seid ihr warm angezogen, denn et gaht übers Meer und da pfeift de Wind.«

Ein schelmisches Grinsen legte sich auf sein wettergegerbtes Gesicht, dann schnalzte er mit der Zunge und die Pferde setzten sich in Bewegung.

Zuerst ging es die Strandstraße entlang, vorbei an Hotels, von denen auch viele in der Nachsaison noch ausgebucht waren, sowie an Restaurants und Geschäften, die um diese Zeit alle noch geschlossen waren. Danach lenkte Fiete die Tiere nach links und sie überquerten den Strand auf einem befestigten Weg, der direkt ins Watt führte. Vor ihnen erstreckte sich der Meeresboden und am Horizont war die Insel Neuwerk schon in Sicht.

»Wisst ihr denn, waarum de Fahrers van de Wattwagen immer rechts sitzen?«, wollte Fiete von seinen Passagieren wissen und bemühte sich nach Kräften, seine plattdeutsche Ausdrucksweise mit hochdeutschen Wörtern zu vermischen, damit ihn alle verstanden.

Die Fahrgäste schüttelten den Kopf und warteten gespannt auf die Erklärung. Der alte Mann zwinkerte Nina verschwörerisch zu, bevor er sagte: »Wenn de Wattwagen umkippt, dann immer op de rechte Seite, und unsereiner will nun mal lieber oben liggen.« Er lachte selbst am lautesten über seinen Witz und alle Passagiere, auch Nina, stimmten mit ein.

Nach wenigen Minuten waren die Fahrgäste auf den hinteren beiden Bänken in ein lebhaftes Gespräch vertieft. Fiete hielt die Zügel locker in einer Hand und sah aus, als würde er die Fahrt, die er schon zig Mal unternommen hatte, ebenso genießen wie seine Passagiere. Nina wollte nicht unhöflich erscheinen, indem sie stumm wie ein Fisch neben ihm saß, wusste jedoch nicht, worüber sie sich mit ihm unterhalten sollte. Zum Glück machte er dann den Anfang.

»Es dat Ihre erste Fahrt durchs Watt?«

»Nein, ich habe das als Kind zusammen mit meinen Eltern gemacht, doch daran kann ich mich kaum erinnern. Kurz nach dem Abitur war ich wieder auf der Insel, allerdings mit der Fähre.«

»Umso besser, dass Sie noch mal daarbi sind. Ick bin schon so oft mit Stefan und Harry gefahren, aber ick genieße es jedes Mal.«

»Stefan und Harry?«, fragte Nina und warf einen Blick nach hinten auf die anderen Fahrgäste, woraufhin Fiete in schallendes Gelächter ausbrach.

»So heten mine Peerde. Ick bin een Krimi-Fan und Derrick hat mir immer am besten gefallen. So, und nu festhalten.«

Der Wattwagen rumpelte über den Grund der Nordsee. Nina kuschelte sich in ihre Jacke, zog sich die Kapuze über den Kopf und genoss die Ruhe, die Weite und frische Seeluft.

Kurz wanderten ihre Gedanken zu Oliver, und sie fragte sich, wie er den heutigen Sonntag verbrachte und ob er trotz allem hin und wieder an sie denken musste. Aber zum Glück unterbrach Fietes donnernder Bass ihre Überlegungen, als er rief: »Nu kommen tiefe Priele, nehmen Sie besser ihre Tasken op de Knie, sonst wird alles nat.«

Als Antwort erhielt er zunächst nur Bemerkungen wie »ja, ja, schon klar« oder »sehr witzig« oder »wer's glaubt, wird selig«, aber schnell stellte sich heraus, dass der erfahrene Kutscher die Wahrheit gesagt hatte. Die Pferde versanken bis zum Bauch im Wasser, das jetzt durch den Wagen schwappte und bei den mitreisenden Damen und Herren, die keine Gummistiefel trugen, für nasse Füße sorgte.

»Wird das nicht zu schwer für ... für Stefan und Harry?«, fragte Nina besorgt.

»Nee. Dat schaffen die beiden«, antwortete Fiete. »Man muss auf die Gesamtlast uppassen. Maximal das Zweifache der angespannten Peerde darf der Wagen tosamen mit de Lüü wiegen.«

»Und die Wassertiefe in den Prielen ist für die beiden auch kein Problem?«

»Nicht, so lange sie noch de Grund unner de Hufe haben. Peerde können zwar schwimmen, nur schwimmen und ziehen zugleich ist nicht drin. Aber das hier ist ja nur 'ne grote Pool.« Als Nina ihn fragend ansah, lachte er. »Eine große Pfütze. Allerdings müssen unsere Wagen immer öfter vor allzu tiefen Prielen warten oder sogar umkehren. Das Ansteigen des Meeresspiegels merken wir hier nun mal ok.«

Über Fietes Mischung aus Hoch- und Plattdeutsch hätte sie herzlich gelacht, wenn das Thema nicht so ernst gewesen wäre. »Für die Insulaner, die vom Tourismus leben, ist das bestimmt ein großes Problem«, vermutete sie.

»Dat können Sie glöven.«

Schon bald war Neuwerk schemenhaft zu erkennen. Die Insel im Nebel, erklärte Fiete beiläufig, bedeutete meistens gutes Wetter. Nach etwa eineinhalb Stunden hatten sie ihre Haltestelle, den Hof Fock, erreicht. Nina stieg als Letzte vom Wagen.

»Um kurz nach eins geht's na Huus«, rief Fiete seinen Fahrgästen hinterher, die in Richtung Restaurant drängten, um sich mit einem Kaffee, Tee oder Eiergrog aufzuwärmen.

»Ich fahre nicht mit«, sagte Nina und reichte Fiete zum Abschied die Hand. Als er sie stirnrunzelnd ansah, fügte sie hinzu: »Ich besuche meine Tante, bleibe über Nacht und nehme morgen den Wagen zurück.«

Als Zeichen, dass er verstanden hatte, tippte Fiete sich kurz an die Mütze und kümmerte sich dann um die Pferde.

Nina machte sich auf den Weg, den Tante Frauke ihr beschrieben hatte. Obwohl es auf der Insel keine Straßennamen gab, erreichte sie ihr Ziel schon nach wenigen Minuten.

Kapitel 28

Marius

Als er um die letzte Ecke bog, um wie gewohnt seinen Beobachtungsposten hinter der Hecke des Nachbargrundstücks einzunehmen, sah er, wie Nina Bergmann die Haustür hinter sich schloss und sich mit eiligen Schritten entfernte. Sie hatte dieselbe Tasche bei sich wie am vergangenen Wochenende, als sie bei ihrem neuen Freund übernachtet hatte. Allerdings war der Typ ja inzwischen wieder ihr Ex-Freund, dafür hatte er gesorgt, also war sie wohl kaum zu ihm unterwegs. Außerdem würde sie zu ihm nicht zu Fuß gehen und schon gar nicht Richtung Strand. Wo wollte sie hin? Und was war in der Tasche?

Marius verharrte mehr als zwei Stunden hinter der Hecke. Dann wurde es ihm zu blöd und zu langweilig. Wenn sie einkaufen gegangen wäre, hätte sie inzwischen längst wieder da sein müssen. Kurz überlegte er, bei seiner Oma zu klingeln und zu fragen, ob die Bergmann ihr vielleicht erzählt hatte, wohin sie wollte. Nein, keine gute Idee. Sie würde sofort anfangen, ihn wie immer mit Kuchen und Keksen vollzustopfen und von vergangenen Zeiten zu erzählen, und dazu hatte er nicht die geringste Lust. Aufgeschoben ist nicht aufgehoben, sagte sich Marius und beschloss, sein Versteck für heute zu verlassen. Sollte sie doch eine kurze Verschnaufpause haben. Er würde schon bald eine neue Gelegenheit finden, um ihr zu zeigen, dass er sie vorerst nicht in Ruhe lassen würde. Nicht, bevor sie nicht tat, was er wollte.

Kapitel 29

Einen Moment blieb sie vor dem alten Haus aus rotem Backstein stehen, in dessen Vorgarten fünf Hühner zufrieden vor sich hin scharrten. Neben dem Wohnhaus gab es mehrere leerstehende Ställe und einen Schuppen, vor dessen Tür eine Holzbank stand, also wurde er wohl nicht mehr genutzt. Ein verrostetes Fahrrad lehnte am Zaun, der das Grundstück von der Straße trennte. Alles sah aus wie aus einer längst vergangenen Zeit. Alt und zweckmäßig, aber gepflegt und friedlich.

Sie trat näher und wollte gerade klingeln, als die Haustür aufgerissen wurde und Tante Frauke vor ihr stand. Sie wirkte kleiner und gebeugter als damals, allerdings war es ja auch schon lange her, seit Nina sie das letzte Mal gesehen hatte. Frauke war zwölf Jahre älter als Peter, also war sie jetzt einundsiebzig. Ihre Augen waren mit dem Alter trübe geworden, doch der Blick, mit dem sie Nina ansah, war voller Wärme und Herzlichkeit.

»Nina! Ich kann dir nicht sagen, wie ich mich freue, dich zu sehen.«

»Guten Tag, Tante Frauke. Ich freue mich auch, hier zu sein.«

»Ach, lass doch die Tante weg, Frauke reicht völlig.« Sie zog sie ins Haus und schloss die Tür. In einem engen und dunklen Flur standen sie sich gegenüber und waren einander fremd und doch irgendwie vertraut.

»Komm hier rein«, sagte Frauke und zeigte auf die Tür hinter sich, die in eine Wohnküche führte.

Auf der einen Seite des Raumes wurde ein massiver Holztisch von sechs Stühlen umrahmt. Er war für eine Personen gedeckt und in der Mitte thronte eine Suppenterrine, aus der es so lecker duftete, dass Nina das Wasser im Mund zusammenlief.

»Ich habe eine Hühnersuppe gekocht. Du hast bestimmt gefroren auf dem Wattwagen, und wir wollen nicht, dass du krank wirst. Setz dich und lass es dir schmecken.«

Das ließ sie sich nicht zweimal sagen. Sie merkte erst jetzt, wie hungrig die frische Luft sie gemacht hatte. Die Suppe war köstlich.

»Willst du nichts essen?«

Frauke schüttelte den Kopf. »Ich habe ausgiebig gefrühstückt.«

Während Nina eine zweite Portion vertilgte, sah sie sich in der geräumigen Wohnküche um. Alle Schränke, Regale und Küchengeräte waren alt und zusammengewürfelt, nichts passte zusammen. Durch das Linoleum auf dem Fußboden zogen sich vereinzelt Risse und die Wände hätten einen frischen Anstrich gebrauchen können, dennoch wirkte alles sauber.

Frauke hatte sich ebenfalls an den Tisch gesetzt, sie sah Nina zu. »Wie war die Fahrt mit dem Wattwagen?«, fragte sie.

»Rumpelig, aber schön. Ich habe vorne gesessen beim Fahrer. Er hieß Fiete, und wir haben uns sehr nett unterhalten.«

»Ach, mit dem Fiete bist du gekommen! Er fährt die Tour schon lange. Gelegentlich frage ich mich, was eher zu Ende gehen wird, die Wattwagenfahrten oder Fietes Leben«, sagte Frauke und fügte erklärend hinzu: »Der Wasserstand der Nordsee steigt. Für die Wagen ist es jetzt manchmal nicht mehr möglich, die Fahrt zu unserer Insel und zurück in einer Niedrigwasserphase zu schaffen.«

»Wie viele Wagen pendeln eigentlich hin und her?«, fragte Nina zwischen zwei Löffeln der leckeren Suppe.

»Normalerweise neunundfünfzig. Bisher war nur das sogenannte Sahlenburger Loch ein Problem, aber jetzt gibt es auch noch das Duhner Loch.«

»Ein Loch? Ist da das Wasser besonders tief?«

»Ja, da hat sich ein Priel vertieft und das Wasser darin hat eine stärkere Strömung, was den Pferden immer größere Probleme bereitet. Ich hoffe, dass ich das Ende der Wattwagen nicht mehr erleben muss.«

Plötzlich fiel etwas rundes Schwarzes von der Fensterbank, und Nina zuckte zusammen.

»Morle!«, rief Frauke verärgert, »du darfst unseren Gast doch nicht so erschrecken.«

Morle, die Katze des Hauses, schlenderte gemütlich an Nina vorbei, vollkommen unbeeindruckt von Fraukes Zurechtweisung. Sie war vermutlich eher von der Fensterbank gesprungen, nicht gefallen, doch schwarz war sie tatsächlich. Und ziemlich rund war sie auch.

»Morle war noch nie besonders gastfreundlich«, sagte Frauke entschuldigend, »aber für mich ist sie eine nette Gesellschaft an langen Abenden. Die Hühner kann ich ja schlecht mit ins Haus nehmen.«

Nina lachte. »Das stimmt. Hast du etwa eins deiner eigenen Hühner für die Suppe geopfert?«

»Nein«, antwortete Frauke schmunzelnd, »dafür sind die schon viel zu alt. Und da mein Gockel vor zwei Jahren gestorben ist, gibt's auch keine Küken mehr. Die Hennen bekommen bei mir ihr Gnadenbrot, und wenn sie zum Ausgleich ab und an mal ein Ei für mich legen, ist alles gut.«

»Hast du auch andere Tiere?«

»Jetzt nicht mehr. Früher hatten wir Ponys. Ziemlich viele sogar. Außerdem ein paar Schafe und einen Hund. Ist lange her. Du hast doch gewusst, dass Peter und ich hier aufgewachsen sind, oder?«

»Ja, aber das ist auch schon alles, was ich weiß«, gab Nina zu. »Peter spricht nicht gerne über die Vergangenheit.«

»Das wundert mich nicht«, sagte Frauke mehr zu sich selbst, während ihre Miene sich verhärtete. Im nächsten Moment kehrte jedoch das herzliche Lächeln zurück und sie fügte hinzu: »Wenn du satt bist, zeige ich dir das Zimmer, in dem ich alles für deine Übernachtung hergerichtet habe. Und wie wäre es danach mit einem Spaziergang über die Insel?«

Kapitel 30

Wenige Minuten später machten sich die beiden Frauen auf den Weg zu ihrem Rundgang über die autofreie Insel. Frauke hatte sich bei Nina untergehakt. Vielleicht fühlte sie sich dadurch sicherer auf den Beinen, vielleicht suchte sie auch einfach nur Ninas Nähe, aber was spielte das schon für eine Rolle? Von Fraukes Zuhause aus gingen sie den kurzen Weg zur Inselschule und dann zum Nationalparkhaus, das Nina noch nicht kannte, denn es war im Jahr 2004 eröffnet worden. Es beherbergte eine Ausstellung über den Nationalpark Hamburgisches Wattenmeer, die sie nicht anschauen konnten, denn die Öffnungszeiten richteten sich nach den Gezeiten. Und da nun alle Tagesgäste wieder abgereist waren, hatte es bereits geschlossen. Anschließend führte sie der Weg zum viereckigen Leuchtturm, dem Wahrzeichen der Insel. Der fünfunddreißig Meter hohe Turm, erklärte Frauke, war schon vor vielen Jahrhunderten als Seezeichen und Vorposten gegen Seeräuber erbaut worden. »Heute«, sagte sie beim Weitergehen, »ist er das älteste Bauwerk Hamburgs.«

Danach gingen sie zum »Friedhof der Namenlosen«, auf dem in vergangenen Zeiten Leichen bestattet wurden, die von der Flut an Neuwerks Ufer geschwemmt worden waren. Ein Ort, der Nina melancholisch stimmte, was ihrer derzeitigen Stimmung entsprach, sie sich aber gegenüber ihrer Tante nicht anmerken lassen wollte.

Als sie zu Fraukes gemütlichem Heim zurückkehrten, war es drei Uhr nachmittags. Unterwegs hatten sie sich ausschließlich über Neuwerk und das Leben auf der Insel unterhalten. Es hatte den Anschein, als würden sie alles Private ausklammern, weil sie nicht wussten, wo genau sie anfangen sollten. Beim Betreten des Hauses bemerkte Nina, dass Frauke ein Gähnen unterdrückte. Bestimmt war sie nicht an lange Spaziergänge gewöhnt. Vielleicht gehörte auch normalerweise ein Mittagsschlaf zu ihrem Tagesablauf, auf den sie heute verzichtet hatte. Nina wollte ihre Tante nicht bloßstellen, daher sagte sie: »Puh, jetzt bin ich ziemlich kaputt. Ich glaube, ich würde mich gern ein bisschen hinlegen.«

Die Erleichterung stand Frauke buchstäblich ins Gesicht geschrieben. »Gut, dann haue ich mich auch ein Stündchen aufs Ohr. Wir haben ja noch den ganzen Abend, um uns weiter zu unterhalten.«

»Genau. Übrigens möchte ich dich später zum Essen einladen. Beim Hof Fock habe ich ein Restaurant gesehen. Hast du Lust?«

»Das ist doch nicht nötig«, sagte Frauke, aber Nina ließ sich nicht umstimmen und sie verabredeten, sich um 18 Uhr auf den Weg zu machen.

Das »Alte Fischerhaus« gehörte ebenso wie ein Hotel mit Wellnessbereich, ein Heuhotel und eine Pferdepension zum Betrieb der alteingesessenen Neuwerker Familie Fock. In dem lichtdurchfluteten Restaurant setzten Nina und Frauke sich an einen Tisch am Fenster und studierten die Speisekarte. Nachdem sie bestellt hatten, wollte Nina von ihrer Tante wissen, wie ihr Leben hier auf der Insel verlaufen war. Frauke erzählte von ihren Eltern und ihrer Schulzeit. Sie hatte zehn Jahre die Inselschule besucht und mit der mittleren Reife abgeschlossen.

»Vom Grips her hätte es auch für das Gymnasium gereicht, aber dann hätte ich von zu Hause wegmüssen, und das war für mich unvorstellbar«, erklärte sie.

»Anders als für Peter«, warf Nina ein, doch Frauke ging nicht auf ihre Bemerkung ein.

»Was hast du nach der Schule gemacht?«, nahm Nina den Faden wieder auf, woraufhin Frauke von dem Ponyhof erzählte, den sie zuerst viele Jahre zusammen mit ihren Eltern und nach deren Tod ebenso erfolgreich allein geleitet hatte. Damals, beklagte sie, konnte man Kinder mit Tieren glücklich machen, während heute alles elektronisch und laut und teuer sein musste. Wenigstens hatte der Betrieb jahrzehntelang gutes Geld eingebracht, das Frauke heute einen sorgenfreien

Lebensabend ermöglichte. Nicht zuletzt deshalb, weil die Möglichkeiten zum Geldausgeben auf Neuwerk mehr als überschaubar waren und Frauke kaum noch aufs Festland fuhr.

Als die beiden Frauen sich nach dem Essen satt und zufrieden zurücklehnten, sagte Nina: »Du hast mich bisher gar nicht gefragt, warum ich mich ausgerechnet jetzt entschieden habe, mich bei dir zu melden und hierherzukommen.«

»Ach Kindchen, wenn man so viel alleine ist wie ich, dann freut man sich über Besuch, aber man hinterfragt ihn nicht. Was nicht heißt, dass es mich nicht interessiert. Ich mag dich nur nicht bedrängen. Erzähle, was du mir erzählen willst. Ich überlasse es dir.«

Nina spürte, dass sie Frauke alles sagen könnte, obwohl sie einander kaum kannten. Die alte Frau strahlte Ruhe und Weisheit aus und gab einem das Gefühl, jedes Problem sei nur noch halb so groß, wenn man nur erst darüber gesprochen hatte. Aber wo sollte sie anfangen?

»In meinem Leben geht es gerade ziemlich drunter und drüber«, begann sie vorsichtig, »irgendwie haben mein Herz und mein Verstand völlig die Orientierung verloren.«

Frauke lehnte sich vor und legte ihre faltigen Hände vor sich auf den Tisch. Mit ihren klugen Augen sah sie Nina aufmerksam an, sagte aber nichts.

Und plötzlich sprudelten die Worte aus Nina heraus. Sie erzählte von Lars, den sie für die Liebe ihres Lebens gehalten hatte, allerdings nur für kurze Zeit. Als sie von ihrem Umzug nach Duhnen berichtete und davon, wie die Erinnerungen an die Urlaube dort noch heute ihr Herz erwärmten, huschte ein Lächeln über Fraukes Gesicht.

»Deine Mutter war ein wunderbarer Mensch.«

»Ja, das war sie. Sie fehlt mir unglaublich«, flüsterte Nina mit belegter Stimme und ließ den Blick durch das Restaurant wandern, um sich zu sammeln. Als sie die aufsteigenden Tränen zurückgedrängt hatte, fügte sie hinzu: »Zum Glück kann ich mir als Freiberuflerin aussuchen, wo ich meine Aufträge erledige, so stand einem Umzug nichts im Weg.«

In der nächsten Stunde erzählte Nina von ihrer Arbeit als Übersetzerin und ihrer gemütlichen Wohnung. Frauke stellte interessierte Zwischenfragen und schien alle Details aufzusaugen. Irgendwann sagte sie: »Das alles hört sich an, als hättest du deinen Platz im Leben gefunden und diesen Irrtum einer Ehe hinter dir gelassen.«

»Ja«, stimmte Nina zu, »ich habe begriffen, dass es etwas Schlimmeres gibt, als alleine zu sein. Das heißt aber nicht, dass ich mir keinen Mann mehr an meine Seite wünsche. Schade, dass ich zu viel Zeit mit dem Falschen vergeudet habe, vielleicht wäre mir der Richtige sonst längst begegnet.«

»Nichts davon war vergeudet. Alles, was wir erleben, hat einen Sinn, auch wenn wir den nicht gleich erkennen. Außerdem sollte jemand, der noch so jung ist wie du, nicht von verpassten Möglichkeiten sprechen.«

»Gab es eigentlich nie einen Mann in deinem Leben?«, wollte Nina wissen.

»Doch, den gab es. Aber er …« Frauke ließ den Satz unvollendet. Ihr Blick verlor sich in der Dunkelheit jenseits der Fensterscheibe.

Nina schwieg. Sie war gespannt, ob ihre Tante den Faden wieder aufnehmen würde. Und das tat sie.

»Er war meine große Liebe, und zwei Jahre lang dachte ich, ich wäre dasselbe für ihn. Aber dann entschied er sich für ein anderes Mädchen, heiratete sie und zog mit ihr aufs Festland. Ich habe nie wieder etwas von ihm gehört oder gesehen.«

»Und einen anderen hat es nie gegeben?«

»Keinen, der dieselben Gefühle in mir wecken konnte. Keinen, der nicht nur eine Notlösung gewesen wäre.«

»Bist du trotzdem glücklich?«, fragte Nina leise.

Frauke lächelte.

»Glück ist, was man selbst draus macht. Heute bin ich glücklich, weil ich Zeit mit dir verbringen darf und du mit deinem Besuch aus einem normalen Tag etwas Besonderes gemacht hast.«

Nina war von Fraukes Worten gerührt und ihre Augen wurden feucht. »Ich glaube, ich habe selten so einen herzlichen und liebenswerten Menschen wie dich getroffen. Und dabei hatte ich als Kind ehrlich gesagt ein bisschen Angst vor dir.« Als Frauke sie fragend ansah, fügte sie erklärend hinzu: »Du hast nie gelächelt.«

»Vielleicht kannte ich das Leben auch damals schon zu gut, um zu lächeln.«

Eine Weile schwiegen die beiden Frauen und hingen ihren eigenen Gedanken nach. Dann erschien auf Fraukes Gesicht wieder der für sie typische warmherzige Ausdruck. »Auf dich wartet der Richtige irgendwo da draußen, da bin ich sicher.«

»Letzte Woche habe ich gedacht, ich hätte ihn gefunden«, murmelte Nina, woraufhin Frauke sie fragend ansah.

Also erzählte Nina ihr von Oliver, ihrem Kennenlernen, den tiefen Gefühlen, die in kürzester Zeit entstanden waren – und von der Lüge, die am Freitagabend alles zerstört hatte. War das wirklich erst zwei Tage her? In diesem Moment trat die Bedienung an ihren Tisch und fragte, ob sie noch einen Wunsch hätten. Beide verneinten und Nina bat um die Rechnung.

Kapitel 31

Der Heimweg verlief schweigend, aber es war kein unangenehmes Schweigen. Nina fühlte sich wohl in Fraukes Gesellschaft und gab sich selbst in Gedanken das Versprechen, ihre Tante ab jetzt öfter hier auf Neuwerk zu besuchen. Als Frauke die Haustür aufschloss, kam ihre Katze miauend über den Flur gelaufen.

»Hallo, Morle, hast du mich vermisst? Bist es nicht gewohnt, dass dein Frauchen ausgeht, was? Aber jetzt bin ich ja zurück. Wie wäre es mit einem heißen Kakao?«

Nachdem Nina verstanden hatte, dass die letzte Frage ihr galt, nickte sie und folgte ihrer Tante in die Küche. Wenige Minuten später saßen sie sich wieder am Tisch gegenüber und wärmten ihre Hände an den Tassen mit dem dampfenden Kakao.

»Du solltest den Mann, in den du dich verliebt hast, nicht aufgeben«, sagte Frauke und sah Nina durchdringend an.

»Ich habe ihn nicht aufgegeben«, stellte Nina richtig, »er hat mich angelogen.«

»Entscheidend ist manchmal nicht die Lüge, sondern das Motiv. Ich kann verstehen, dass es ihm peinlich war, dir seine

Arbeitslosigkeit einzugestehen. Und da er schon bald wieder berufstätig sein wird, sogar mit eigener Praxis, ist das doch eigentlich keine dramatische Lebenslüge, eher kurzzeitige Flunkerei. Meinst du nicht?«

»Du denkst also, dass ich überreagiert habe?«

»Ich denke, dass du ihm und damit euch noch eine Chance geben solltest.«

»Das will ich ja, aber ...«

Frauke sah sie fragend an.

Wie konnte sie ihrer Tante klarmachen, dass Oliver davon überzeugt war, sie habe Schluss mit ihm gemacht, ohne von dem bösen Psychospielchen zu erzählen, das der Sohn ihrer Vermieterin mit ihr trieb?

»Ich werde beobachtet und bedroht«, platzte es dann doch aus ihr heraus. »Und der Stalker hat ...« Sie hielt inne. Am liebsten hätte sie sich dafür geohrfeigt. Das war kaum das passende Thema für eine Unterhaltung mit einer über siebzigjährigen Frau kurz vor dem Schlafengehen.

»Was sagst du da?«

»Ach, vergiss es. Tut mir leid, dass ich davon angefangen habe. Alles halb so wild.«

»Du hättest es nicht erwähnt, wenn es nur halb so wild wäre«, widersprach Frauke, »ich mache uns jetzt noch einen Kakao und dann erzählst du mir alles ganz genau, einverstanden?«

Nina berichtete von dem Tag, an dem sie Marius Engel zum ersten Mal getroffen und er sie abends vom Garten aus beobachtet hatte, von den gemeinen anonymen Nachrichten und den seltsamen Begegnungen beim Einkaufen, die nur ein

Dummkopf für pure Zufälle halten konnte. Und schließlich von der E-Mail, die er in ihrem Namen an Oliver geschickt hatte. Als sie erwähnte, dass sie Marius vorher schon mal in ihrer Wohnung überrascht hatte, wich alle Farbe aus Fraukes Gesicht.

»Hast du die Polizei verständigt?«, wollte sie wissen, doch im nächsten Moment beantwortete sie die Frage selbst. »Nein, bevor die was tun können, muss ja immer erst was Furchtbares passieren.«

»Ja, das ist so. Aber ich habe Peter davon erzählt. Leider.«

»Wieso leider? Wie hat er reagiert?« Fraukes Blick schien Nina bei dieser Frage zu durchbohren und ihre Stimme klang angespannt.

»Ach, er hat das Ganze heruntergespielt und nicht ernst genommen. Außerdem hat Peter meinen Umzug nach Duhnen von Anfang an für eine Schnapsidee gehalten und sieht in dieser Geschichte jetzt hauptsächlich eine Bestätigung dafür, dass mein neuer Wohnort mir kein Glück bringt. Er wollte, dass ich nach meiner Scheidung in die Einliegerwohnung seines Hauses ziehe, und das will er immer noch. Ständig versucht er, mich davon zu überzeugen, dass es das Beste für mich wäre, weil wir seit Mamas Tod nur uns beide haben. Das stimmt ja irgendwie, aber ich bin eine erwachsene Frau. Ich kann nicht mein gesamtes Leben mit meinem Stiefvater verbringen. So lieb ich ihn auch habe.«

»Hat er deinen Freund, wie hieß er noch? Oliver. Hat er Oliver schon kennengelernt?«

Fraukes Frage überraschte Nina. »Nein, und vermutlich wird er das jetzt wohl auch nicht mehr. Oliver hat mir übrigens geraten, Anzeige zu erstatten, als ich ihm von den Zwischenfällen mit Marius Engel erzählt habe, aber dann hat er ebenfalls eingesehen, dass das keinen Zweck hätte. Eben weil, wie du vorhin schon gesagt hast, noch nichts passiert ist, woraufhin die Polizei tätig werden könnte.«

Frauke schüttelte mutlos den Kopf. »Und so weit wird er es auch nicht kommen lassen. Dafür ist er viel zu schlau. Er versteckt seine dunkelste Seite sehr geschickt.«

»Du kennst ihn doch gar nicht«, sagte Nina.

»Wen?«

»Na, diesen Marius Engel. Von dem sprechen wir ja die ganze Zeit. Und du hast gerade so getan, als wäre er dir bekannt.«

Frauke runzelte die Stirn, dann sagte sie: »Du darfst dich auf keinen Fall von Peter zur Rückkehr nach Bremen überreden lassen.«

»Das habe ich nicht vor«, versicherte Nina, »aber warum ist dir das so wichtig?«

Anstatt zu antworten, stand Frauke mit einem Ruck auf und räumte hektisch die Tassen ab. Sie wirkte nervös. Erschrocken. Ertappt. Einen Moment blieb sie mit dem Rücken zu Nina an der Spüle stehen, als müsste sie sich sammeln und beruhigen. Nina beobachtete sie wortlos und war mehr als irritiert.

Als Frauke sich ihr wieder zuwandte, war ihr Gesichtsausdruck gewohnt freundlich, die kurze Aufgeregtheit war verflogen. »Wir sollten es für heute gut sein lassen«, sagte sie, »du bist sicher erschöpft und müde.«

Nina war kein bisschen müde und hätte gerne erfahren, was ihre Tante vorhin so nervös gemacht hatte, aber sie widersprach nicht. Es war inzwischen fast halb elf, und bestimmt ging Frauke normalerweise wesentlich früher schlafen.

Kapitel 32

Erschrocken setzte sich Nina im Bett auf und wusste im ersten Moment nicht, wo sie war. Dann fiel ihr ein, dass sie auf Neuwerk übernachtet hatte, bei Frauke. Schlaftrunken sah sie sich um. Dieser Raum, hatte ihre Tante ihr erzählt, war jahrzehntelang ihr eigenes Reich gewesen. Auf Ninas Frage, wo Peters Zimmer gewesen war, hatte Frauke mit dem Finger auf eine Tür am gegenüberliegenden Ende des Flurs gezeigt und gemurmelt, dass sie dort nur Gerümpel aufbewahre und den Raum seit Jahren nicht betreten habe. Nach dem Tod ihrer Eltern war Frauke in deren Schlafzimmer umgezogen, so dass sie Nina jetzt problemlos beherbergen konnte.

Das Gästezimmer war spärlich und zweckmäßig möbliert. Außer dem Bett gab es nur einen schmalen Kleiderschrank und einen Tisch mit zwei Stühlen davor. Zwei gerahmte Landschaftsbilder, eine Wanduhr und ein Regal mit ein paar abgegriffenen Büchern sorgten für etwas Gemütlichkeit. Und wie im Rest des Hauses war auch hier alles penibel sauber. Statt einer kleinen Leuchte auf einem Nachttischchen gab es eine Lampe, die es Nina ersparte, im Dunkeln den Wandschalter neben der Tür zu suchen, falls sie in der Nacht aufstehen musste. Allerdings hatte sie, entgegen ihren eigenen Erwartungen, geschlafen wie ein Stein. Um sechs Uhr war sie kurz aufgewacht, aber da im Haus alles still war und sie Frauke nicht wecken wollte, hatte sie ein bisschen gelesen und war dabei wieder eingenickt. Als sie jetzt einen Blick auf die Wanduhr warf, erschrak sie. Es war schon halb elf.

In genau diesem Moment hörte sie ein zaghaftes Klopfen. »Herein«, rief sie, da niemand anderer als Frauke vor der Tür stehen konnte.

»Ich wollte nur hören, ob du wach bist. Wenn du so weit bist, können wir frühstücken, ich habe alles vorbereitet.«

Nina antwortete mit schlechtem Gewissen: »Danke, Frauke. Ich beeile mich und bin gleich da.« Schnell schnappte sie sich ihr Waschzeug und frische Klamotten und huschte über den Flur ins Badezimmer.

Zehn Minuten später betrat sie die Küche, wo ein liebevoll gedeckter Tisch und eine strahlende Frauke sie erwarteten.

»Hast du gut geschlafen?«

»Oh ja. Gut und lange. Tut mir leid, dass es so spät geworden ist.«

»Spielt doch keine Rolle«, wehrte Frauke ab. »Möchtest du Tee oder Kaffee? Ich habe frische Brötchen geholt.«

Nina war gerührt von der liebevollen Fürsorge, mit der Frauke sie umgab, und ließ sich das leckere Frühstück schmecken. Ihr Herz fühlte sich leichter an als in den vergangenen Tagen. Zwar hatte sich an der verwirrenden und beängstigenden Gesamtsituation nicht das Geringste geändert, aber es hatte gutgetan, sich alles von der Seele reden zu können. Passenderweise fragte Frauke in dem Moment: »Was wirst du jetzt unternehmen wegen der Sache mit diesem Herrn Engel?«

»Ich habe absolut keine Ahnung«, antwortete Nina wahrheitsgemäß, »vielleicht lässt der Typ mich in absehbarer Zeit wieder in Ruhe und verschwindet aus meinem Leben. Wieso er mich auf dem Kieker hat, kapiere ich ja ohnehin nicht.«

»Ich mache mir Sorgen um dich. Mit solchen Typen ist nicht zu spaßen. Und du bist schließlich alleine. Es sei denn, du versöhnst dich mit Oliver.«

»Selbst wenn es noch eine Chance für Oliver und mich geben sollte, wohnen wir trotzdem getrennt. Aber du kannst beruhigt sein. Ich habe doch Peter. Ihm wird bestimmt etwas einfallen, um diesem Spuk ein Ende zu setzen. Jedenfalls, sobald ich ihn vom Ernst der Lage überzeugt habe. Peter würde alles für mich tun. Er ist zwar nicht mein leiblicher Vater, doch ich könnte mir keinen besseren wünschen.«

Dass Frauke auf das Loblied über ihren Bruder nichts erwiderte, machte Nina trotz aller Zuneigung für ihre Tante ärgerlich. »Was stimmt eigentlich nicht zwischen Peter und dir? Er ist verschlossen wie eine Auster, sobald es um dich geht, und du verhältst dich genauso. Wenigstens in dem Punkt seid ihr euch einig.«

»Ich möchte nun mal nicht über ihn sprechen.« Frauke blickte auf ihre im Schoß gefalteten Hände.

»Ja, das ist mir schon aufgefallen. Aber warum nicht?«, bohrte Nina.

»Alles in meinem Leben hat seinen Platz, Peter nun mal nicht. Ich habe meine Gründe.«

»Die ich nie verstehen werde, wenn du sie mir nicht erklärst. Was ist denn bloß los? Er ist doch dein Bruder.«

Endlich hob Frauke den Kopf. »Ja, und allein diese Tatsache hat schon genug angerichtet.«

»Aber was ...«

Nina wurde jäh unterbrochen, als es an der Haustür klingelte. Frauke, sichtbar erleichtert über die willkommene Unterbrechung ihres Gesprächs, ging zur Tür, um zu öffnen.

»Moin, Irma! Kumm rin.«

»Jaa, over nur kött.«

Als Frauke wieder in die Küche kam, folgte ihr eine etwa gleichaltrige Frau mit ausladenden Kurven und rosigem Gesicht, die Nina als Nachbarin vorgestellt wurde. Aber waren auf einer so kleinen Insel mit nur wenigen Bewohnern nicht ohnehin alle Nachbarn?

»Übrings, dat is miene Nichte«, sagte Frauke, »de is seit gistern tau Beseuck.«

Nina und Irma schüttelten einander die Hände.

»Nichte?« Die Nachbarin sprach das Wort aus, als hätte sie es nie zuvor gehört.

»Jau, de Stieftochter van mien Bröör.«

»Dien Bröör. Aha.« In Irmas Blick lagen noch ungefähr tausend Worte und es schien kein freundliches dabei zu sein.

Frauke fragte: »Wutt du wat Bestimmtes?«

»Nee, bloß moal kieken, wie et di gaht.«

Nachdem Frauke glaubhaft versichert hatte, dass es ihr gutging und alles in bester Ordnung sei, beugte sich Irma auf dem Stuhl, auf dem sie Platz genommen hatte, verschwörerisch nach vorn und fragte: »Hässe alleken schon hört, wat Niklas, de Sohn von Annegret und Georg, weie anstellt hätt?«

Und dann unterhielten sich die beiden Frauen ausführlich über die Verfehlungen des besagten Niklas. Nina, die den niederdeutschen Dialekt zwar nicht sprechen, aber teilweise verstehen konnte, fand heraus, dass Niklas der Sohn des Pfarrers war, zu dessen Pfarrgemeinde St. Georg in Cuxhaven die meisten Bewohner von Neuwerk gehörten. Der Junge war bereits in der Schule unangenehm aufgefallen, weil er seinen Mitschülern übel mitgespielt hatte. Später war er dann total auf die schiefe Bahn geraten, sogar von Drogen war die Rede. Nach einigen Jahren in Hamburg war er vor Kurzem in sein Elternhaus zurückgekehrt, worüber niemand einschließlich seiner Eltern besonders erfreut war. Da es auf Neuwerk keine eigene Kirche gab, wurden der Pfarrer von St. Georg und seine Frau von allen auf der Insel beheimateten Gemeindemitgliedern geschätzt, nur das Verhalten des missratenen Sohnes teilte die Herde der Gläubigen in zwei Lager. Die eine Hälfte bedauerte den Geistlichen und seine Gattin wegen der Probleme, die ihr entgleister Filius ständig verursachte, und wegen der Sorgen, die er ihnen damit bereitete. Die andere Hälfte schien eher eine gewisse Genugtuung zu empfinden, weil auch bei dem Gottesdiener nicht alles perfekt war. Nina überlegte, ob sie schon nach oben gehen und ihre Sachen packen sollte, aber dann erschien ihr das zu unhöflich und sie blieb am Tisch sitzen.

Endlich, nach mehr als einer Stunde, schob Irma ihren Stuhl zurück und stand auf.

»Nee, nee, de Niklas. Hei is ne Lump und blifft ne Lump. So, nu mott ik over weie los.« Frauke begleitete Irma zur Tür und stellte bei ihrer Rückkehr in die Küche bedauernd fest: »Herrje, schon halb eins. Das konnte ja keiner ahnen, dass Irmchen so lange bleibt. Jetzt musst du bald los, oder?«

»Ja«, antwortete Nina, »ich packe schnell meine Tasche und dann mache ich mich auf den Weg.«

Um Viertel nach eins kletterte Nina auf den Wattwagen, um zurück aufs Festland zu fahren. Als Alleinreisende hatte sie wieder den Platz vorne neben dem Kutscher zugewiesen bekommen. Auf den hinteren beiden Bänken saßen zwei Kinder und vier Erwachsene, vermutlich eine Familie samt Großeltern, denn alle gingen sehr vertraut miteinander um. Bei dem Wattwagenfahrer handelte es sich heute um einen wortkargen Mann um die sechzig, der durch seinen mürrischen Gesichtsausdruck deutlich zu verstehen gab, dass er hier nur seinen Job erledigen und nicht von Touristen vollgequatscht werden wollte. Nina war das nur recht, so konnte sie ungehindert ihren Gedanken nachhängen. Je weiter sie ins Wattenmeer hinausfuhren, umso schärfer wehte der Wind. Nina wickelte sich ihren Schal um, so dass er Mund und Nase bedeckte, und stopfte die Hände tief in die Jackentaschen. Sie lenkte sich von der Kälte ab, indem sie intensiv über den Besuch bei Frauke nachdachte.

Sie hatte die Zeit mit ihr sehr genossen und sich zwischendurch immer wieder darüber gewundert, wie vertraut sie miteinander umgingen und redeten, obwohl sie sich erst drei Mal getroffen hatten. Das erste Zusammentreffen konnte man kaum mitzählen, weil Nina noch ein kleines Kind gewesen war. Und beim zweiten Mal hatte sie sich ihrem damaligen Alter entsprechend weitgehend um sich selbst gedreht und sich wenig Gedanken über ihre Verwandte gemacht. Diesmal war alles anders gewesen. Die Verabschiedung von Frauke war mehr als herzlich ausgefallen. Nina hatte gespürt, wie sehr Frauke sie mochte, und das beruhte absolut auf Gegenseitigkeit. Sie waren sich darüber einig, von nun an in engem Kontakt zu bleiben. Nina freute sich über das gute Verhältnis zu ihrer Tante. Umso trauriger machte es sie, dass die Beziehung von Frauke und Peter so stark von Feindseligkeit geprägt zu sein schien. Beide waren in ihren Augen freundliche, ehrliche und liebenswerte Menschen, doch zwischen ihnen stand irgendetwas, das sie scheinbar unüberwindbar voneinander trennte. Ohne Irmas nachbarschaftliche Invasion hätte sie darüber vielleicht heute etwas erfahren können. Vielleicht aber auch nicht. Nachdem Irma gegangen war, hatte die Zeit für einen erneuten Versuch jedenfalls nicht mehr gereicht. Außerdem hatte Nina sich auf keinen Fall im Streit von Frauke verabschieden wollen. Sie musste bei ihrem nächsten Besuch noch einmal probieren, behutsam Licht in das Familiendunkel zu bringen.

Kapitel 33

Marius

Na endlich, dachte er, als Nina um halb vier am Montagnachmittag nach Hause kam. Lange hätte er nicht mehr hinter der Hecke rumgestanden und gewartet. Langsam ging ihm das alles schon selber wahnsinnig auf die Nerven, aber er durfte jetzt nicht damit aufhören. Nicht, bevor er sie nicht da hatte, wo er sie haben wollte.

Er beobachtete jeden Schritt, mit dem Nina sich ihrem Zuhause näherte, während er mit flinken Fingern auf seinem Prepaid-Handy eine SMS tippte. Als er sah, dass Nina die Nachricht las und blass wurde, erfüllte ihn tiefe Zufriedenheit. Zögernd ging sie auf die Haustür zu. Plötzlich trat ein Mann hinter dem Sichtschutzzaun hervor, der das Grundstück von

Marius' Oma umgab, und stellte sich dicht hinter Nina. Leider war er für Marius nur von hinten zu sehen. Trotzdem, war das nicht ...? Er hatte den Mantelkragen hochgeschlagen und trug eine eng anliegende Wollmütze. Aber die Statur ... Was machte der hier?

Nina Bergmann drehte sich um und schien sich zuerst über die Begegnung zu freuen, denn sie lächelte und umarmte den Mann. Selbst aus der Entfernung konnte Marius dann aber erkennen, wie irritiert sie war, weil der Typ ihre Umarmung nicht erwiderte. Das Gespräch, das die beiden anfingen, ging leider im Lärm eines sich nähernden Autos unter. Mist, der Wagen blinkte, um in die Einfahrt des Hauses einzubiegen, dessen Hecke Marius als Versteck diente. Die Bewohner durften auf keinen Fall sehen, dass er hier herumlungerte. Er konnte auf keine der Fragen, die sie ihm stellen würden, plausibel antworten, also sollte er lieber nicht riskieren, überhaupt gefragt zu werden.

Schnell sprang er hinter der Hecke hervor, hockte sich auf den Gehsteig und tat so, als müsse er seinen Schuh zubinden. Als das Auto an ihm vorbeigefahren war und vor dem Haus hielt, richtete er sich auf und machte sich vorsichtshalber aus dem Staub. Vielleicht würde er später wiederkommen. Der Tag war ja noch lang.

Kapitel 34

In Gedanken versunken näherte sie sich dem Haus im Wehrbergsweg. Sie freute sich auf eine heiße Dusche und wollte danach mit Penny telefonieren, um ihr von Frauke und dem Ausflug nach Neuwerk zu erzählen und sich zu erkundigen, ob bei ihrer Freundin alles einigermaßen in Ordnung war. Als ihr Handy piepte und damit den Erhalt einer SMS verkündete, stellten sich ihr die Nackenhaare auf. Sie hoffte verzweifelt, dass der verkorkste Marius Engel sie nicht schon wieder belästigte. Leider erfüllte sich die Hoffnung nicht. Die Nachricht war wieder von einer unbekannten Nummer versendet worden.

Na? Freust du dich auf zu Hause? Dafür
gibt es keinen Grund.

Was sollte das? Warum war sie ihm dermaßen im Weg? Wollte er selbst in die Wohnung über seiner Oma einziehen? Und falls ja, wieso hatte er ihr das nicht einfach gesagt, anstatt sie zu terrorisieren? Es hätte bestimmt eine bessere Lösung gegeben als Stalking.

Plötzlich nahm sie aus dem Augenwinkel eine Bewegung wahr und drehte sich blitzartig um. »Peter! Meine Güte, hast du mich erschreckt. Schön, dich zu sehen.« Sie umschlang ihn mit ihren Armen, doch er blieb reglos und erwiderte die Umarmung nicht. »Was ist los?«, fragte sie irritiert.

»Was los ist? Das möchte ich auch gerne wissen. Seit gestern Vormittag habe ich ununterbrochen versucht, dich zu erreichen. Ich bin beinahe gestorben vor Sorge. Wo zum Teufel warst du? Etwa bei diesem Typen in Stade?«

Sie fühlte Wut in sich aufsteigen. Zuerst die SMS von dem blöden Idioten und jetzt dieses Verhör von Peter. Langsam reichte es ihr.

»Jedenfalls siehst du kein bisschen besorgt aus, sondern nur zornig. Und wieso glaubst du andauernd, dass ich dich über jeden meiner Schritte informieren muss? Ich bin erwachsen, schon gemerkt? Der Typ aus Stade zieht übrigens demnächst nach Sahlenburg und eröffnet da seine eigene Praxis für Physiotherapie.«

Sie hatte keine Ahnung, warum sie Peter das erzählte, die beiden Männer würden sich ohnehin nicht mehr kennenlernen.

»Und wenn du es unbedingt wissen willst, ich war bei Frauke auf Neuwerk. Da hat man nun mal keinen Handyempfang. Ich habe mich bei ihr sehr wohlgefühlt und wir hatten eine schöne Zeit zusammen.«

Bei ihren letzten Worten war er abwechselnd dunkelrot und kalkweiß geworden. Nina hatte sich inzwischen in Rage geredet und war noch nicht fertig.

»Ich werde sie ab jetzt jedenfalls häufiger besuchen. Wir haben uns jede Menge zu erzählen. Ich bin gespannt auf alles, was ich noch von ihr erfahre.«

»Die verrückte Hexe lügt, sobald sie den Mund aufmacht. Was hat sie dir erzählt?« Auf Peters Stirn bildeten sich Schweißperlen.

»Was interessiert's dich? Dir ist sie doch egal. Aber ich mag sie. Sie behandelt mich wenigstens nicht wie ein Kleinkind. Und sie hat die Sache mit meinem Stalker nicht runtergespielt. Und da wir gerade davon sprechen ...« Sie hielt ihm das Handy mit der angezeigten SMS direkt vor die Nase. »Er ist immer noch hinter mir her. Oder ist diese Nachricht hier etwa von dir?« Dieser Gedanke war ihr eben erst gekommen, aber war die Idee wirklich so abwegig? Immerhin versuchte ihr Stiefvater beinahe schon besessen, sie zur Rückkehr nach Bremen zu überreden.

»Rede keinen Quatsch. Du weißt genau, dass ich keinen Handy-Vertrag abgeschlossen habe.«

»Die Existenz von Prepaid-Handys, deren SMS nicht oder nur in seltenen Fällen zurückverfolgt werden können, sollte selbst dir bekannt sein.«

Peter schüttelte seufzend den Kopf. Dann sagte er mit traurigem Blick: »Da siehst du, was nur wenige Stunden mit Frauke anrichten. Du vertraust mir nicht mehr. Sie hat ihre Giftpfeile ins Ziel geschossen. Das wäre alles nicht passiert, wenn du bei mir in Bremen leben würdest.«

Wieder die alte Leier. In diesem Moment wünschte sie sich nichts sehnlicher, als dass Peter ins Auto steigen und nach Hause fahren würde. Apropos, sie konnte seinen silberfarbenen Passat nirgends entdecken. »Wo hast du eigentlich geparkt?«

»Ich bin mit dem Zug hergekommen, weil ich mich aus Sorge um dich nicht auf den Verkehr hätte konzentrieren können.«

Sie hätte am liebsten die Augen verdreht. Sie fand, dass er langsam ein bisschen zu dick auftrug, aber sie beherrschte sich. »Soll ich dich nach Hause fahren?« Bitte sag nein, betete sie im Stillen.

»Nein, ich habe schon eine Rückfahrkarte gekauft.«

»Okay, dann bringe ich dich zum Bahnhof.«

»Nicht nötig«, sagte er, drehte sich auf dem Absatz um und ging.

Minutenlang stand sie vor dem Haus, nachdem Peter gegangen war. Allmählich legte sich die Wut, die während des Gesprächs mit ihm alle anderen Empfindungen in den Hintergrund gedrängt hatte. An ihre Stelle trat eine lähmende Traurigkeit. Zum zweiten Mal in nur wenigen Tagen hatten sie auf eine Art und Weise miteinander gesprochen, die früher unvorstellbar gewesen wäre. Und genau das brachte ihre Welt ins Wanken. Nicht so sehr wie der Tod ihrer Mutter, aber doch viel mehr als ihre Scheidung, der Umzug nach Duhnen oder die Trennung von Oliver.

Nina schluckte die aufsteigenden Tränen hinunter, während sie die Haustür aufschloss, konnte sich jedoch nicht entschließen, jetzt in ihre Wohnung zu gehen und sich dort womit auch immer zu beschäftigen. Sie stellte ihre Tasche in dem Hausflur ab, zog die Tür wieder hinter sich zu und machte sich auf den Weg zum Strand. Nirgendwo sonst würde es ihr jetzt gelingen, durchzuatmen und ihre aufgewühlten Emotionen zu beruhigen.

Als sie den Sand unter ihren Gummistiefeln spürte und das Meer sah, das mit der Flut unaufhaltsam an die Küste drängte, fühlte sie sich sofort besser. Im Watt waren einzelne Fußgänger unterwegs, aber der Strand war beinahe menschenleer. Zuerst ging sie langsam und ziellos, doch dann beschleunigte sie ihre Schritte, als könnte sie so vor ihren düsteren Gedanken davonlaufen.

Erst gegen Abend machte sie sich auf den Heimweg. Noch heute Abend wollte sie Peter anrufen, um sich zu erkundigen, ob er gut nach Hause gekommen war. Und um sich mit ihm zu versöhnen, sofern er nicht wieder die Komm-zurück-nach-Bremen-Platte auflegte.

Kapitel 35

Als sie um kurz nach sieben ihre Wohnungstür öffnete und gleichzeitig die Gummistiefel von den Füßen schüttelte, wäre sie beinahe auf das Blatt Papier getreten, das offensichtlich jemand unter der Tür hindurchgeschoben hatte. Ihr Herz machte einen Freudensprung. Vielleicht war die Nachricht von Oliver. War er, während sie sich auf Neuwerk aufgehalten hatte, gekommen, um mit ihr zu reden? Um die Dinge zwischen ihnen geradezurücken? Um eine zweite Chance zu erbitten? Sie hob das Blatt vom Boden auf, faltete es auseinander und sah es im Licht der Treppenhausbeleuchtung genauer an. Anstatt Olivers markanter Handschrift prangten da fette schwarze, am Computer getippte Buchstaben.

> *Kennst du das Märchen »Der Hase und der*
> *Igel«? Du bist der Hase, denn ich bin – na,*
> *was wohl?*

Ihre Kopfhaut begann zu kribbeln und ihre Knie zitterten. Sie war absolut sicher, dass die Nachricht von keinem anderen als Marius Engel stammen konnte. Er war also immer noch hinter ihr her.

Sie wich zurück, tastete nach dem Treppengeländer und ließ sich auf die oberste Stufe sinken. Zusammengekauert saß sie da, während sich kalter Schweiß auf ihrer Stirn sammelte. Natürlich kannte sie das Märchen. Weil der Hase sich über den Igel lustig gemacht hatte, vereinbarten die beiden ein Wettrennen. Der Igel lief aber nur ein paar Schritte, hatte am Ende der Strecke seine Frau platziert, die ihm zum Verwechseln ähnlich sah. Als sich der Hase siegessicher dem Ziel näherte, rief ihm die Frau des Igels zu: »Ich bin schon hier!« Der Hase, der seine Niederlage nicht begreifen konnte, forderte eine Revanche, aus der er wieder als Verlierer hervorging. Und noch eine und noch eine, bis er nach unzähligen Rennen erschöpft zusammenbrach und starb.

Nina wurde übel, als sie begriff, was die Worte auf dem Zettel bedeuteten. *Du bist der Hase, denn ich bin* – Er war der Igel. Er war schon da. Er selbst, er brauchte nicht einmal seine Frau zu schicken, so wenig hatte sie ihm entgegenzusetzen. In ihrer Wohnung. Schon wieder. Sie sprang so abrupt auf, als hätte sie auf einer heißen Herdplatte gesessen, und wollte reflexartig die Treppe hinunterrennen. Nur raus aus diesem Haus des Schreckens. Aber dann hielt sie mitten in der Bewegung inne. Wenn sie jetzt vor Marius Engel davonlief, anstatt ihm entgegenzutreten, hatte er gewonnen. Wenn ihre Angst über ihren Zorn siegte, würde er nie aufhören, sie zu verfolgen und zu terrorisieren. Und sie würde nie erfahren, warum er damit überhaupt jemals angefangen hatte. Was hatte sie ihm bloß getan?

Ihr blieb nichts anderes übrig, als in ihre Wohnung zu gehen und sich diesem Typen und der Situation zu stellen. Und damit auch ihrer Angst, denn genau daran weidete und berauschte er sich. Solange sie Angst vor ihm hatte, würde ihn das immer wieder anstacheln. Dass er ihr ernsthaft etwas antun, sie angreifen oder verletzen würde, glaubte sie nicht. Durch zahllose Gespräche mit Penny wusste sie, dass Menschen wie Marius in der Regel unsicher, verklemmt und harmlos waren. Aber hatte nicht jede Regel ihre Ausnahme?

Kapitel 36

Ihre Finger umschlossen das Handy in ihrer Jackentasche. Sie wusste zwar nicht, wen sie anrufen und um Hilfe bitten könnte, aber es war beruhigend, den Apparat und damit ihre Verbindung zur Außenwelt zu spüren. Ganz kurz dachte sie daran, Frau Mattis zu fragen, ob sie mit ihr zusammen hochging, verwarf den Gedanken jedoch schnell. Das zweifellos unschöne Zusammentreffen zwischen Nina und Marius Engel mitzuerleben, würde die alte Dame viel zu sehr aufregen. Und am Ende würde sie sowieso zu ihrem Enkel halten und ihm jede noch so fadenscheinige Erklärung für seinen Aufenthalt in Ninas Wohnung abkaufen. Nein, sie musste diese Situation allein klären, wenn sie je wieder von dem Kerl in Ruhe gelassen werden wollte.

Sie schlich die Treppenstufen hoch. In Zeitlupe und mit Nerven, die zum Zerreißen angespannt waren. Sie hatte keine Ahnung, wo Marius Engel sich genau befand. Vielleicht stand er direkt neben der Wohnungstür und lauschte auf jedes Geräusch, das sie verursachte. Vielleicht würde er sie angreifen, sobald sie den Flur betrat. Vielleicht hatte er es sich aber auch in irgendeinem anderen Raum gemütlich gemacht und wartete in aller Seelenruhe auf sie. Was für ein kranker Typ.

Lautlos setzte sie einen Fuß vor den anderen, betrat die Wohnung und knipste das Licht im Flur an. Ihre Kehle war trocken und ihr Körper angespannt bis zur Schmerzgrenze, doch das durfte Marius Engel nicht wissen. Sie war zwar halb verrückt vor Angst, aber das musste sie auf jeden Fall vor ihm verbergen. Entschlossen, sich mutiger zu zeigen, als sie war, warf sie die Tür mit einem lauten Knall hinter sich zu. Sie straffte die Schultern, reckte das Kinn und rief in den verwaisten Flur: »Welches Fenster mussten Sie denn heute unbedingt schließen?«

Hoffentlich war das Zittern in ihrer Stimme nicht zu hören.

Ein paar Sekunden blieb alles still. Dann hörte sie ein leises Lachen, teuflisch und gemein. Es schien aus der Küche zu kommen. Ein letztes Mal überlegte sie, ob sie nicht lieber weglaufen und die Polizei alarmieren sollte. Aber was sollte sie den Beamten sagen? Marius war kein Unbekannter und von einem Einbruch konnte nicht die Rede sein, denn er hatte ja einen Schlüssel. Am Ende würde es ihm gelingen, die Beamten davon zu überzeugen, dass alles in bester Ordnung war. Bei seiner Oma hatte er das schließlich auch geschafft. Und sie würde dastehen als hysterische alleinstehende Frau, die alles nur aufgebauscht und damit einen unnötigen Polizeieinsatz verursacht hatte. Zum zweiten Mal in wenigen Minuten erkannte sie, dass sie das Problem Marius Engel allein lösen musste.

Sie schloss kurz die Augen, atmete tief ein und riss die Tür auf, die zur Küche führte. Wie erwartet sah sie Marius Engel. Mit überkreuzten Beinen lehnte er im Dunkeln lässig an der Arbeitsplatte und grinste.

»Hallo«, begrüßte er sie, und die Überheblichkeit in seiner Miene machte Nina noch fassungsloser, als sie ohnehin schon war. Regungslos beobachteten sie sich gegenseitig, wie zwei Raubkatzen, lauernd und abwartend, aber jederzeit zum Sprung bereit. Sie hielt seinem Blick stand. Wortlos. Sie hätte ihn gerne zur Rede gestellt und angeschrien, doch sie traute sich nicht. Auf keinen Fall durfte er das Ausmaß ihres Schreckens erkennen, also nahm sie sich die Zeit, die sie brauchte, bis ihre Stimme ihr wieder gehorchte. Sekunden vergingen, sie fühlten sich an wie Stunden. Marius Engel stand mit dem Rücken zum Fenster, und das Licht, das von den Straßenlaternen draußen vor dem Haus in die Küche gelangte, schimmerte durch seine abstehenden Ohren. Das, zusammen mit den blassen Fischaugen, gab ihm das Aussehen eines Aliens, und sie hätte gelacht, hätte ihr die Angst nicht die Kehle blockiert.

Irgendwann fing Marius Engel an, nervös mit einem Fuß Kreise über den Küchenfußboden zu ziehen. Seine selbstsichere Fassade begann anscheinend zu bröckeln, während Ninas Herzschlag sich normalisierte. Jetzt musste sie ihm zeigen, wer stärker war. Jetzt oder nie.

»Welche Ausrede haben Sie heute für das unbefugte Betreten meiner Wohnung?«, fragte sie mit schneidender Stimme. »Und lassen Sie sich dieses Mal etwas Besseres einfallen als die Story von dem offenen Fenster.«

Seine Augen verengten sich zu schmalen Schlitzen, als er sie wütend anstarrte. Eine Antwort blieb er ihr schuldig. Hatte es ihm jetzt zur Abwechslung die Sprache verschlagen?

»Was ist? Fällt Ihnen nichts ein? Hoffentlich sind Sie gegenüber der Polizei gesprächiger«, sagte sie und zog ihr Handy aus der Jackentasche.

Sofort kehrte der überhebliche Ausdruck zurück auf Marius Engels Gesicht. »Sie rufen die Bullen nicht an. Was könnten Sie denen schon erzählen?«

Das hatte sie sich vor ein paar Minuten auch gefragt, also musste sie sich etwas anderes einfallen lassen. »Ja, wahrscheinlich würde sich tatsächlich alles viel zu harmlos anhören. Ich wende mich besser an jemanden, der über alles längst Bescheid weiß und das Ausmaß Ihres Dachschadens einschätzen kann.«

Marius Engel ließ die Beleidigung an sich abprallen. Er gab lediglich einen Laut der Verachtung von sich, bevor er fragte: »Und wer sollte das sein? Etwa Ihr Lover, der neulich so überstürzt abgehauen ist? Da sind wohl Wolken übers Paradies gezogen oder warum hat er ausgesehen wie ein angeschossenes Reh?«

»Hat er Ihnen nicht erzählt, was an dem Abend los war?«, fragte sie und suchte in Marius' Milchgesicht angestrengt nach einem Hinweis darauf, dass er sich durch ihre Worte ertappt fühlte. Leider war nichts dergleichen zu erkennen.

»Häh? Ich kenne den Kerl doch überhaupt nicht«, antwortete er, wobei er sie so dümmlich ansah, dass es die Wahrheit sein musste.

In ihre Angespanntheit mischte sich Erleichterung über Olivers Unschuld. Schon im nächsten Moment lief es ihr eiskalt den Rücken herunter, als sie sah, dass Marius' rechte Hand in der linken Innentasche seiner Jacke verschwand. Er bewegte sich in Zeitlupe und schien ihre sich überschlagenden Gedanken lesen zu können. Was tat er da? Wonach suchte er? Hatte er eine Waffe? Sie sollte weglaufen. Sich verstecken. Aber blieb dafür überhaupt noch Zeit? Und würden ihre Beine sie tragen? Ganz langsam zog er die Hand aus der Tasche, und was sie dann sah, ließ sie schockiert nach Luft schnappen. Marius Engel hielt ihr den schwarzen Spitzen-BH vor die Nase, nach dem sie neulich gesucht hatte. Er musste ihn mitgenommen haben, als sie ihn zum ersten Mal in ihrer Wohnung erwischt hatte. Ihr wurde übel. Sie spürte ihr Herz hart gegen ihre Brust schlagen und hätte sich in einem unbeobachteten Moment gerne die schweißnassen Hände an ihrer Jeans abgewischt. Leider gab es aber einen solchen Moment nicht. Marius legte das Wäschestück hinter sich ab, sein Blick blieb die ganze Zeit starr auf sie gerichtet.

»Was soll das alles?«, presste sie mühsam hervor. »Warum lassen Sie mich nicht in Ruhe?«

»Das tue ich vielleicht«, gab er zurück. »Demnächst.«

»Und wann ist demnächst?«

»Das hängt ganz von Ihnen ab.«

In dem Moment klingelte es an der Tür. Sie zuckte zusammen, und auch auf Marius Engels Gesicht legte sich ein erschrockener Ausdruck. Ein Zeuge war das Letzte, was er bei seinem Auftritt hier gebrauchen konnte. Nina hastete zur Wohnungstür, riss sie auf und wäre um ein Haar mit Frau Mattis zusammengestoßen, die direkt davor auf dem obersten Treppenabsatz stand.

»Hallo, Frau Bergmann. Haben Sie zufällig meinen Enkel gesehen? Sein Auto parkt schon seit mehr als einer Stunde an der Straße, aber er ist bisher nicht bei mir aufgetaucht.«

Sein Auto? Warum war Nina das nicht aufgefallen, als sie nach Hause gekommen war? Hatte der Streit mit Peter ihre Gedanken dermaßen in Beschlag genommen, dass sie nicht auf die Umgebung geachtet hatte?

Marius Engel trat aus der Küche. »Guten Tag, Omilein. Tut mir leid, dass du dir Sorgen gemacht hast. Frau Bergmann hat mich gebeten, einen Blick auf ihren tropfenden Wasserhahn zu werfen. Und dann haben wir uns ein bisschen verquatscht, aber jetzt komme ich mit.«

Wie abgebrüht er war! Nina hätte ihm gerne widersprochen und Frau Mattis reinen Wein eingeschenkt, sagte jedoch kein Wort.

Gertrud Mattis strahlte, wie immer beim Anblick ihres Enkels, über das ganze Gesicht. »Wie nett von dir, mein Junge.« An Nina gewandt fügte sie hinzu: »Nicht wahr, Frau Bergmann, wir können beide froh sein, dass wir Marius haben. So ist wenigstens hin und wieder mal ein Mann im Haus.«

Sie drehte sich um und stieg die Treppe hinab. Marius Engel folgte ihr, und Nina konnte sich nur schwer zurückhalten, ihm keinen Stoß zu verpassen. Sie schloss die Tür und lief ins Schlafzimmer. Dort ließ sie sich aufs Bett fallen und schrie ihre Angst und Anspannung in ihr Kissen.

Kapitel 37

Sie hatte die Woche wie in Trance verbracht. Mit ihrer Arbeit war sie kein Stück weitergekommen, weil sie sich nicht konzentrieren konnte. Die Wohnung hatte sie nur verlassen, wenn es unbedingt sein musste, und auch dann nur ganz kurz. Bei jeder Rückkehr nach Hause war sie vor Angst wie gelähmt gewesen, aber Marius Engel hatte sich weder blicken lassen, noch hatte er weitere Nachrichten geschickt. Sollte der Alptraum endlich vorbei sein?

Am späten Freitagnachmittag hatte sie sich so weit beruhigt, dass durch ihre Gedanken nicht mehr ausnahmslos

Marius Engel waberte. Sie dachte an Peter und ihren Streit am vergangenen Montag. Seither hatte sie nichts von ihm gehört oder gesehen. Ihre täglichen Telefonate waren ausgefallen, weil scheinbar keiner von ihnen den Anfang machen wollte. Und mit jedem Tag, der verging, wurde dieses Verhalten alberner und kindischer. Wenn sie nicht den ersten Schritt gemacht hatte, dann lag das auch an dem dramatischen und bedrohlichen Zusammentreffen mit Marius Engel am Montagabend in ihrer Wohnung. Es hatte sie derart schockiert und durcheinandergebracht, dass sie vollauf mit sich und ihren Gedanken beschäftigt war. Und mit der Frage, wie es weitergehen sollte. Ihr Zuhause hatte durch das ungebetene Auftauchen des Stalkers seinen Nestcharakter eingebüßt.

Ihr ganzes Leben schien ihr aus den Fugen geraten. Mit Peter war sie zerstritten. Penny war für spontane Treffen zu weit weg und hatte genug eigene Sorgen. Und mit Oliver war es aus, daran bestand kein Zweifel mehr nach dem verkorksten Abendessen, der falschen E-Mail und dem anschließenden nicht sehr hilfreichen Telefonat.

Zwischendurch hatte sie schon überlegt, sich komplett zurückzuziehen und nach Neuwerk zu ziehen. Bei Frauke hatte sie sich wohlgefühlt. Und in der Abgeschiedenheit und Intimität der kleinen Insel, auf der jeder jeden kannte, konnte man bestimmt ruhig und entspannt leben. Andererseits müsste sie ihre Hoffnung auf ein neues Liebesglück dann vermutlich begraben, denn den Traummann unter den Bewohnern eines winzigen Eilands zu finden, war nun wirklich ein mehr als ambitionierter Plan. Außerdem wäre von dort aus der Weg zu Penny noch länger und komplizierter. Ebenso wie der zu Peter. Sie war sicher, dass der Streit zwischen ihnen keinen endgültigen Bruch bedeutete und beschloss, augenblicklich nach Bremen zu fahren und sich mit ihrem Stiefvater auszusprechen und zu versöhnen.

Es war schon Abend, als sie in Bremen eintraf. Die Fahrt hatte knapp zwei Stunden gedauert, weil die Autobahn freitags extrem voll und sie genau in den Berufsverkehr geraten war. Der Nieselregen, die einsetzende Dunkelheit und die damit verbundene schlechte Sicht hatten ebenfalls dazu beigetragen, dass die Fahrt anstrengend und ermüdend gewesen war. Sie war froh, als sie bei ihrem Elternhaus angelangt war und sich vorsichtshalber auf eine Übernachtung vorbereitet zu haben. Auf eine weitere lange Autofahrt hatte sie heute keine Lust mehr, und Peter hatte bestimmt nichts dagegen, wenn sie bis morgen blieb. Hoffentlich war er überhaupt zu Hause. Da sie ihn überraschen wollte, hatte sie ihren Besuch nicht angekündigt. In der Straße war weit und breit kein Mensch zu sehen, was bei dem schlechten Wetter kein Wunder war.

Das weiß verputzte Siedlungshaus mit den roten Dachziegeln aus den 1960er Jahren stand in einer Reihe ähnlich aussehender Häuser. Alle hatten ordentliche Vorgärten und exakt gestutzte Hecken oder perfekt gepflegte Holzzäune. Alles wirkte adrett, gediegen und ein bisschen spießig. Hier schien die Welt noch in Ordnung zu sein. Als Nina vor dem Haus hielt, in dem sie viele Jahre lang mit ihrer Mutter und Peter gelebt hatte, bemerkte sie erleichtert den Lichtstrahl, der durch das Wohnzimmerfenster fiel. Schon dieser Anblick weckte in ihr sofort das Gefühl von Geborgenheit und Sicherheit, das ihr Leben hier stets begleitet hatte. Erinnerungen an alltägliche Situationen tauchten auf und verloschen, flüchtig wie Sternschnuppen. Situationen, bedeutungslos für andere, aber Meilensteine im Leben des Einzelnen. Situationen, in denen Nebensächlichkeiten zu etwas Besonderem werden. Erinnerungen, die jeder Mensch in sich trägt. Erinnerungen, die das Herz für immer wärmen.

Scheinbar hatte Peter noch nichts gehört, denn im Haus rührte sich nichts, als sie sich der Tür näherte. Mit dem Schlüssel, den sie nie abgegeben hatte, schloss sie auf und trat ein. An der Garderobe hing Peters Jacke. Wie immer. Im Schirmständer steckte der dunkelblaue Regenschirm. Wie immer. Aus der Küche fiel das Licht von der kleinen Lampe über dem Herd auf den Flur. Wie immer. Äußerlich hatte sich anscheinend nichts verändert. Und doch war nichts mehr wie früher, seitdem ihre Mutter gestorben war. Umso wichtiger war es, den Streit mit Peter beizulegen, denn sie hatten nur noch einander. Und Frauke. Aber davon wollte Peter ja nichts wissen.

Peter war wahrscheinlich im Wohnzimmer. Gerade wollte sie sich dorthin bewegen, als sie durch die Tür Stimmen hörte. Peter war nicht allein. Sollte sie ihn stören? Dann sprach eine andere Stimme. Wie erstarrt blieb sie stehen. Sofort drehte sich ihr der Magen um. Das war doch ... Nein, unmöglich. Aber sie täuschte sich nicht. Sie hätte ihn unter Hunderten auch durch geschlossene Zimmertüren herausgehört. Marius Engel. Was wollte der hier? Woher kannte er Peter? Woher kannte er diese Adresse? Und warum klang er so jämmerlich? Bisher hatte sie ihn nur überheblich und selbstgefällig erlebt. Sie verschlang ihre zitternden Finger ineinander und versuchte, das Gespräch zu verfolgen.

Kapitel 38

Marius

Mit jedem Wort von Peter sackte Marius weiter in sich zusammen. Er hatte sich darauf gefreut, ausgiebig gelobt und gerne auch etwas bewundert zu werden für die Art und Weise, wie er die Sache mit dem Stalking erledigte. Wie er Nina Bergmann mürbe machte. Wie er sie weichkochte und mit jeder Aktion ein bisschen mehr dazu brachte, Duhnen auf Nimmerwiedersehen zu verlassen. Er hatte Einfallsreichtum und Durchhaltevermögen bewiesen. Er war so hinterlistig gewesen, wie er es selbst kaum für möglich gehalten hätte. Und er hatte nicht zuletzt Verlässlichkeit und Loyalität zum Ausdruck gebracht und damit gezeigt, dass er Peters Vertrauen verdiente.

Aber anstatt der Lobeshymnen und Zuneigungsbekundungen, auf die er sich gefreut hatte und die er hatte genießen wollen wie eine wohltuende Massage, bekam er nur seine Wut zu spüren. Sie saßen einander in Peters Wohnzimmer gegenüber, genau da, wo sie vor wenigen Wochen den Plan ausgeheckt hatten.

»Was hast du dir dabei gedacht, so zu übertreiben, du Spinner?«

»Aber, ich sollte doch, du wolltest doch ...«, stammelte Marius.

»Jetzt pass mal schön auf«, zischte Peter mit zusammengebissenen Zähnen, »was ich wollte und was du solltest, war einfach nur, ihr Angst einzujagen. Ein bisschen heimliches Beobachten hier, ein paar SMS mit bedrohlichem Unterton da. Damit sie merkt, hier ist sie nicht sicher, und damit sie sich in ihrer Wohnung nicht länger wohlfühlt. Damit sie einsieht, dass sie hier bei mir besser aufgehoben ist und diesem ganzen Ärger aus dem Weg gehen kann.«

»Aber so hab ich's doch auch gemacht«, versuchte Marius, sich zu verteidigen.

Peter stand auf, krallte sich mit der linken Hand in Marius' Jackenkragen fest und zog ihn auf die Füße. Mit der rechten fuchtelte er vor Marius herum und stach ihm dabei fast den Zeigefinger ins Auge. »Hast du nicht! Du hast den Bogen total überspannt, und das war Scheiße. Verstehst du? Riesengroße Scheiße!«

Das letzte Wort hatte Peter so überdeutlich betont, dass Marius ein paar Spucketröpfchen ins Gesicht bekam. Er konnte sich keinen Millimeter bewegen, aber selbst wenn, hätte er nicht gewagt, die Spuren von Peters feuchter Aussprache abzuwischen.

»W-w-wieso?«, brachte Marius mühsam hervor.

»Weil nie die Rede davon war, dass du in ihren Schränken rumschnüffeln sollst. Es war abgemacht, dass du dich auf keinen Fall zu erkennen gibst. Wie konntest du so blöd sein, dich von ihr in der Wohnung ertappen zu lassen? Und dann die Sache mit dem BH, auf die du scheinbar auch noch stolz bist. Mann, wie durchgeknallt bist du eigentlich?«

Mit einem Ruck ließ Peter Marius' Kragen los und ging zwei Schritte rückwärts. Marius bemerkte erst jetzt, dass er die ganze Zeit die Luft angehalten hatte. Peter redete weiter und lief dabei nervös im Wohnzimmer auf und ab.

»Ich muss mir was einfallen lassen, aber du bist raus aus der Sache. Ich hab ja gewusst, dass du zu nichts zu gebrauchen bist. Ab sofort lässt du Nina in Ruhe, ist das klar? Und sollten wir uns irgendwann irgendwo über den Weg laufen, kennst du mich nicht. Egal, ob Nina dabei ist oder nicht. Verstanden? Niemand darf mich mit dir in Verbindung bringen können. Ich muss heile aus der Sache rauskommen.«

»Wir«, flüsterte Marius.

»Was?«

»Wir beide müssen mit heiler Haut da rauskommen.«

Peter blieb stehen und sah Marius an. Dann ging er auf ihn zu, hob langsam eine Hand und streichelte ihm zärtlich über die Wange. Marius schmiegte sein Gesicht in Peters Handfläche und schloss die Augen. Doch schon im nächsten Moment brannte seine Wange wie Feuer, weil Peter ihm eine schallende Ohrfeige verpasst hatte.

»Wir?«, spuckte er Marius entgegen, »sagtest du wir? Du bist ja noch blöder, als ich dachte. Es! Gibt! Kein! Wir!«

Marius' Augen füllten sich mit Tränen. Es war ihm peinlich, aber er konnte nichts dagegen tun und senkte schnell den Kopf. Zu spät, Peter hatte bemerkt, dass er weinte.

»Ja, heul ruhig, du Schlappschwanz. Das sieht dir ähnlich.« Um zu beweisen, wie angewidert Peter war, spuckte er auf die Fliesen.

»Ich dachte, du liebst mich.« Marius' Stimme war nur ein Flüstern.

»Ja, das dachtest du. Weil du es denken solltest.« Mit quälender Zärtlichkeit legte Peter zwei Finger unter Marius' Kinn und brachte ihn dazu, ihn wieder anzusehen.

»Dass du schwul bist, wusste ich vom ersten Moment an,

auch wenn du nicht annähernd so schön bist wie die meisten Schwuchteln. Und dass du dich in mich verknallt hast, hast du nicht besonders gut verborgen. Damals, als ich ein paar Sachen in Ninas Wohnung gebracht habe und du zufällig gerade da warst. Dumm für dich, dass ich kein Homo bin. Weißt du, ich bin so hetero, wie ein Mann nur sein kann, aber ich konnte dich für meine Pläne gut gebrauchen. Deshalb habe ich ab und zu so getan, als wäre ich selbst scharf auf dich.«

»Du hast versprochen, dass wir irgendwann zusammen sein können, wenn ich dir helfe.«

»Ja, und du Trottel hast es geglaubt. Du hast mir immer jedes Wort geglaubt.«

»Sogar geküsst hast du mich. Zwei Mal.« Marius war es inzwischen egal, dass ihm die Tränen übers Gesicht liefen.

»Und es war echt eklig«, antwortete Peter erbarmungslos, »du hast keine Ahnung, wie sehr ich mich zusammenreißen musste, um nicht auf der Stelle zu kotzen. Ich stehe nun mal auf Frauen. Obwohl, eigentlich nur auf eine. Ich will Nina. Ich wollte sie schon immer. Und deshalb soll sie hier bei mir leben. Du solltest mir helfen, aber du hast es vergeigt. Und jetzt muss ich meinen Arsch retten. Meinen Arsch, hörst du? Denn deiner ist mir total egal.«

In Marius bäumte sich ein letzter Rest Würde auf. Er nahm allen Mut zusammen, holte tief Luft und sagte: »Ich werde ihr alles erzählen. Ich sage ihr, welchen Plan du verfolgst und welches Spiel du treibst. Und dann will sie dich nie wiedersehen und du bist weiter von ihr entfernt als je zuvor. Ich werde ...«

Wie der Blitz war Peter zu Marius zurückgekommen und stand jetzt so nah vor ihm, dass ihre Nasen sich fast berührten.

»Du wirst gar nichts. Erstens, weil du gar nicht die Eier dafür hast, und zweitens, weil sie dich auslachen würde. Und jetzt verschwinde. Du hast ausgedient, kapiert?«

Kapitel 39

So leise und unbemerkt wie bei ihrer Ankunft verließ Nina ihr Elternhaus nach wenigen Minuten wieder. Durch die geschlossene Wohnzimmertür waren nur einzelne Wortfetzen an ihr Ohr gedrungen, die zuerst keinen Sinn ergaben. Sie versuchte, die Wörter und Halbsätze, die sie aufgeschnappt hatte, zu etwas Sinnvollem zusammenzusetzen. ... *Spinner ... in ihrer Wohnung nicht ... wohlfühlt ... Nina in Ruhe ...*

Und auf einmal war ihr alles klar gewesen. Peter hatte ihr anscheinend doch geglaubt, als sie ihm von Marius und seinen gemeinen Aktionen erzählt hatte. Und heute hatte er ihn zu sich bestellt, um ihn zur Rede zu stellen. Um dafür zu sorgen, dass dem Typen ein für alle Mal die Lust an seinen perfiden Spielchen verging. Auf Peter war einfach immer Verlass.

Gut gelaunt stieg sie in ihr Auto und machte sich auf den Rückweg nach Duhnen. Mit Marius wollte sie auf keinen Fall bei Peter zusammentreffen. Zwar war sie der Versöhnung mit ihrem Stiefvater keinen Schritt nähergekommen, aber das spielte im Moment keine Rolle. Sie würde ihn in den nächsten Tagen anrufen und die Dinge zwischen ihnen geraderücken. Die heutige Fahrt nach Bremen hatte sich in jedem Fall mehr als gelohnt. Sie hatte den erneuten Beweis erhalten, dass Peter bedingungslos hinter ihr stand und sie beschützte. Und daran konnte selbst ein Streit, wie es ihn neulich gegeben hatte, nichts ändern. Sie würde ihn schon davon überzeugen, dass er für immer einer der wichtigsten Menschen in ihrem Leben bleiben würde. Auch wenn sie weiter in Duhnen wohnte, regelmäßigen Kontakt zu Frauke pflegte und sich irgendwann wieder verliebte.

Als sie um kurz nach halb elf ihr Auto vor dem Haus im Wehrbergsweg parkte und die Treppe zu ihrer Wohnung hinaufstieg, fühlte sie sich so aufgeräumt und ruhig wie lange nicht mehr. Sie sah nach den Papageien, die friedlich schliefen, machte sich fertig fürs Bett und fiel schon nach wenigen Minuten in einen tiefen und traumlosen Schlaf.

Das Wochenende und die darauffolgende Woche verliefen entspannt und ereignislos. Mit Peter hatte sie noch immer nicht telefoniert. Sie befürchtete, sich zu verplappern und versehentlich ihren unangemeldeten Besuch und das belauschte Gespräch zu erwähnen. Von Marius Engel fehlte jede Spur. Weder bekam sie ihn zu Gesicht, noch bemerkte sie irgendwelche Anzeichen für eine Fortsetzung des Stalkings. Sie erhielt auch keine weiteren SMS von unbekannten Nummern. Endlich war Ruhe eingekehrt. Ihre geliebten Strandspaziergänge setzten die gewohnten Glücksgefühle frei, seitdem sie sich nicht mehr vor der Rückkehr nach Hause fürchtete. Die Arbeit an ihrem aktuellen Übersetzungsauftrag ging zügig voran, denn sie schielte nicht dauernd mit einem Auge auf ihr Handy, aus Angst vor neuen gemeinen Nachrichten. Der einzige Wermutstropfen war der quälende Schmerz, weil zwischen Oliver und ihr alles aus und vorbei war, bevor es richtig begonnen hatte.

Am Samstag gönnte sie sich einen arbeitsfreien Tag. Sie hatte in der vergangenen Woche täglich viele Stunden hochkonzentriert gearbeitet und sich nebenbei um den Wohnungsputz, den Einkauf und ihre Wäsche gekümmert. Das Ende des Stalkings hatte so viel Energie und Lebenslust freigesetzt, dass ihr alles leichtfiel. Der Wetterbericht hatte für heute den vorerst letzten niederschlagsfreien Tag vorhergesagt, ab morgen musste mit Dauerregen gerechnet werden. Sie warf einen Blick auf den aktuellen Tidekalender an ihrer Pinnwand in der Küche und beschloss, ab Mittag eine ausgedehnte Wattwanderung zu unternehmen. Nachmittags wollte sie nach Cuxhaven fahren und in die Oliva Buchhandlung gehen, um sich endlich den neuen Roman von Jeffrey Archer zu kaufen. Das Buch war schon vor einem Jahr erschienen, fehlte aber noch in ihrer Sammlung. Sie war zwar auch ein großer Fan von E-Books, doch die Werke ihrer Lieblingsautoren standen in chronologischer Reihenfolge sortiert in ihrem Regal und dabei sollte es bleiben. Falls sich die Wettervorhersage erfüllen würde, wäre sie für einen Sonntag auf dem Sofa bestens gerüstet.

Um kurz nach vier betrat sie die Buchhandlung. Sie fand den gesuchten Roman sofort, ging zur Kasse und bezahlte. Danach bummelte sie weiter an den Regalen und Präsentationstischen vorbei und sah sich um. Sie mochte den Geruch und die Atmosphäre in Läden voller Bücher und hielt sich gerne dort auf. Obwohl es kurz vor Geschäftsschluss war, befanden sich noch erstaunlich viele Kunden in dem Geschäft und suchten nach guter Unterhaltung für gemütliche Stunden. Genau wie Nina liebten sie vermutlich die unzähligen Abenteuer, Welten und Möglichkeiten, die zwischen zwei Buchdeckeln verborgen waren und darauf warteten, entdeckt zu werden.

Vor einem Tisch mit Neuerscheinungen war eine Frau in Ninas Alter in den Klappentext eines in der Presse hochgejubelten Erotikromans vertieft. In der Ecke mit den Kinder- und Jugendbüchern wälzte sich ein etwa vierjähriger Junge auf dem Boden und schrie wie am Spieß, weil seine Mutter sich weigerte, ihm zu kaufen, was er sich ausgesucht hatte. Dass er sie durch sein trotziges Verhalten nicht umstimmen konnte, irritierte ihn sichtlich und ließ ihn immer lauter werden. Vor dem Regal mit den Reiseführern, blätterte ein älterer Herr in einem Bildband über die Schweiz, was an der Flagge auf dem Buchcover unschwer zu erkennen war. Und bei den Kochbüchern stand ein Liebespaar, das sich intensiv mit sich selbst beschäftigte und alles um sich herum vergessen hatte. Klar, Liebe ging durch den Magen, aber dass dafür sogar der Anblick von Buchcovern mit leckeren Gerichten genügte, war Nina neu.

Sie schlenderte zu einem Drehständer mit Postkarten. Es gab viele verschiedene Ansichtskarten von Cuxhaven, auf denen zum Beispiel die Kugelbake zu sehen war oder Möwen oder Seehunde oder das Watt oder die Promenade oder die Sonne, die im Meer versank. Darüber hinaus gab es ein paar Karten mit romantischen Motiven und mehr oder weniger erhellenden Sprüchen wie *Der Weg ist das Ziel*, *Lebe deinen Traum* oder *Lächle und die Welt lächelt zurück*.

Nina ging weiter, und plötzlich sah sie ihn. Er stand mit dem Rücken zu ihr, den Kopf nach vorne geneigt, und las interessiert in einem Buch. Über dem Regal, dem er sich zugewandt hatte, hing ein Schild mit dem Wort *Lebenshilfe*. Nina war wie erstarrt und überlegte fieberhaft, was sie als Nächstes tun sollte. Ihn ansprechen? Aber was sollte sie sagen? Weitergehen und den Laden so schnell wie möglich verlassen?

Als hätte er ihren Blick in seinem Rücken gespürt, drehte sich Marius Engel in diesem Moment um und sah sie an. Reflexartig bildeten sich Schweißperlen auf ihrer Stirn. Mist. Dabei hatte sie doch gar keinen Grund mehr, vor ihm Angst zu haben. Peter hatte die Sache geklärt und den Spuk beendet, das hatten die vergangenen Tage deutlich gezeigt. Trotzdem machte sich in ihrer Brust ein Gefühl der Enge breit und das Herz schlug ihr bis zum Hals. Sie war selbst erstaunt, als sie sich brüllen hörte: »Soll das etwa wieder einer dieser komischen Zufälle sein, dass Sie erbärmlicher Wicht jetzt auch gerade in genau diesem Laden sind? Hat Ihnen die Ansage meines Stiefvaters nicht gereicht? Versuchen Sie immer noch, mich mit Ihrem idiotischen Verhalten aus dem Haus Ihrer Oma zu ekeln? Und warum überhaupt? Wollen Sie selber einziehen? Dann hätten Sie es vielleicht mal sagen sollen, anstatt mich zu verfolgen, mir aufzulauern, mir miese Nachrichten zu schicken oder Sachen aus meiner Wohnung zu klauen. Einfach reden, schon mal daran gedacht? Aber davon versteht ihr Computerdeppen wohl nichts. Los, antworten Sie!«

Marius Engel gab keinen Ton von sich, was sie nur noch wütender machte. »Fällt Ihnen nichts ein? Ist bei Ihnen intellektuelle Fastenzeit, oder was? Mir ist schleierhaft, welchen gesellschaftlichen Mehrwert die Existenz von Typen wie Ihnen haben soll, tut mir leid. Und jetzt ...«

»Und jetzt sollten Sie sich beruhigen, den Herrn in Ruhe lassen und nach Hause gehen.«

Hinter ihr ertönte eine Stimme, die sich anhörte wie ein Tierarzt, der mit einem kranken Gaul sprach. Als sie sich umdrehte, waren die Augen aller anwesenden Kunden und des gesamten Verkaufspersonals auf sie gerichtet. Selbst das wütende Kleinkind war vor Schreck ruhig und klammerte sich an die Hand der Mutter. Ninas Wangen glühten, als sie leise murmelnd eine Entschuldigung hervorbrachte und mit gesenktem Kopf den Laden verließ.

Kapitel 40

Während sie die Nordersteinstraße entlangeilte, beruhigten sich ihre Nerven und ihr Herzschlag wieder. Sie hätte die Vorstellung, die sie dem unfreiwilligen Publikum in der Buchhandlung soeben geboten hatte, sofort ungeschehen gemacht, hätte sie nur gekonnt. Aber da das nicht möglich war, lag auch kein Nutzen darin, sich jetzt noch stundenlang darüber zu ärgern. Es war nun mal passiert.

»Frau Bergmann, warten Sie!«

Sie erkannte Marius' Stimme sofort und blieb vor Schreck kurz stehen. Die Geschehnisse der vergangenen Wochen forderten ihren Tribut, die Angst war unterschwellig immer noch da. Ohne sich umzudrehen, straffte sie die Schultern und setzte nach höchstens zwei Sekunden ihren Weg fort, aber er holte sie ein und stellte sich nun direkt vor sie hin. Sie hielt seinem Blick stand und bemerkte, dass er verändert aussah. Seine Haut schien blasser als sonst, seine Wangen waren eingefallen und seine beinahe farblosen Augen waren rot gerändert.

»Dürfte ich Sie kurz sprechen?«

Selbst seine Stimme klang anders. Jegliche Arroganz und Überlegenheit waren verschwunden. Trotzdem antwortete sie mit patzigem Unterton: »Seit wann fragen Sie? Das haben Sie bisher ja auch nie getan. Aber so ist das wohl bei Stalkern.«

»Ich bin kein Stalker.«

»Ach nein? Sie haben mich beobachtet und bedroht. Sie haben mir Droh-SMS geschickt. Sie waren in meiner Wohnung. Wie nennen Sie Leute, die anderen so was antun?«

»Ich kann Ihnen alles erklären, wenn Sie mir zehn Minuten zuhören. Vielleicht da drüben?« Er wies mit dem Kopf in Richtung Schlossgarten am Ende der Straße.

Nina überlegte kurz. Sie hatte nicht die geringste Lust, ausgerechnet ihm einen Gefallen zu tun, aber er wirkte so anders als bisher, das machte sie neugierig und nahm ihr die Angst. Also nickte sie kurz entschlossen, ging voraus und auf eine der Bänke zu. Ihre Sinne waren bis zum Äußersten geschärft, jeder Schritt hallte in ihren Ohren wider. Ein Stück von ihnen entfernt stand eine Gruppe Jugendlicher, die rauchten und die Augen nicht von ihren Handys abwendeten. Bevor Nina sich setzte, wanderte ihr Blick über die Kritzeleien auf der Rückenlehne. Skizzen, Herzen mit Buchstaben drin, Schimpfwörter.

Sie vergrub ihre Hände in den Jackentaschen. Was machte sie hier? War sie dermaßen erpicht darauf, eine Entschuldigung von Marius Engel zu hören? Oder war sie nur neugierig auf das, was er ihr sagen wollte?

Als er sich neben sie setzte, rutschte sie instinktiv ein Stück von ihm weg und beobachtete ihn aus dem Augenwinkel. Er starrte auf seine Schuhe, rieb nervös die Hände aneinander und schien nach den richtigen Worten zu suchen. Für Ninas Empfinden suchte er zu lange. »Ich habe übrigens nicht ewig Zeit.«

Marius holte tief Luft und drückte den Rücken durch. »Das alles war Peters Idee.«

»Oh, bitte!«, rief Nina und sprang auf.

»Wirklich, es war seine Idee. Ich kenne Peter schon einige Zeit.«

»Reden Sie keinen Quatsch. Sie kennen ihn seit einer Woche. Seit er Ihnen die Leviten gelesen hat. Ich weiß zwar nicht, womit er Ihnen gedroht hat, damit Sie mich in Ruhe lassen, aber es hat funktioniert. Und ich will, dass das so bleibt, ist das klar?«

»Woher wissen Sie von dem Gespräch?«

»Ich war dabei, falls es Sie interessiert. Ich wollte meinen Stiefvater überraschen und habe mich ins Haus geschlichen. Durch die Wohnzimmertür habe ich Ihr Gespräch gehört. Oder besser gesagt seine Standpauke an Sie.«

Er schwieg eine Weile. Es fiel ihm sichtlich schwer, die passenden Worte zu finden. Nina wippte nervös mit dem Fuß und wurde immer ungeduldiger. Irgendwann fing Marius endlich an zu reden. »Nun, dann sollten Sie ja mitbekommen haben, dass ich homosexuell bin.«

Nina schaute ihn entgeistert an und schüttelte ungläubig den Kopf. Sie fragte sich, warum sie überhaupt in seinen Fokus geraten war, wenn er sich gar nicht für Frauen interessierte? Sie konnte darüber im Augenblick allerdings nicht nachdenken, denn sie musste sich auf Marius konzentrieren, aus dem die Worte jetzt herausprudelten wie Sekt aus einer vorher geschüttelten Flasche. Seinem Bericht nach hatte er sich Hals über Kopf in Peter verliebt, und zwar in dem Moment, als er ihn zum allerersten Mal sah. Und Peter schien die Gefühle zu erwidern. Die beiden trafen sich von dem Tag an häufig, kamen sich näher, redeten über Gott und die Welt und irgendwann sogar über eine gemeinsame Zukunft.

Nina traute ihren Ohren nicht, als Marius von den heißen Küssen erzählte, die es angeblich zwischen Peter und ihm gegeben hatte. Ihr Stiefvater schwul? Das war undenkbar. Er hatte Ninas Mutter vergöttert, ihr jeden Wunsch von den Augen abgelesen, ihre Tochter von Anfang an wie ein eigenes Kind geliebt. Das konnte er nicht alles nur vorgespielt haben. Nein, Nina war davon überzeugt, dass Marius sich die ganze Geschichte nur ausgedacht hatte. Aus Wut, weil er als Stalker aufgeflogen war.

»Ich glaube Ihnen kein Wort«, sagte sie, »Peter ist doppelt so alt wie Sie. Sie haben in ihm wahrscheinlich eine Vaterfigur gesehen, da Sie selbst nie einen wirklichen Vater hatten. Aber Peter hätte sich nie für Sie interessiert, selbst dann nicht, wenn er tatsächlich schwul wäre, was einfach lächerlich ist.«

»Woher hätte ich denn Ihre Handynummer haben sollen, wenn nicht von Peter?«

»Na, von Ihrer Großmutter. Ich habe sie ihr kurz nach meinem Einzug aufgeschrieben, damit sie mich erreichen kann, wenn ich nicht zu Hause bin.«

»Und warum hätte sie mir ihre Nummer verraten sollen?«

»Keine Ahnung, aber da wird Ihnen schon was eingefallen sein. Ihre Oma um den kleinen Finger zu wickeln, ist doch eine Ihrer leichtesten Übungen.«

»So war es aber nicht. Peter hat sie mir gegeben, damit ich ihm helfe. Er hat mir seinen größten Wunsch anvertraut«, erzählte Marius unbeirrt weiter, »nichts war ihm wichtiger, als Sie zur Rückkehr nach Bremen zu bewegen. Er wollte unbedingt, dass Sie mit ihm zusammen in seinem Haus leben. Es brach ihm das Herz, seine Tochter nicht täglich sehen zu können. Ich wusste, dass er und ich als Paar erst glücklich werden konnten, wenn dieser Wunsch erfüllt war.«

»Und dann hätten wir drei voll Freude und zufrieden zusammengelebt?« Ihre Stimme überschlug sich beinahe. »Nach allem, was Sie mir angetan haben? Hatten Sie sich das tatsächlich so vorgestellt?«

»Ja, ich hatte gehofft, zu ihm ziehen zu können. Aber ich habe schnell begriffen, wie viel Sie ihm bedeuten und dass er lieber mit Ihnen als mit mir zusammenleben wollte. Ich wäre in seine Nähe gezogen, um ihn so oft wie möglich zu sehen. Es ist mir nicht schwergefallen, das zu akzeptieren. Denn jedes Mal, wenn Peter davon gesprochen hat, wie sehr er Sie vermisse, hat mir seine Trauer ins Herz geschnitten. Und als er sicher sein konnte, dass ich einfach alles für ihn tun würde, hat er mir den Plan erklärt, bei dem ich ihm helfen sollte.«

»Wollen Sie jetzt im Ernst alles Peter in die Schuhe schieben?«

»Es war wirklich seine Idee. Als Sie ihm von Ihrem neuen Freund erzählt haben, ist er fast durchgedreht, weil er sein Ziel erreichen musste, bevor Sie sich ernsthaft auf den Typen einlassen.«

Die Gedanken wirbelten in ihrem Kopf umher wie trockenes Laub im Herbst. »Und damit ich mich nicht auf ihn einlassen konnte, haben Sie ihm von meinem Computer aus per

E-Mail mitgeteilt, dass ich nichts mehr mit ihm zu tun haben will.« Es war keine Frage, sondern eine Feststellung.

Marius blickte wieder zu Boden, als er murmelte: »Das sollte uns Zeit verschaffen.«

In ihren Ohren rauschte es, als würde ein ICE durch ihren Kopf rasen. Sie schloss kurz die Augen. Als sie sie öffnete, bemerkte sie, dass Marius sie ansah. In seinem Blick hätte sie Siegesgewissheit, Arroganz und Schadenfreude erwartet, aber stattdessen war da so etwas wie – Mitgefühl. Tat ihm leid, dass er sie mit einer derart haarsträubenden Wahrheit konfrontierte? Oder zumindest mit dem, was er dafür hielt? Noch immer wehrte sich ihr Verstand, seine Behauptungen nicht als eine riesengroße Lüge zu begreifen. Peter war ganz sicher nicht schwul und schon gar nicht der Drahtzieher hinter all diesen miesen Machenschaften. Aber wer dann? Wer sonst könnte ein Interesse daran haben, dass aus ihr und Oliver kein Paar wurde und sie wieder zurück nach Bremen zog? Penny vielleicht? Nein, ihre beste Freundin hatte nie etwas anderes gewollt, als Nina glücklich zu sehen.

Sie wollte jetzt unbedingt allein sein und sich zu Hause die Decke über den Kopf ziehen. Sie stand auf, um dieses merkwürdige Treffen zu beenden. Wieso hatte sie sich überhaupt auf eine solche Unterhaltung eingelassen? Doch genau in dem Augenblick sagte Marius Engel etwas, das ihre Welt endgültig ins Wanken brachte.

»Pankreaskarzinom.«

»Wie bitte?«, flüsterte sie, obwohl sie dieses Wort im größten Lärm verstanden hätte.

»Es war bestimmt die Hölle, mit ansehen zu müssen, wie die eigene Mutter vom Bauchspeicheldrüsenkrebs dahingerafft wurde. Ich weiß ja, wie sich das anfühlt, auch wenn es bei meiner Mutter Leukämie und ich noch ein Kind war.«

Ninas Gedanken rasten wie Blitze durch ihr Gehirn. Plötzlich rückte Penny wieder in den Fokus, denn sie wusste natürlich genau Bescheid über den Krankheitsverlauf von Ninas Mutter. In endlosen Gesprächen hatten die Freundinnen Punkt für Punkt durchgekaut und sie hatte unzählige Tränen in Pennys tröstender Umarmung geweint. Hatte sie all ihr Wissen jetzt eingesetzt, um Marius mit Informationen zu füttern? Aber warum sollte Penny ihr schaden wollen?

In Ninas Magen setzte sich eine Achterbahn in Bewegung. Wie durch Watte hörte sie Marius' nächste Worte. »Ob Herr Kesting trotz der Trennung die Praxis in Sahlenburg eröffnet?«

Ruckartig drehte sie sich um und übergab sich in das Gebüsch hinter der Bank. Ihre Speiseröhre brannte und schmerzte, auf ihrer Stirn standen Schweißperlen und ihre Knie zitterten unkontrolliert.

Durch Marius' letzte Äußerung war Penny von jedem Verdacht befreit worden. Olivers Pläne von der eigenen Physiotherapiepraxis in Sahlenburg hatte sie der Freundin gegenüber nie erwähnt, weil sie erst abwarten wollte, wie sich zwischen ihnen alles entwickelte. Sie erinnerte sich allerdings daran, dass sie Peter während ihres Streits Olivers Umzugspläne mitgeteilt hatte, warum auch immer.

In ihr tobte ein unglaubliches Chaos. Grenzenlose Erleichterung über Pennys Unschuld vermischte sich mit dem Schock darüber, was das im Umkehrschluss bedeutete. Alle Kenntnisse und Details aus ihrem Leben, die Marius für seine hinterlistigen Handlungen genutzt hatte, konnte er nur von einer einzigen Person erfahren haben. Die Schlüsselfigur hinter allen

Ereignissen der vergangenen Wochen musste Peter sein. Ihr Stiefvater. Ihr Papa.

Alles in ihr sträubte sich gegen diese Erkenntnis, die sich bereits wie ein Mauerriss durch ihre Seele fraß. Sie wusste, dass dieses Gespräch mit Marius Engel alles veränderte. Für immer. Dass ihr Leben von jetzt an geteilt war in ein Davor und ein Danach.

Als sie sich aufrichtete, die eine Hand auf dem Bauch und die andere gegen die Stirn gepresst, saß Marius noch auf der Bank und sah sie an.

Kapitel 41

Marius

Sie tat ihm leid. Schwach, unsicher und leichenblass stand sie vor ihm. In ihrem Blick las er ungläubiges Entsetzen und gleichzeitig eine Traurigkeit, die ihm ins Herz schnitt. Das hatte er nicht gewollt. Alles war aus dem Ruder gelaufen. Angefangen bei Peters abwegigem Plan, mit dem er Nina zurück in ihr Elternhaus locken wollte. Auf diesen Mist hätte er, Marius, sich niemals einlassen dürfen. Auch die überdimensionale rosarote Brille, durch die er Peter betrachtet hatte, rechtfertigte absolut nichts. Außerdem hatte Peter tatsächlich nur vage Ideen geäußert, um sein Vorhaben zu verdeutlichen. Geplant und durchgeführt hatte Marius die einzelnen Feldzüge gegen Nina allein. Ihr Gesicht sagte ihm jedoch noch etwas anderes, rüttelte ihn wach wie aus einem Albtraum.

Dieses unsägliche Vorhaben hatte eine Eigendynamik angenommen, die er nicht mehr hatte kontrollieren können. Und eigentlich, wenn er ehrlich mit sich war, auch gar nicht hatte kontrollieren wollen. Er hatte sich zu Dingen hinreißen lassen, die er nie für möglich gehalten und sich selber nie zugetraut hätte. Immer getrieben von dem Wunsch, Peter zu gefallen. Aber war es wirklich nur das? Hatte er sich nicht auch gefreut an der Macht, die er über einen anderen Menschen gehabt hatte? Wenn er jetzt darüber nachdachte: War er nicht das lebendige Beispiel dafür, dass diejenigen, die als Kind schon schlimme Gewalt kennengelernt hatten, selbst anfällig waren dafür, sie gegen andere anzuwenden? Hatten sie nicht genau das in den Selbsthilfegruppen diskutiert, die er als Jugendlicher und junger Erwachsener besucht hatte, um sich in dieser Welt zurechtzufinden?

Er hätte sich gerne bei ihr entschuldigt oder wenigstens einige Erklärungen abgegeben, wusste aber instinktiv, dass ein paar warme Worte ihren Schmerz nicht lindern konnten. Wenn er sie jetzt mit Rechtfertigungen überschüttete, würde er damit nur versuchen, sein eigenes Gewissen zu erleichtern, und das wäre nicht fair. Nicht, dass er sich ihr gegenüber in der letzten Zeit überhaupt auch nur annähernd fair verhalten hatte, aber er durfte es nicht noch schlimmer machen.

Als sie wortlos und mit Tränen in den Augen kurz eine Hand zum Abschied hob, nickte er daher nur und sah ihr nach, wie sie mit gesenktem Kopf den Heimweg antrat.

Kapitel 42

Als sie zu Hause ankam, traf sie auf Gertrud Mattis, die ihre Post aus dem Briefkasten holte.

»Guten Abend, Frau Bergmann. Ich war zum Kaffeeklatsch bei meiner Kusine und bin gerade erst zurückgekommen. Sonst hole ich ja immer schon mittags die Post.« Dann bemerkte sie Ninas rotgeweinte Augen. »Ach herrje, was ist denn passiert, Kindchen? Wollen Sie über Ihren Kummer sprechen?«

Nina hätte sich liebend gerne alles von der Seele geredet, doch als Zuhörerin war Marius Engels Oma die denkbar schlechteste Option. Davon überzeugt, dass ihre Stimme ihr nicht gehorchen würde, schüttelte Nina nur stumm den Kopf und hastete die Treppe rauf. Sie bedauerte, Frau Mattis einfach stehen zu lassen. Das hatte die warmherzige Frau nicht verdient, aber heute ging es nicht anders. Irgendwann würde sie ihr vielleicht alles erklären können.

In ihrer Wohnung zog sie die Schuhe aus, hängte ihre Jacke an die Garderobe und wusch sich die Hände. Alles lief ab wie ferngesteuert. Routinierte Erledigungen, die kein Nachdenken und keine Konzentration erforderten, während emotional der Ausnahmezustand herrschte. Den neuen Roman von Jeffrey Archer, auf den sie sich gefreut hatte, stellte sie zu den anderen Büchern ins Regal. Jegliches Interesse daran hatte sich in Luft aufgelöst.

Sie hatte Angst vor den vielen Stunden bis zum Morgen, die sie allein mit ihrem Schock, ihren Grübeleien und ihrer Traurigkeit verbringen musste. Die lange dunkle Nacht schien lauernd auf sie zu warten wie ein wildes Tier, das nur abwarten brauchte, weil es für die Beute ohnehin kein Entrinnen gab.

Unterwegs von dem Spielplatz nach Hause hatte sie kurz darüber nachgedacht, ein paar Sachen zu packen und zu Penny zu fahren. Sie hätte sich der Freundin gerne anvertraut, entschied sich schließlich doch dagegen. Penny hätte sie sofort bei sich aufgenommen und ihr eine Schulter zum Anlehnen geboten, aber sie wollte ihrer Freundin jetzt nicht zur Last fallen. Penny hatte momentan genug eigene Probleme, für die sie ihre ganze Kraft benötigte. Der einzige Mensch außer Penny, mit dem sie jetzt gerne geredet hätte, war Oliver. Leider war er gleichzeitig der einzige, den sie auf keinen Fall anrufen konnte. Ihre Beziehung war nach allen Regeln der Kunst gescheitert. Es war absolut abwegig, sich ausgerechnet bei ihm auszuweinen und auf Interesse, Verständnis und Trost zu hoffen.

Selten hatte sie sich so einsam gefühlt wie in diesem Moment. Ihre bisher heile und überschaubare Welt war in tausend Stücke zerbrochen, aber es war niemand da, der ihr half, die Scherben zusammenzufegen. Kraftlos sank sie auf ihr Sofa. Noch immer hatte sie Marius' Stimme im Ohr und hörte in Endlosschleife all die Sätze, die Stück für Stück Peters charakterliche Untiefen entlarvt hatten. Nicht nur, dass er mit miesen Tricks dafür hatte sorgen wollen, dass sie ihrem neuen Zuhause den Rücken kehrte und wieder nach Bremen zog. Darüber hinaus hatte er auf schäbigste Art und Weise mit den Gefühlen eines anderen Menschen gespielt. In der aufrichtigen Zuneigung, die Marius für ihn empfand, hatte Peter seine Chance gesehen, den jungen Mann für seine

Zwecke zu missbrauchen. Was für ein mieses und gemeines Verhalten.

Wie sollten sie einander in Zukunft begegnen? Die bedingungslose Liebe, die sie ihrem Stiefvater entgegengebracht hatte, seit sie denken konnte, hatte einen tiefen Riss bekommen, der, wenn überhaupt, nur mühsam gekittet werden würde. Viel Zeit und schonungslose Gespräche waren sicher nötig, um zu retten, was vielleicht zu retten war. Vielleicht auch nicht.

Aber dann fiel es ihr wie Schuppen von den Augen. Peter ging garantiert davon aus, dass sie die Hintergründe des Stalkings nie erfahren würde. Dass sein eigenes boshaftes Verhalten nie auffliegen würde. Sie erkannte, dass sie die Fragmente der Unterhaltung zwischen Peter und Marius vollkommen fehlinterpretiert hatte. Peter war es lediglich darum gegangen, ihn einzuschüchtern, damit er für immer verschwieg, wer hinter all dem steckte.

Es hatte nicht funktioniert. Die bittere Enttäuschung, die Zurückweisung seiner Liebe oder ein letzter Rest Selbstwertgefühl, der noch in Marius schlummerte, hatte dafür gesorgt, dass er sich über Peters Drohungen hinweggesetzt und ihr alles erzählt hatte.

Sie zuckte vor Schreck zusammen, als die Klingel ertönte. Sie näherte sich vorsichtig der Wohnungstür, als ob von deren schlichter weißer Kunststoffoberfläche Gefahr drohte. Was, wenn es Peter war? Wenn er hergekommen war, um den Streit beizulegen? Wenn er sich einen Ruck gegeben hatte und ausnahmsweise den ersten Schritt machen wollte? Sie konnte jetzt auf keinen Fall mit ihm reden. Und wenn Marius ihr gefolgt war, um das Gespräch von vorhin fortzusetzen? Auch das würde ihre Kräfte übersteigen. Aber wenn es Oliver war? Sie wusste selbst, dass dieser Gedanke beinahe jeglicher Grundlage entbehrte, doch die Hoffnung starb zuletzt, oder nicht?

Wie in Zeitlupe hob sie ihre Hand, um nach dem Hörer der Sprechanlage zu greifen. In diesem Augenblick ertönte direkt vor der Wohnungstür eine Stimme.

»Frau Bergmann? Ich bin's, Gertrud Mattis.«

Nina stieß erleichtert den angehaltenen Atem aus und öffnete die Tür. »Frau Mattis, möchten Sie hereinkommen?«

»Nein, danke. Ich hatte vorhin den Eindruck, dass es Ihnen nicht gut geht, deshalb will ich nicht lange stören.« Sie wartete kurz ab, musste aber feststellen, dass Nina die unausgesprochene Frage nicht beantwortete. »Jedenfalls habe ich hier einen Brief für Sie, der versehentlich bei mir gelandet ist.«

Nina nahm das Kuvert entgegen und las den Absender. Ein Lächeln huschte über ihr Gesicht, was von Frau Mattis nicht unbemerkt blieb.

»Erfreuliche Post?«

»Ja, von meiner Tante.«

»Dann hoffe ich, dass er nur gute Nachrichten enthält.«

»Frau Mattis, ich hätte eine Bitte«, sagte Nina spontan. Gertrud Mattis hob erwartungsvoll eine Augenbraue. »Würden Sie mir die Telefonnummer Ihres Enkels geben?«

Frau Mattis antwortete mit einer Gegenfrage. »Warum? Hat der Junge was angestellt?«

Jede Menge, dachte Nina im Stillen, aber darum ging es inzwischen nicht mehr. Sie zwang sich zu einem beruhigenden Lächeln. »Nein, keine Sorge. Es ist nur so, dass mein Computer nicht richtig funktioniert. Vielleicht könnte er sich das Problem mal ansehen. Ich würde ihn natürlich dafür bezahlen.«

»Ach so. Ja, da hilft Ihnen der Marius bestimmt gerne. Kommen Sie doch schnell mit in meine Wohnung, dann schreibe ich Ihnen die Nummer auf.«

Kurz darauf saß Nina in ihrem Wohnzimmer und versuchte vergeblich, Marius anzurufen. Sie hinterließ eine Nachricht auf der Mailbox, in der sie ihn dringend um einen Rückruf bat. Danach ging sie rastlos im Zimmer umher, strich Sofakissen glatt, rückte Gegenstände hin und her und war sich der Sinnlosigkeit ihres Tuns die ganze Zeit bewusst. Nach knapp zehn Minuten klingelte ihr Handy und Marius meldete sich.

»Woher haben Sie meine Nummer?«, fragte er.

»Von Ihrer Oma. Sie hat es gut gemeint, weil ich behauptet habe, dass ich Hilfe brauche bei einem Problem mit meinem Computer.«

»Aha«, war alles, was Marius sagte.

Obwohl ihr absolut nicht zum Scherzen zumute war, konnte sie sich nicht verkneifen, zu sagen: »Blödes Gefühl, wenn die eigene Handynummer weitergegeben wird, oder? Ist mir auch schon mal passiert.«

Am anderen Ende der Leitung blieb es still, also kam sie zum eigentlichen Grund ihres Anrufs. »Werden Sie Peter anzeigen?«

»Was soll das bringen? Erstens müsste ich mich selbst dann auch anzeigen, denn das Stalking habe ich, und nur ich, durchgeführt. Außerdem gibt es meine Version der Geschichte und es gibt seine. Mein Wort gegen seins. Und wer von uns beiden kommt wohl glaubwürdiger rüber?«

Einen Moment schwiegen sie. Dann sagte Marius: »Die Sache würde anders aussehen, wenn Sie mitkommen zu den

Bullen. Zu zweit hätte unsere Aussage mehr Gewicht. Und ich glaube, ich könnte meine Strafe akzeptieren, wenn ich wüsste, dass Peter auch nicht einfach so davonkommt. Aber ich nehme nicht an, dass Sie sich dazu durchringen können.«

»Nein.« Ihre Stimme war nur ein Flüstern. »Nein, das kann ich nicht.«

Kapitel 43

Marius

Er fühlte Genugtuung, als er sah, dass Peter vor dem Eingang zu den Außentoiletten an der Kurverwaltung ungeduldig auf und ab lief und nach ihm Ausschau hielt.

Um halb sieben, als Nina gegangen war und er noch allein auf der Bank im Schlossgarten saß und seinen Gedanken nachhing, hatte Peter ihn angerufen und für halb acht hierher bestellt. Während des kurzen Gesprächs hatte er Ninas Anruf verpasst, sie aber sofort zurückgerufen. Deshalb kam er jetzt auch einige Minuten zu spät zu dem Treffen mit Peter, was den ziemlich nervös zu machen schien. Wahrscheinlich ging ihm sein heterosexueller Arsch auf Grundeis vor Angst, dass Marius tatsächlich auspackte. Dass er das längst getan hatte, würde er natürlich nicht verraten. Peter seiner Ungewissheit zu überlassen, war die deutlich bessere Variante. Marius war erstaunt, wie schnell aus Liebe Hass werden konnte.

Als er Peter vor vier Monaten zum ersten Mal getroffen hatte, auf der Treppe im Haus seiner Oma und beladen mit Umzugskartons, hinter denen er kaum zu sehen war, hatte Marius sich sofort in den viel älteren Mann verliebt. Peter war trotz seiner fast sechzig Jahre ein überaus gut aussehender Mann mit einer Aura aus scheinbar unerschöpflicher Energie und Willenskraft. Attraktiv, charismatisch, selbstbewusst. Und damit war er alles, was Marius nicht war. Auch wenn er es sich ungern eingestand, hoffte er, dass der Glanz dieses besonderen Mannes sein eigenes kümmerliches Dasein endlich ein bisschen strahlen ließe.

Aber dieser Traum war jetzt ausgeträumt. In dem Moment, als Peter ihn in seinem Wohnzimmer verhöhnt, ausgelacht und beschimpft hatte, war Marius' Welt in sich zusammengestürzt. Nie wieder würde er den Stachel loswerden, den Peter in seinem Herzen platziert hatte. Wie ein geprügelter Hund hatte er sich an dem Tag aus dem Staub gemacht.

Marius sah, dass Peter ihm mit grimmiger Miene die letzten Meter entgegenkam. Unsanft stieß er Marius vor sich her in den Waschraum bei den Männerklos. Hier waren sie allein, mutterseelenallein.

»Was willst du?«, fragte Marius und stemmte selbstbewusst die Hände in die Seiten.

»Ich will dich nur noch mal daran erinnern, was wir besprochen haben. Du hältst dich ab jetzt raus, und wir beide haben uns nie im Leben getroffen.« Peter kam langsam auf Marius zu und drängte ihn an die Wand des Waschraums. Er kam mit seinem Gesicht ganz nahe heran und zischte: »Und falls du darüber nachdenkst, auszupacken, vergiss nicht, dass ich nur im Hintergrund agiert habe. Ertappt wurdest immer nur du. Und mir vertraut Nina, seitdem sie ein Kind war. Was denkst du, wem von uns beiden sie glauben wird?«

Und dann lachte Peter. Laut und böse. Das Geräusch wurde von den Wandfliesen zurückgeworfen und traf Marius wie spitze Pfeile. Er konnte und wollte nicht länger zuhören, doch Peter war noch nicht fertig.

»Vom Gesetzgeber gibt's für Stalking hohe Geldstrafen oder sogar bis zu drei Jahren Haft. Ich bin da wesentlich strenger. Wenn du redest und ich dich anschließend in die Finger kriege, hat dein Arsch Kirmes, aber nicht so, wie du's dir gewünscht hast.«

Marius hatte endgültig genug gehört. Er duckte sich unter Peters Arm hindurch und rannte aus dem Waschraum. Draußen blieb er stehen und schnappte nach Luft. Ihm war schlecht und er war nicht sicher, ob seine Beine ihn tragen würden, wenn er jetzt versuchte, wegzurennen. Also setzte er lieber vorsichtig einen Fuß vor den anderen.

»Ja, hau ruhig ab, Schwuchtel«, hörte er Peter rufen, der inzwischen auch nach draußen gekommen war.

Marius drehte sich langsam um und sagte: »Sie hat mir längst geglaubt.«

Kapitel 44

Mitten in der Nacht warf sie sich unruhig im Bett hin und her. Inzwischen war es halb drei und sie war vom Schlaf so weit entfernt wie vom Mond. Sie dachte noch immer über Marius' Vorschlag nach, zusammen zur Polizei zu gehen. Dass er allein gegen Peter keine Chance hatte, war ihr ebenso klar wie ihm. Nur wenn sie es gemeinsam taten, würde Peter sich für seine dunklen Machenschaften verantworten müssen. Für die Anstiftung zum Stalking, für das miese Spiel mit Marius' Gefühlen und für die Angst und Unsicherheit, unter der sie wochenlang gelitten hatte. Allerdings bedeutete es, dass Marius sich selbst belastete. Doch der Gedanke, dass all das ungestraft blieb, war kaum auszuhalten. Andererseits war es für sie nicht vorstellbar, ihren Stiefvater an den Pranger zu stellen. Ein *Satz von Konfuzius fiel ihr ein. Zu sehen, was recht ist, und es gegen seine Einsicht nicht tun, ist Mangel an Mut.* Sie war nicht mutig genug. Traurig, aber wahr.

Eine weitere Stunde später sah sie ein, dass sie in dieser Nacht keinen Schlaf mehr finden würde. Während sie darüber nachdachte, wie sie die Zeit bis zum Morgen hinter sich bringen könnte, fiel ihr ein, dass sie den Brief von Frauke noch nicht gelesen hatte. Barfuß tapste sie ins Wohnzimmer und holte das Schreiben. Dann kuschelte sie sich wieder unter ihre Bettdecke und begann zu lesen, was da in elegant geschwungener Schrift stand.

> *Liebe Nina, seitdem du mich besucht hast,*
> *worüber ich mich wirklich von Herzen ge-*

freut habe, bin ich nicht mehr zur Ruhe gekommen. Jeden Tag und meistens auch noch nachts habe ich über ein Versprechen nachgedacht, dass ich deiner Mutter vor vielen Jahren gegeben habe. Es geht um Peter, was dich nicht besonders überraschen wird. Wir, deine Mutter und ich, haben beschlossen, dass du die Wahrheit über den Mann, der mein Bruder ist und dein Stiefvater wurde, nur im äußersten Notfall erfahren solltest. Ich halte den Zeitpunkt für gekommen, um mein Schweigen zu brechen, und ich bete zu Gott, dass deine selige Mutter meine Einschätzung teilen würde, wenn ich sie um Rat fragen könnte.

Was ich dir zu sagen habe, hat bisher für dich und dein Leben keine Rolle gespielt. Das hat sich jetzt verändert. Als du mir erzählt hast, dass Peter versucht, dich zur Rückkehr nach Bremen zu überreden, war ich traurig und schockiert zugleich. Traurig, weil ich erkannte, dass er sich nicht geändert, sich noch immer nicht im Griff hat. Und schockiert, weil ich sofort wusste, warum du in Dein Elternhaus zurückkehren sollst. Vielleicht möchtest du die Wahrheit gar nicht erfahren oder du denkst, dass ich nur Unfrieden stiften und Peter schlechtmachen will. In dem Fall wirst du sicher den gerade erst aufgebauten Kontakt zu mir

wieder einstellen. Das wäre schade. Möch-
test du aber wissen, wovor deine Mutter und
ich dich bis heute beschützt haben und wes-
halb ich jetzt nicht mehr länger schweigen
darf, komm bitte nach Neuwerk. Ich möch-
te dich bei mir haben und deine Hand hal-
ten, wenn ich einen Teil deiner Welt zum
Einsturz bringe. Denn das werde ich, und
nur der Herrgott weiß, wie weh mir das
tut.

Sie ließ den Brief sinken und war völlig durcheinander. Welche Wahrheit hatten Mama und Frauke jahrzehntelang vor ihr verborgen? Was gab es Schreckliches über Peter zu berichten, dass sie es zu einem dermaßen gut gehüteten Geheimnis gemacht hatten? Sie hatte nicht gewusst, dass die beiden Frauen so eng miteinander verbunden waren, und das offensichtlich sogar über den Tod hinaus. Nicht eine Sekunde glaubte sie, dass Frauke sich nur aufspielen wollte. Außerdem hatte sie ja inzwischen auch selbst begriffen, dass ihr Stiefvater den Sockel, auf den sie ihn gestellt hatte, nicht verdiente. Gab es noch mehr Geschichten über ihn, in denen es um Intrigen und dunkle Machenschaften ging? Und wenn ja, was bewog Frauke, sie ihr jetzt, ausgerechnet jetzt, erzählen zu wollen? Und was hatte das alles damit zu tun, ob sie in Cuxhaven oder in Bremen wohnte?

Sie beschloss, auf jeden Fall wieder nach Neuwerk zu fahren. Sie musste diese Wahrheit, von der Frauke meinte, dass sie sehr schmerzhaft sein würde, erfahren. Und zwar so schnell wie möglich.

Um sechs Uhr hielt sie es endgültig nicht mehr aus in ihrem Bett. Sie duschte, zog sich warm an und warf einen Blick auf den Tidekalender an ihrer Pinnwand. Für kurz nach halb elf war die Abfahrt des Wattwagens nach Neuwerk geplant. Sie wartete bis acht Uhr, dann rief sie beim Haus Wattenpost an und ergatterte einen der letzten beiden freien Plätze für die Fahrt. Anschließend wählte sie Fraukes Telefonnummer. Ihre Tante meldete sich schon nach dem ersten Klingeln, als hätte sie auf einen dringenden Anruf gewartet. Vielleicht auf genau diesen. Kurz und knapp teilte sie Frauke mit, dass der Brief gestern eingetroffen war und sie heute gegen zwölf Uhr mittags auf Neuwerk eintreffen würde. Frauke war hörbar erleichtert: »Das ist gut, mein Kind.« Da Nina diesmal nicht auf der Insel übernachten wollte, studierte sie im Internet den Fahrplan der *MS Flipper* und buchte die Rückfahrt mit der Fähre um achtzehn Uhr ab Neuwerk.

Nachdem sie die Papageien gefüttert, ihr Bett gemacht und drei Tassen Kaffee getrunken hatte und es nichts mehr in der Wohnung zu tun gab, machte sie sich auf den Weg zum Haus Wattenpost. Dieses Mal bestand die Reisegruppe aus zwei älteren Ehepaaren, einem Mann um die fünfzig, der sie an ihren früheren Biologielehrer erinnerte, und ihr selbst. Damit war klar, dass alle sechs Passagiere auf die beiden Bänke passten und keiner vorne beim Fahrer sitzen musste. Als sie sah, dass es sich bei ihrem heutigen Chauffeur wieder um den mürrischen Mann handelte, der sie vor zwei Wochen von Neuwerk zurück nach Duhnen gefahren hatte, verzog sie sich sofort auf einen der hinteren Plätze.

Kaum hatte sich der Wagen in Bewegung gesetzt und war die Promenade entlanggerumpelt, waren die beiden älteren

Paare bereits in ein angeregtes Gespräch vertieft. Es ging um Enkelkinder und mehr oder weniger empfehlenswerte Kurorte. Sobald sie das Wattenmeer erreichten, pfiff ihnen allerdings ein eiskalter Wind um die Ohren, der jede Unterhaltung unmöglich machte. Ab und zu zeigte einer der älteren Herren mit dem Finger auf Reiter, die zu Pferd im Watt unterwegs waren, auf einen der anderen Wattwagen oder auf eine Möwe, die über sie hinwegflog. Dann schob die jeweilige Ehefrau kurz den Kopf aus der Kapuze, betrachtete mit mäßigem Interesse das Gezeigte, nickte und zog sich wieder in die Tiefen ihrer Daunenjacke zurück. Der Biolehrer-Doppelgänger bestaunte während der gesamten Fahrt die Umgebung durch ein monströses Fernglas und sagte kein Wort. Und Nina sah alle zwei bis drei Minuten auf die Uhr und konnte die Ankunft auf Neuwerk kaum erwarten.

Kapitel 45

Endlich erreichten sie die Insel. Ihre Mitreisenden verschwanden umgehend im Restaurant vom Hof Fock, um sich aufzuwärmen und sich vermutlich zu fragen, ob der Ausflug an diesem bitterkalten Herbstsonntag Anfang Oktober wirklich eine gute Idee gewesen war.

Sie machte sich auf den Weg zu Frauke. Als sie um die letzte Kurve bog, sah sie ihre Tante schon vor dem Haus stehen und winken. Sie umarmten einander zur Begrüßung und gingen in die gemütliche Küche, wo Morle auf der Fensterbank friedlich schlief und in einem Topf auf dem Herd heiße Schokolade auf Nina wartete.

Nachdem sie zwei Tassen davon getrunken und sich aufgewärmt hatte, sah sie Frauke erwartungsvoll an. Beide wussten, dass sie jetzt das Gespräch führen mussten, das der Grund für ihren heutigen Besuch war. Frauke legte die Hände auf ihr Gesicht, als könnte sie sich mit dieser Geste vor dem Rest der Welt verstecken. Dann richtete sie sich auf und sah sie mit traurigem Blick an.

»Ich weiß, dass Peter sehr freundlich, liebenswert und charmant sein kann. Kaum jemand weiß das besser als ich. Nur hat er auch eine andere Seite. Eine dunkle Seite, die ihn unvorstellbare Dinge tun lässt.«

Ich weiß, dachte Nina, laut sagte sie: »Was soll das heißen?«

»Ich muss ein bisschen ausholen. Weißt du, unser Vater hatte sich immer einen Sohn gewünscht, aber dann bekamen sie mich. Ein Mädchen, winzig und schwach, mit angeborenem Herzfehler. Da war die Enttäuschung groß. Danach hatte es lange Zeit nicht den Anschein, dass meine Eltern ein weiteres Kind haben würden. Als nach sage und schreibe zwölf Jahren doch noch der ersehnte Junge zur Welt kam, wurde er umso mehr vergöttert und verwöhnt. Alles wurde ihm erlaubt, alle tanzten nach seiner Pfeife, kein Wunsch blieb je unerfüllt. Für den kleinen Peter war das natürlich großartig. Ein Leben, in dem es kein Nein gab. Dass sich das irgendwann änderte, konnte er nicht hinnehmen. Und so fing alles an.«

»Was fing an?«, fragte Nina leise.

»Dass er sich ohne Rücksicht nahm, was er haben wollte. Er kannte ja kein Nein.«

Verblüfft fragte sich Nina im Stillen, ob das wirklich die groß angekündigte Wahrheit, das sorgsam gehütete Geheimnis war. Peter hatte geklaut? Das war alles? Natürlich war das strafbar und absolut nicht okay, aber hatten Mama und Frauke tatsächlich geglaubt, dass ihre Seele irreparabel beschädigt worden wäre, wenn sie es erfahren hätte? Sie wollte gerade einen ironischen Kommentar abgeben, als Frauke weitersprach.

»Mit dreißig verlobte ich mich mit Arne. Wir kannten uns schon unser ganzes Leben, sind zusammen zur Schule gegangen und manchmal hat er meinem Vater mit den Ponys geholfen. Arne war nicht nur meine letzte, sondern wohl auch meine einzige Chance auf eine eigene Familie. Es gab nicht viele Kandidaten hier, und ich war vom Aussehen her und mit meiner angeschlagenen Gesundheit nicht gerade ein Hauptgewinn. Arnes Mutter lebte damals schon lange nicht mehr, sein Vater hatte sich erneut verheiratet und mit seiner zweiten Frau noch eine Tochter bekommen. Die Tatsache, dass wir beide Geschwister hatten, die so viele Jahre jünger waren als wir, hat uns zusätzlich zusammengeschweißt. Arnes Schwester Moni war vierzehn, als wir uns verlobten.«

»Und Peter achtzehn«, schlussfolgerte Nina.

Frauke nickte. »Ja, und ein Jahr später, als er neunzehn war, bildete er sich ein, in Moni verliebt zu sein.«

Nina runzelte die Stirn. »Vielleicht war er es wirklich.«

»Nein«, widersprach Frauke energisch, »Peter wusste gar nicht, was Liebe ist. Er weiß es bis heute nicht.«

Nina mochte auf die Bemerkung nicht näher eingehen, stattdessen fragte sie: »Und was passierte dann?«

»Moni mochte ihn nicht, also nahm er sich wieder ohne Rücksicht, was er wollte. Er kannte ja kein Nein.«

Frauke hatte zuletzt nur noch geflüstert. Trotzdem hallte das Gesagte in Ninas Ohren wider wie ein Echo. Wie in Zeitlupe begriff ihr Verstand, was die Worte bedeuteten. »Er ... er hat sie vergewaltigt?«

Tränen liefen über Fraukes Gesicht, als sie stumm nickte.

Lange war es still in der Küche, in der Frauke und Nina am Tisch saßen. Abgesehen von den typischen Geräuschen eines alten Hauses und dem vorwurfsvollen Miauen von Morle, wenn sie zwischendurch versehentlich aufwachte, war nichts zu hören.

Mitten in diese ohrenbetäubende Stille hinein begann es zu regnen. Zuerst nur leicht, aber bald prasselten dicke Tropfen gegen die Fensterscheibe. Aus ihrer Erstarrung holte die beiden Frauen der Krach, der durch das offene Fenster hereindrang. Frauke stand auf, um es zu schließen. Nina räumte die Tassen ab, blieb an die Spüle gelehnt stehen und nahm das Gespräch wieder auf.

»Wie habt ihr davon erfahren?«

Frauke ließ sich kraftlos auf ihren Stuhl zurückfallen. Sie wirkte plötzlich viel älter, als sie war. »Moni hat sich ihrem Bruder Arne, meinem Verlobten, anvertraut. Er hat nicht eine Sekunde daran gezweifelt, dass sich alles genauso zugetragen hatte, wie sie es erzählte. Dinge, von denen sie, die gerade erst fünfzehn geworden war, bis dahin keine Ahnung gehabt hatte und die sie sich nie im Leben hätte ausdenken können. Außerdem war sie neben dem seelischen Schock auch körperlich verletzt, und die Art der Verletzungen bestätigte alles, was sie sagte.«

»Und was passierte dann?«

»Arne wollte Peter anzeigen, aber sein Vater hielt ihn davon ab. Er und seine Familie würden ins Gerede kommen, schließlich kenne jeder hier auf der Insel jeden, und das war schon zu allen Zeiten so. Auch Monis Mutter war das Getratsche im Dorf wichtiger als Gerechtigkeit für ihre Tochter. Arne war außer sich vor Wut. Moni flehte ihn aber ebenfalls an, nicht zur Polizei zu gehen. Aus Angst davor, über diese beschämenden Einzelheiten noch einmal sprechen zu müssen. Sie wollte lieber alles schnell vergessen. Als ob das überhaupt möglich wäre. Jedenfalls gab Arne schließlich nach, und Peter wurde nie zur Rechenschaft gezogen.«

»Und ihr beide? Ich meine, Arne und du?«, fragte Nina, obwohl sie die Antwort schon kannte.

»Uns gab es von dem Tag an nicht mehr. Arne löste die Verlobung schneller, als ich bis drei zählen konnte. Wer hätte ihm das verübeln können. Mit der Schwester eines Vergewaltigers will eben niemand verheiratet sein.«

»Aber er war deine große Liebe«, sagte Nina, die sich daran erinnerte, dass Frauke genau das bei ihrem Gespräch vor zwei Wochen gesagt hatte.

»Ja, das war er«, antwortete Frauke traurig, »und immerhin hatten wir zwei schöne Jahre zusammen. Manchmal zählt nicht die Zeit, die wir haben, sondern nur, wie wir sie nutzen oder in unserer Erinnerung bewahren.«

»Was wurde aus Moni?«

»Sie wurde ein halbes Jahr nach der abscheulichen Tat zu Verwandten aufs Festland geschickt und kehrte nie wieder auf die Insel zurück. Ich weiß nicht, was aus ihr geworden ist, ich habe mich nie getraut, Arne danach zu fragen. Außerdem habe ich dir ja schon erzählt, dass er Neuwerk auch verlassen hat.«

»Und die Eltern der beiden? Die Tochter haben sie durch ihr Schweigen im Stich gelassen und weggeschickt, und der Sohn hat es ebenfalls nicht mehr zu Hause ausgehalten. Wie konnten sie damit leben?«

»Gar nicht«, sagte Frauke, »fünf Jahre später sind sie bei Flut ertrunken. Es wurde gemunkelt, dass sie absichtlich bei auflaufendem Wasser zu lange draußen im Watt geblieben sind, denn sie kannten sich mit den Gezeiten ja bestens aus und hätten es besser wissen müssen.«

Nina ging wieder zum Tisch und setzte sich auf ihren Platz. Sie stützte den Kopf in die Hände und schloss die Augen. Nach einer Weile sah sie auf und sah ihre Tante an. »So viele zerstörte Leben. Und wie hat Peter sich verhalten?«

Frauke schnaubte verächtlich. »Der machte weiter wie bisher und verstand die ganze Aufregung nicht. Und er schaffte es, unsere Eltern davon zu überzeugen, dass Moni freiwillig mitgemacht hatte. Anders wäre es ja wohl nicht zu erklären, dass sie auf keinen Fall zur Polizei wolle. Mutter und Vater haben ihrem Goldjungen nur zu gerne geglaubt, und damit war für die drei die Sache erledigt und die Welt wieder in Ordnung.«

»Aber du wusstest von Arne, dass Moni die Wahrheit gesagt hatte.«

»Ja«, bestätigte Frauke, »und ich habe nicht aufgehört, das unseren Eltern sehr deutlich zu sagen. Wie unser Zusammenleben danach bis zu ihrem Tod ausgesehen hat, kannst du dir wohl vorstellen.«

Nina stand erneut auf, ging vor ihrer Tante in die Hocke und legte die Arme um sie. »Peter hat dir alles kaputt gemacht, dir dein Glück gestohlen. Das tut mir so leid.«

»Ja, das hat er. Aber das ist alles schon vierzig Jahre her. Jetzt bin ich alt und muss vermutlich nicht mehr lange um die verpassten Möglichkeiten meines Lebens trauern.«

Eine Weile schwiegen beide. Dann sagte Nina: »Ich habe übrigens herausgefunden, wer mich in den vergangenen Wochen verfolgt und beobachtet hat.«

Frauke sah sie fragend an.

»War es der Enkel deiner Vermieterin? Dieser, wie hieß er noch?«

»Marius. Ja, er war es. Aber er war auf hinterlistigste Art und Weise dazu angestiftet und benutzt worden. Und rate mal, von wem? Von Peter.«

»Nein!«, rief Frauke empört und legte eine Hand aufs Herz und die andere an die Stirn.

»Doch. Marius ist homosexuell, und Peter hat ihm sehr gekonnt vorgegaukelt, er wäre es auch. Ich erspare dir die Details. Jedenfalls hat er Marius mit Versprechungen auf ein gemeinsames Leben dazu gebracht, ihm bei seinem miesen Plan zu helfen. Um mich aus Duhnen zu vertreiben, war er sich wirklich für nichts zu schade.«

»Dann hat er dir seine teuflische Seite also schon gezeigt. Und leider gibt es noch mehr, was du wissen musst.«

Nina warf einen Blick auf ihre Armbanduhr und sagte: »Aber bevor du mir erklärst, was das alles mit meiner Mutter zu tun hat, wie viel sie wusste, von wem und seit wann, brauche ich ein bisschen frische Luft. Es regnet gerade nicht. Ich mache einen kleinen Spaziergang. Kommst du mit?«

»Nein, geh nur. Es ist bestimmt gut, wenn jetzt jede von uns eine Weile für sich ist.«

Kapitel 46

Eine halbe Stunde später war Nina zurück, und sie nahmen erneut in der Küche Platz. Morle sprang auf Ninas Schoß, und sie kraulte der Katze das weiche Fell, froh darüber, ihre Hände beschäftigen zu können. Fraukes Haare lagen auf der linken Seite platt an den Kopf gedrückt. Wahrscheinlich hatte sie sich während Ninas Abwesenheit kurz hingelegt, um zu verschnaufen und Kraft zu sammeln für den zweiten Teil der Unterhaltung. Das alles musste sehr anstrengend und aufreibend für sie sein. Als hätte sie beschlossen, die Fortsetzung des Gesprächs so schnell wie möglich hinter sich zu bringen, ergriff Frauke gleich das Wort.

»Wenige Monate, nachdem Peter deine Mutter kennengelernt hatte, lud er mich zu euch nach Bremen ein, um mir seine neue Familie vorzustellen. Du warst noch so klein, dass du dich daran nicht erinnern kannst. Ich habe Jutta und dich vom ersten Moment an in mein Herz geschlossen, und auch deine Mutter mochte mich sofort. Wir hatten beide von Anfang an das Gefühl, uns schon ewig zu kennen und uns alles sagen zu können. Als Peter sagte, dass sie heiraten wollen, wusste ich, dass ich Jutta alles sagen muss. Und das tat ich.«

»Wie hat Mama reagiert? Hat sie dir geglaubt?«

»Ich weiß es nicht. Einerseits war ihr klar, dass ich nicht den geringsten Grund hatte, sie anzulügen. Warum hätte ich das tun sollen? Aber andererseits hat sie Peter geliebt, und Liebe macht nun mal blind. Ich weiß, dass die beiden niemals miteinander über Moni und die Geschehnisse von damals gesprochen haben. Sie lebten jahrzehntelang ihr Bilderbuch-Familienleben, und deine Mutter hat nie an Peter gezweifelt. Weil nicht sein kann, was nicht sein darf. Und es ging lange Zeit gut.«

»Und dann?«, fragte Nina mit trockener Kehle. Sie ahnte, dass sie jetzt direkt auf den Höhepunkt der Geschichte zusteuerten.

»Es geschah erneut. Peter vergewaltige eine junge Kollegin. Sie hatte am Nachmittag Sport unterrichtet und war als Letzte alleine im Umkleideraum. Peter wusste das und hat auf sie gewartet.«

Nina wurde schwindelig. Es war, als würde sämtliches Blut aus ihrem Körper weichen und alles Lebendige mit sich nehmen. Mit verschwimmendem Blick sah sie aus dem Fenster. Der Regen war vorbei, aber der Nachmittag blieb ebenso trüb wie die Atmosphäre in der Wohnküche.

»Wann?«, presste sie hervor und verstärkte versehentlich den Griff in Morles Fell, woraufhin die Katze laut miauend protestierte und von Ninas Schoß sprang.

»Er war gerade fünfzig geworden.«

Nina hoffte, jeden Moment aus diesem Albtraum zu erwachen, in dem sie überdeutlich Fraukes Stimme hörte.

»Vermutlich musste er sich nach diesem runden Geburtstag beweisen, was für ein toller Kerl er noch immer war. Leider ist auch dieses Opfer nicht zur Polizei gegangen. Die junge Frau hat sich geschämt, und weil Peter schon lange zum Kollegium gehörte und von allen geschätzt wurde, befürchtete sie, dass man annehmen würde, sie wolle sich nur wichtigmachen.«

»Aber wie habt ihr dann davon erfahren, und woher willst du wissen, dass es wahr ist?«, fragte Nina und ihr war klar, wie dünn das Eis war, von dem ihre Hoffnung auf Peters Unschuld jetzt noch getragen wurde.

In der darauffolgenden Stunde erzählte Frauke von dem Umschlag, den die Lehrerin Jutta ein paar Tage nach der Vergewaltigung nach Hause gebracht hatte. An einem Vormittag, als sie wusste, dass Peter in der Schule war, klingelte sie an der Tür. Sie sah Nina sehr ähnlich und Jutta hatte im ersten Moment geglaubt, ihre Tochter stünde vor ihr. Die junge Kollegin ihres Mannes übergab ihr ein Schreiben. Darin beschrieb sie die Tat minutiös, ohne ein einziges entsetzliches Detail wegzulassen. Außerdem brachte sie ein gynäkologisches Gutachten mit, das die Vergewaltigung dokumentierte. Dabei waren auch Fotos von ihren Blutergüssen an den Oberschenkelinnenseiten und den Oberarmen. Und ein Foto, versehen mit Datum und Uhrzeit, auf dem Peter die Damenumkleide der Sporthalle verließ. Als die Frau noch erklärte, sie habe ihm einen blutigen Kratzer unter dem linken Auge verpasst, für den er sich eine Erklärung einfallen lassen musste, hatte Ninas Mutter ihr geglaubt.

Jutta war natürlich am Boden zerstört über Peters erneute Tat, aber beinahe wahnsinnig wurde sie, als die Lehrerin hinzufügte, dass Peter während der Tat immer wieder *Nina* und *Sternchen* gerufen hatte. Außerdem Sätze wie »freue mich auf dich« und »ist bald soweit«. Die Lehrerin hatte durch geschicktes Nachfragen im Kollegium dann erfahren, dass Nina die Stieftochter von Peter und zu dem Zeitpunkt zweiundzwanzig war. Deswegen hatte sie sich entschlossen, Jutta alles zu sagen, damit Nina beschützt werden konnte.

Frauke beendete ihren Bericht mit den Worten: »Jetzt weißt du, warum er dich unbedingt in Bremen haben will.

Und du weißt auch, warum ich auf keinen Fall länger schweigen durfte.«

Nina war in sich zusammengesunken. Sie fror, ihr Körper zitterte und bebte, und sie war mehrere Minuten unfähig, zu sprechen. Als sie sich wieder einigermaßen im Griff hatte, flüsterte sie: »Was für ein furchtbarer Schock für Mama. Sie muss außer sich gewesen sein vor Wut auf Peter. Hat sie ihn zur Rede gestellt?«

»Das hat sie«, antwortete Frauke, »und seine Reaktion war für sie wie ein Schlag ins Gesicht. Peter machte ihr klar, dass Juttas Krebserkrankung ein Glücksfall für ihn sei, denn jetzt würde er nur noch auf Juttas Tod warten, um sich endlich an Nina heranmachen zu können. Er sagte, dass das süße kleine Mädchen damals der einzige Grund für ihn gewesen sei, sich überhaupt mit Jutta einzulassen. Und dass er die Ehe mit ihr nur ausgehalten habe, weil er immer wusste, dass er eines fernen Tages der Mann ihrer Tochter sein würde.«

»Was für ein kranker Gedanke«, entfuhr es Nina. »Wie konnte er nur annehmen, dass ich jemals etwas anderes als meinen Papa in ihm sehen würde? Aber jetzt verstehe ich auch, warum Mama so sehr darauf drängte, dass ich zu Hause auszog. Sie wollte nicht, dass ich nach ihrem Tod noch mit ihm zusammenwohne.« Sie rieb sich mit den Händen über das Gesicht und senkte den Kopf.

Frauke strich ihr über das Haar und sagte: »Kurz bevor deine Mutter starb, hat sie mir geschrieben, dass du einen netten jungen Mann, einen Zahnarzt, kennengelernt hast. Oh, wie sehr wir uns wünschten, dass der ganze Spuk damit ein Ende finden würde. Trotzdem hat sie damals den Brief, das Gutachten und die Fotos von der Vergewaltigung der Lehrerin zu mir gebracht. Sie wollte sichergehen, dass die Polizei von seinen Gräueltaten erfährt, wenn er dich nicht in Ruhe lässt.«

Eine Weile sagte keine der Frauen etwas. Dann fragte Nina: »Warum hat Mama ihn nicht verlassen? Wie konnte sie mit diesem Wissen weiterhin an seiner Seite leben?«

Jetzt war es Frauke, die aufstand, zu Nina ging und ihre Hände hielt. »Sie wusste ja bereits, dass sie das nicht mehr lange musste, weil sie unheilbar krank war und ihr nur wenig Zeit blieb. Jedenfalls war sie nicht mehr in der Lage, neben ihren kräftezehrenden Behandlungen auch noch eine Scheidung durchzustehen.«

»Und warum hat sie nicht mit mir darüber gesprochen? Ich war doch längst erwachsen und kein Kind mehr.«

Frauke drückte Ninas Hände ein bisschen fester. »Vielleicht wollte sie dein Bild von ihm nicht zerstören. Sie ist davon ausgegangen, dass sich eure Wege ohnehin bald trennen würden, weil du heiratest. Sie wollte dir gerne ersparen, zu erfahren, was für ein Mensch Peter in Wirklichkeit ist. Und dass die Liebe, die er für dich empfindet, nicht die Liebe ist, die ein Vater oder auch Stiefvater für ein Kind fühlen sollte. Aber zur Sicherheit sorgte sie dafür, dass er sich dir gegenüber auch nach ihrem Tod anständig verhalten musste, indem sie mich einweihte. Sie brachte die Beweisstücke zu mir und setzte ihn über all das in Kenntnis. Natürlich hasst mein Bruder mich deswegen, doch es wird dich nicht verwundern, dass mir das nicht das Geringste ausmacht. Deine Mutter und ich haben sogar gehofft, dass Peter vor mir stirbt, auch wenn das jetzt herzlos klingt. Man hört das ja immer mal wieder, dass Männer zwischen fünfzig und sechzig anfällig sind für Herzattacken oder dergleichen. Aber es ist wohl doch etwas Wahres daran, dass Unkraut nicht vergeht.«

»Es war auf jeden Fall richtig, dass du mir alles erzählt hast«, sagte Nina.

»Ja, das war es. Als du mir bei deinem ersten Besuch sagtest, Peter versuche hartnäckig, dich in sein Haus zu locken, wusste ich, er wollte nicht länger darauf warten, dass ich ins Gras beiße.«

Obwohl sie es für Ninas Empfinden etwas zu locker ausdrückte, hatte Frauke damit vermutlich Recht. Die Verjährungsfrist für Vergewaltigung betrug zwanzig Jahre. Seit dem Übergriff auf die Lehrerin waren erst neun vergangen. Als hätte sie Ninas Gedanken gelesen, sagte Frauke: »Er hat wohl begriffen, dass ich ihm noch immer gefährlich werden kann. Und vielleicht fürchtet er inzwischen auch um seine Manneskraft. Mit beinahe sechzig Jahren keine gänzlich unbegründete Angst, oder?«

Draußen legte sich die Dämmerung über die kleine Nordseeinsel, die genau wie jeder andere Ort auf der Welt nicht immun war gegen das Böse. Nach ein paar schweigsamen Minuten schlurfte Frauke schwerfällig zum Küchenschrank und schüttete etwas Trockenfutter in Morles Napf. Die Katze strich ihr um die Beine, ließ ihr Fressen aber unbeachtet.

»Tja, Morle, das ist alles für heute, ob es dir nun passt oder nicht.« Anschließend stellte Frauke sich mit dem Rücken zu Nina ans Fenster und sagte: »Du musst den Brief, das Gutachten und die Fotos jetzt in deine Obhut nehmen.«

»Warum?«, wollte Nina wissen, »reicht es nicht, dass diese Dinge existieren und ich das jetzt weiß?«

Frauke schüttelte den Kopf und sah sehr traurig aus. »Mein Dasein ist ziemlich in die Jahre gekommen, wie du siehst. Außerdem«, sie probierte ein Lächeln, »bin ich sonst vielleicht bald zu senil, um mich an das Versteck zu erinnern.«

Fraukes Versuch, den Augenblick mit ihrem Witz zu entschärfen, war rührend, aber erfolglos. Nina konnte die mühsam unterdrückten Tränen nicht mehr zurückhalten. Sie legte die verschränkten Arme auf den Tisch, ließ den Kopf darauf sinken und schluchzte laut und hemmungslos, bis ihr fast die Luft wegblieb. Sie weinte um Moni, die vor vierzig Jahren etwas unvorstellbar Schreckliches erleben und in ihr weiteres Leben mitnehmen musste. Sie weinte um die junge Lehrerin, die bestimmt voller Motivation und Idealismus in ihr Berufsleben gestartet war und dann dieses fürchterliche Erlebnis hatte. Sie weinte um Frauke, deren ganzes Leben durch Peter aus den Fugen geraten und völlig anders verlaufen war als geplant. Sie weinte um ihre Mutter, die nicht nur durch eine grausame Krankheit gestorben war, sondern auch mit der entsetzlichen Erkenntnis, dass sie Jahrzehnte ihres Lebens mit einem Monster verbracht hatte. Und sie weinte nicht zuletzt um sich selbst, weil durch das, was sie jetzt über Peter wusste, endgültig alles kaputt gegangen und eine Versöhnung unmöglich geworden war. Die Gegenwart mit ihm war in wenigen Minuten zerstört worden. Eine gemeinsame Zukunft konnte es nicht mehr geben. Und die Vergangenheit, das jahrzehntelange Familienleben, die Gefühle füreinander, all das war durch seine Verbrechen nachträglich besudelt und wertlos gemacht worden.

Wie durch einen Nebel, der alles andere auszublenden schien, hörte Nina, dass auch Frauke weinte. Sie nahm die alte Frau fest in die Arme und strich ihr behutsam über die knochigen Schultern. Verstohlen warf sie dabei einen Blick auf den Radiowecker, der auf einem Regal neben einer Reihe von Kräutertöpfen stand und inmitten des antiquierten Mobiliars und den veralteten Küchengeräten seltsam deplatziert wirkte. Es war Viertel nach fünf. Nina fühlte sich unwohl bei dem Gedanken, Frauke in dieser Verfassung allein zu lassen, aber sie musste sich auf den Weg zum Fähranleger machen, wenn sie heute noch nach Hause wollte. Und das wollte sie unbedingt. Sie sehnte sich nach ihrer Wohnung, obwohl sie zutiefst bedauerte, dass sie sich heute so aufgelöst und verzweifelt voneinander verabschieden würden. Nur in den eigenen vier Wänden würde es ihr vielleicht gelingen, die beinahe schmerzhafte Anspannung und die kochende Wut in ihrem Inneren soweit zu besänftigen, dass sie wieder klar denken und die nächsten Schritte planen konnte.

Kapitel 47

Während der zweistündigen Schifffahrt mit der *MS Flipper* hatte Nina das Gefühl, als wäre sie wie durch eine unsichtbare Wand von ihrer Umgebung abgeschnitten. Sie saß auf einem der rot gepolsterten Stühle im mittleren Bereich des sogenannten Salons unter Deck, hielt ihre Tasche umklammert wie einen Rettungsring und starrte vor sich hin. Von den Durchsagen aus den Lautsprechern verstand sie kein Wort. Die Schlager, die dazwischen gespielt wurden, klangen für sie wie ein und dasselbe Lied in Endlosschleife. Und die anderen

Passagiere, die viel zu laut redeten und lachten, erschienen ihr wie Wesen von einem anderen Stern.

Als sie an dem Fähranleger *Alte Liebe* in Cuxhaven von Bord ging, nahm sie ihr Handy aus der Tasche und rief sich ein Taxi. Den etwa einstündigen Spaziergang nach Hause hätte sie sich unter normalen Umständen nicht nehmen lassen, aber normal war heute rein gar nichts. Was auch immer dieses Wort bedeutete.

Mit dem Taxi dauerte die Fahrt bis zum Wehrbergsweg eine knappe Viertelstunde. Sie gab dem Fahrer ein üppiges Trinkgeld als stumme Entschuldigung dafür, dass sie außer der Ansage ihrer Adresse kein Wort mit ihm gewechselt hatte. Um halb neun schlich sie sich ins Haus und die Treppe hinauf. Sie wollte auf keinen Fall riskieren, dass Frau Mattis sie hörte und aus ihrer Wohnung kam, um ein Schwätzchen zu halten. Die alte Dame war zwar ein großer Fan von den Liebesfilmen, mit denen das ZDF sein Publikum sonntagabends vor den Fernseher lockte, doch konnte sie sicher sein, dass Frau Mattis wie gebannt das Geschehen auf dem Bildschirm verfolgte und nichts anderes um sich herum wahrnahm? Sie mochte ihre Vermieterin, aber heute war ein nachbarschaftlicher Small Talk das Letzte, wonach ihr der Sinn stand. Sie musste über unzählige Dinge nachdenken.

Trotz all der schrecklichen Taten, die ihr Stiefvater begangen und von denen sie inzwischen erfahren hatte, zuerst von Marius und heute von Frauke, wollte es ihr beim besten Willen nicht gelingen, diesen kriminellen und verabscheuungswürdigen Mann in Einklang zu bringen mit dem Peter, den sie seit ihrer frühen Kindheit kannte und der ihr immer ein liebevoller Vater gewesen war. Mit dem Peter, der in langen Fiebernächten an ihrem Bett gesessen und ihr Geschichten vorgelesen hatte. Mit dem Peter, der ihre Hand am ersten Kindergartentag fest in seiner gehalten hatte. Mit dem Peter, in dessen Armen sie ihren ersten Liebeskummer in die Welt hinausgeweint hatte bis zur Erschöpfung. Und nicht zuletzt mit dem Peter, der ihre Trauer nach Mamas Tod verstanden und mit ihr geteilt hatte. Nie hätte sie gedacht, dass es etwas geben könnte, das sie an Peter zweifeln ließe. Aber in der Stille ihrer Wohnung wurden diese Zweifel so laut und überdeutlich, dass sie sich ihnen nicht entziehen konnte. Sie umfingen sie wie ein schwerer Mantel, dessen Wolle unangenehm auf der Haut kratzte.

Sie hatte im Flur und im Wohnzimmer die Beleuchtung eingeschaltet. Dunkelheit konnte sie jetzt nicht ertragen. Dann fiel ihr ein, dass sie seit dem Frühstück nichts gegessen hatte. Da sie sich aber ohnehin fühlte, als läge ein tonnenschwerer Stein in ihrem Magen, würde sie es dabei für heute belassen. Im Schlafzimmer schälte sie sich aus ihren Klamotten und schlüpfte in einen warmen Flanellschlafanzug und dicke Wollsocken. Auch hier ließ sie das Licht brennen, als sie ins Arbeitszimmer ging, um das zu tun, was sie sich während der Überfahrt mit der Fähre überlegt und fest vorgenommen hatte.

Sie schrieb eine E-Mail an Oliver. Weil sie tief in ihrem Inneren noch immer auf eine zweite Chance hoffte. Weil sie das dringende Bedürfnis hatte, ihm ihr Herz auszuschütten, auch wenn ihr Kummer ihn vermutlich nicht mehr interessierte. Und um sich davon abzuhalten, jetzt sofort nach Bremen zu fahren und Peter mit allem zu konfrontieren, was sie erfahren hatte. Das musste bis morgen warten, jetzt war sie viel zu aufgeregt und würde sich nicht auf den Straßenverkehr konzentrieren können.

Jeffrey und Clara saßen eng aneinandergeschmiegt auf einem der Naturseile, die quer durch den Käfig gespannt waren. Der Anblick der friedlich schlafenden Vögel hatte etwas Beruhigendes, und Nina spürte, wie sich ihr Herzschlag normalisierte. Sie verzichtete darauf, die Schreibtischlampe anzuknipsen, um ihre beiden Lieblinge nicht aufzuwecken, und begann im Schein des Monitors zu tippen.

Hallo, Oliver ... Lieber Oliver... wie sollte sie nur anfangen? Den ersten Satz formulierte und löschte sie immer aufs Neue, bis plötzlich alles wie von selbst lief.

Sie schrieb ihm, dass hinter dem Stalking der letzten Wochen tatsächlich Marius Engel gesteckt hatte und dass damit jetzt Schluss war und sie wieder ohne Angst spazieren gehen, einkaufen oder ihre Wohnung genießen konnte. Sie berichtete auch, dass sie zuerst gedacht habe, ihr Stiefvater hätte Marius Engel dazu gebracht, sie in Ruhe zu lassen. Dann habe sie zu ihrem Entsetzen erfahren, dass er der Drahtzieher und Marius nur sein Handlanger gewesen war. Sie schilderte ihren ersten Besuch bei ihrer Tante und dass sie eine harmonische Zeit miteinander verbracht hatten. Und sie beschrieb detailliert und schonungslos ihren erneuten Ausflug zu Frauke, von dem sie eben erst zurückgekehrt war.

Über Peters Verbrechen Bescheid zu wissen, war eine Sache. Alles in Worte und Sätze verpackt schwarz auf weiß auf dem Computerbildschirm lesen zu können, verlieh seinen Taten noch größere Bedeutung und machte ihren Schrecken überdeutlich. Immer wieder geriet sie ins Stocken, musste innehalten, weinen oder tief durchatmen, weil ihr vor Zorn und Abscheu beinahe die Luft wegblieb.

Nach knapp zwei Stunden hatte sie fast alles geschrieben, was ihr auf dem Herzen gelegen hatte. Blieb noch das Wichtigste: Wie leid es ihr tat, dass sie nicht verständnisvoller auf Olivers Joblüge reagiert hatte. Sie beteuerte erneut, dass die E-Mail, in der sie mit ihm Schluss gemacht habe, weder von ihr verfasst noch verschickt worden sei. Sie gab zu, dass sie zeitweise nicht mehr gewusst habe, wem sie noch vertrauen könne, und dass sie sogar ihm gegenüber misstrauisch gewesen sei. Sie entschuldigte sich wortreich und von Herzen für diesen Argwohn, den Oliver nicht verdient habe.

Als sie fertig war, las sie sich den gesamten Text durch. Per E-Mail Erklärungen und Entschuldigungen auszudrücken, war zwar nicht besonders persönlich, dafür aber schnell und direkt. Sie war nicht sicher, ob sie einen Brief wirklich abgeschickt oder es sich im letzten Moment anders überlegt hätte. Bevor sie lange darüber nachdachte, klickte sie auf *Senden*. Am liebsten hätte sie jetzt mit Penny telefoniert und ihr haarklein alles erzählt, was sich in den vergangenen Tagen ereignet hatte. Penny würde wie immer die richtigen Worte finden, entweder in fachlicher Richtung als Therapeutin oder als Freundin, damit Nina sich ein bisschen besser fühlen konnte. Aber es war inzwischen fast Mitternacht, sie musste den Anruf auf morgen verschieben.

Nach einer unruhigen Nacht, die sie abwechselnd hellwach im Bett liegend oder nachdenklich im Wohnzimmer sitzend verbracht hatte, kochte sie sich um kurz nach halb sechs einen Tee. Der Gedanke an etwas Essbares ließ ihren Magen nach wie vor rebellieren. Mit der Tasse in der Hand lief sie rastlos in der Wohnung umher. Dann legte sie sich wieder ins Bett und lauschte den Geräuschen des frühen Herbstmorgens. Den Schreien der Möwen am Strand, dem Signalton eines rückwärtsfahrenden Lkw, dem Bellen des Nachbarhundes. Sie sehnte sich nach einer heißen Dusche, doch vom Geräusch des rauschenden Wassers würde Frau Mattis vielleicht aufwachen, also nahm sie Rücksicht und blieb noch bis sieben Uhr liegen.

Als sie aufgestanden war, checkte sie zuerst ihre E-Mails. Keine Antwort von Oliver, aber das war auch nicht zu erwarten. Sie fütterte die Papageien. Jeffrey begrüßte sie mit seinem üblichen Grrrüß Gott, während Clara zufrieden auf ihrer Schaukel saß. Um ein bisschen Zeit verstreichen zu lassen, machte Nina ihr Bett und goss die Zimmerpflanzen, die in der Wohnung verteilt waren.

Um halb acht hielt sie die Warterei nicht mehr aus. Sie beschloss, dass der Tag auch für Frau Mattis jetzt beginnen durfte, und ging ins Bad. Beim Duschen wünschte sie sich, das angenehm warme Wasser könnte den hartnäckigen und zerstörerischen Schmutzfilm abwaschen, der sich auf ihre Seele gelegt hatte.

Nachdem sie sich angezogen und ihre Haare geföhnt hatte, schnappte sie sich Tasche und Schlüssel und verließ die Wohnung. Unter Frau Mattis' Tür kroch ein köstlicher Kaffeeduft hervor, der sie an ihre Kindheit erinnerte, denn der hatte sie morgens immer empfangen, wenn sie die Treppe heruntergekommen war. Tränen stiegen in ihre Augen. Sie wischte sich mit dem Jackenärmel über die Augen. Sie durfte nicht zulassen, dass ihre Wut auf Peter von Traurigkeit überlagert wurde und sie weich machte. Sentimentalität war das Letzte, was ihr bei dem, was jetzt zu tun war, helfen konnte.

Kapitel 48

Sie fuhr zum Autobahnzubringer und fädelte sich in den dichten und nur zäh fließenden Verkehr auf der A 27 ein. Montags war viel los, Stoßstange reihte sich an Stoßstange, und die Fahrt erforderte allerhöchste Konzentration. Endlich, nach knapp zwei Stunden wechselte sie auf die B 6 nach Bremen Westend. Jetzt war es nicht mehr weit bis zu Peter. Ihre Finger umschlossen das Lenkrad so fest, dass ihre Knöchel weiß hervortraten. Ihr ganzer Körper war angespannt. An der letzten Kreuzung mit roter Ampel massierte sie sich die pochenden Schläfen und hoffte, dass sie stark genug war für das Zusammentreffen mit ihrem Stiefvater. Sie musste ihn zur Rede stellen, ihm ihre Verachtung für seine Gräueltaten ins Gesicht schreien. Und sie wollte ihm in die Augen sehen, wenn sie ihm sagte, dass sie nie wieder etwas mit ihm zu tun haben wollte.

Als sie in die Lutherstraße einbog und an den Siedlungshäusern der Nachbarn vorbeifuhr, fragte sie sich, ob auch hier hinter der ein oder anderen Tür menschliche Abgründe lauerten. Sie sah Peter schon von Weitem. Er beschnitt die Buchsbäume, die in Terrakottakübeln links und rechts neben der Haustür standen, und sah aus wie ein normaler, entspannter und zufriedener Ruheständler. Er ging mit einer akribischen Genauigkeit ans Werk, die sie als Kind fasziniert und als pubertierender Teenager genervt hatte. Heute konnte sie den Anblick kaum ertragen. Auf andere hätte die Szenerie vielleicht idyllisch und heimelig gewirkt. Sie sah nichts als gutbürgerliche Verlogenheit.

Peter hob, als er ein Auto hörte, reflexartig die Hand zum Gruß, weil er nahezu jeden kannte, der hier entlangfuhr und anscheinend einen seiner Nachbarn vermutete. Sie parkte am Straßenrand gegenüber. Peter erkannte sie, und auf seinem Gesicht erschien dieses Lächeln, das ihr noch bis vor Kurzem das Herz erwärmt hatte. Langsam stieg sie aus und drehte Peter den Rücken zu, während sie in Zeitlupentempo die Wagentür schloss. Sie brauchte diesen Moment, um sich für das Gespräch zu wappnen, das ihr bevorstand.

Als sie sich umdrehte, stand Peter bereits vor ihr und zog sie in seine Arme. »Guten Morgen, Sternchen. Ich bin froh, dass du da bist. Für einen sturen Esel wie mich ist es schwer, den ersten Schritt zur Versöhnung zu machen. Lass uns den dummen Streit vergessen. Wir dürfen nicht zulassen, dass meine Schwester, die alte Hexe, einen Keil zwischen uns treibt. Wir haben doch nur noch uns beide.«

Während seines Monologs hatte er sie so fest an sich gepresst, dass sich der Griff der Gartenschere, die er in der rechten Hand hielt, schmerzhaft in ihren Rücken bohrte. Dass sie seine Umarmung nicht erwiderte, schien er nicht zu bemerken.

Sie drückte ihn von sich weg. »Falsch.«

Irritiert sah er sie an und ließ die Arme sinken. »Was meinst du mit falsch?«

»Dass wir nur noch uns beide haben, das ist falsch. Ich habe Frauke, du hast niemanden mehr.«

»Nina, was ist denn los mit dir? Du bist ja ganz verwirrt.«

»Wieder falsch. Ich war nie klarer. Zu erfahren, dass du hinter diesem Stalking-Terror gesteckt hast, war schlimm. Aber dann kam es noch tausendfach schlimmer.«

Ohne auf ihren letzten Satz einzugehen, fragte Peter: »Ich soll was? Wie kommst du darauf?«

»Spar dir die Unschuldsmiene. Marius Engel hat mir alles erzählt. Und weißt du was? Ich glaube ihm. Er hatte Infos über mich, die nur du ihm gegeben haben kannst. Und über dich wusste er Dinge, die beweisen, dass ihr euch zwischenzeitlich sehr nahegekommen sein müsst.«

Er verzog das Gesicht zu einem Grinsen, in dem so viel Verachtung lag, dass ihr ein kalter Schauer über den Rücken lief. »Hat sich der Mistkerl also tatsächlich bei dir ausgeweint. Weil ich ihn ja so schrecklich hintergangen und ausgenutzt habe. Für was anderes kann man solche Weicheier wie den Typen auch nicht gebrauchen. Der soll doch froh sein, dass er meine Muskeln spielen lassen durfte, denn selber hat er ja keine.« Es folgte ein teuflisches Lachen, das sie noch nie bei ihm gehört hatte.

»Wie konntest du mir das alles antun? Die Angst, das Gefühl von Bedrohung, und das wochenlang. Und wie konntest du Marius auf diese schäbige Art und Weise ausnutzen?«

Peter sah sich kurz nach allen Seiten um, legte seine Hand auf ihre Schulter und fragte: »Wollen wir nicht ins Haus gehen und drinnen weiterreden?«

»Ich wüsste nicht, wieso«, sagte sie und schüttelte Peters Hand ab. Seine Berührung widerte sie an.

»Pass auf«, sagte Peter, »ich wollte dir beweisen, dass der Umzug nach Duhnen ein riesengroßer Fehler war. Auf die sanfte Tour hast du ja leider nicht kapiert, dass dein Platz hier bei mir ist, also musste ich zu härteren Mitteln greifen. Und was die Schwuchtel angeht, kann von ausnutzen nicht die Rede sein. Solche Waschlappen werden geboren, um von echten Männern verarscht zu werden.«

»Von echten Männer wie dir?« Sie verschränkte die Arme vor der Brust und reckte das Kinn in die Höhe. Sie hoffte, dadurch wesentlich cooler und selbstbewusster zu wirken, als sie war. »Meintest du das? Männer, wie du einer bist? Männer, die immer alles kriegen, was sie wollen? Notfalls eben mit Gewalt?«

Für den Bruchteil einer Sekunde geriet Peters Überheblichkeit ins Wanken. Nina sah, dass er verstanden hatte, worauf sie anspielte. Sie hielt seinem Blick stand, der nichts weiter war als ein Kräftemessen. Wer würde zuerst wegschauen? Wer war der Schwächere?

»Moin, Peter!«

Der Ruf kam von einer Frau auf einem Fahrrad, die an ihnen vorbeifuhr. Wie immer sehr auf seine Außenwirkung bedacht, drehte Peter sich um, um den Gruß zu erwidern, aber die Frau war bereits um die Ecke gebogen. Als er sich Nina wieder zuwandte, war sein Blick voller Verachtung. »Was hat das verbitterte Weib, das nichts anderes kennt als diese öde Insel, dir erzählt?«

»Alles«, antwortete sie. »Zuerst alles über Moni. Ihr Leben war das erste, das du zerstört hast, indem du sie vergewaltigt hast. Das zweite war das von deiner Schwester, nachdem ihr Verlobter sie wegen deiner schrecklichen Tat verlassen hat. Das dritte war das deiner Kollegin, der du dasselbe angetan hast wie damals Moni. Für die Tat gibt es, wie dir bekannt ist, sogar Beweise. Und wer weiß, wie viele Frauen dir auf deinen Reisen noch zum Opfer gefallen sind.«

»Rede keinen Quatsch«, fauchte Peter, »ich habe dich jedes Mal eingeladen, mich zu begleiten. Das hätte ich wohl nicht getan, wenn ich Derartiges geplant hätte. Und das Fräulein

Sportlehrerin war vom ersten Tag an scharf auf mich. Die hat diesen Vergewaltigungsmist nur erfunden, weil sie mehr wollte und ich nicht.«

»Hörst du mir nicht zu? Ich kenne den Brief, das ärztliche Gutachten, die Fotos. Und der dicke Kratzer im Gesicht, den sie dir verpasst hat, bleibt für immer sichtbar auf den Urlaubsfotos vom Bodensee. Uns hast du erzählt, du hättest kurz vor der Reise die Katze der Nachbarn aus einem Baum gerettet. Die Wahrheit ist, dass du widerliches Monster an einem der letzten Schultage vor den großen Ferien über deine Kollegin hergefallen warst.« Ninas Tonfall war mit jedem Wort lauter und schriller geworden.

»Wir gehen jetzt sofort ins Haus«, befahl Peter mit zusammengepressten Lippen. Seine Stimme hatte etwas Stählernes.

»Tun wir nicht«, widersprach Nina, deren Bauchgefühl ihr sagte, dass sie hier auf der Straße besser aufgehoben war als allein mit ihm im Haus.

Zwar wirkte Peter noch immer ruhig und gelassen, aber sein Gesicht war dunkelrot. Sein Blutdruck musste schwindelerregende Höhen erreicht haben. Er würde doch jetzt keinen Herzinfarkt erleiden? Obwohl, dachte sie böse, wäre das wirklich die schlechteste Lösung?

»Das vierte Leben, das du zerstört hast, war das von Mama, als sie erfahren hat, dass du nicht nur als Jugendlicher ein mieses Schwein warst, sondern es immer geblieben bist.«

Jetzt ging ein wütendes Zittern durch Peters Körper. »Ein Schwein bin ich also? Aber eins, dass deiner Mutter und dir ein finanziell sorgloses Leben bieten konnte. Oder etwa nicht? Glaubst du denn, du hättest ohne mich auch nur eine einzige Ballett- oder Reitstunde bekommen? Und später, als du ein

Teenager warst, die ganzen Klamotten und die teuren Studienreisen? Du kannst doch nicht ernsthaft geglaubt haben, dass kein Plan dahintersteckte. Das alles folgte von Anfang an dem Ziel, dich eines Tages zu besitzen. Aber vorher wollte ich dich zu der perfekten Frau machen. Zu der Frau, die ich haben wollte.«

»Wie krank ist das denn? Du wolltest dir eine Frau nach deinen Wünschen und Vorstellungen erschaffen? Wer bist du? Frankenstein? Außerdem hattest du Mama. Sie war deine Frau. Und ich habe immer geglaubt, dass du sie geliebt hast. Jetzt weiß ich leider, dass du zur Liebe gar nicht fähig bist. Dass du nicht mal weißt, was Liebe überhaupt ist.«

Ohne auf den Vorwurf einzugehen, erklärte Peter: »Deine Mutter war nur eine Zwischenlösung. Bis du alt genug gewesen wärst. Dass sie krank wurde und ich sie auf diese bequeme Weise loswurde, war einfach nur Glück.«

Kapitel 49

Bei diesen Worten löste sich der letzte Rest von ihrer Selbstbeherrschung in Luft auf. Sie schlug mit ihren Händen auf ihn ein, spuckte ihm vor die Füße und schrie ihm alle Schimpfwörter entgegen, die ihr einfielen.

Er lachte nur und sagte: »Ihr habt mir beide tatsächlich dieses Märchen geglaubt, dass ich dich nicht adoptieren wollte wegen des Andenkens an deinen verstorbenen Erzeuger. Weil sich das für mich angefühlt hätte, als würde ich ihm etwas wegnehmen. Mir ist von meiner eigenen rührseligen Geschichte fast schlecht geworden. Hah! Der Typ war mir so scheißegal. Aber als dein rechtlich anerkannter Vater hätte ich mir am Ende nur selber im Weg gestanden. Das wäre idiotisch gewesen, und ich bin kein Idiot. Deshalb habe ich das Idyll von der glücklichen kleinen Familie und dem liebevollen Ehemann und Vater die ganze Zeit aufrechterhalten. Und das kannst du mir glauben, es hat mich verdammt viel Kraft gekostet.«

Sie hatte aufgehört, ihn mit ihren Fäusten zu traktieren und sagte kalt: »Scheinbar bist du doch nicht so klug, wie du meinst. Sonst gäbe es die Beweise ja nicht, mit denen ich dich jetzt so schnell ich kann ans Messer liefern werde.« Beim Blick in seine eiskalten Augen flatterte die Angst in ihrem Brustkorb auf wie Tauben auf dem Markusplatz, aber sie sprach trotzdem weiter. »Du denkst, du bist schlau, dabei bist du nur arrogant. Und Arroganz ist nur die Kunst, auf die eigene Dummheit auch noch stolz zu sein. Du bist eben doch ein Idiot. Ein kranker, durchgeknallter Idiot.«

Jetzt hob Peter beide Hände. Die Linke hatte er zur Faust geballt, und in der Rechten hielt er noch immer die Gartenschere, die sich jetzt gefährlich nah vor ihrer Nase befand. Ihre Kehle war trockener als die Wüste, aber sie konnte sich nicht zum Schweigen bringen.

»Ab jetzt wirst du kein Leben mehr zerstören. Nicht das von Marius, denn er wird sich von seinem Liebeskummer schnell erholen, wenn ich ihm erzählt habe, zu welchen Verbrechen du fähig bist. Und erst recht nicht meins. Ich drehe den Spieß jetzt um. Zusammen mit Frauke werde ich deine

Kollegin von damals ausfindig machen. Ich werde ihr von Moni erzählen und sie davon überzeugen, dass du bestraft werden musst für das, was du beiden angetan hast. Und dann gehen wir zur Polizei, legen die Beweise auf den Tisch und sorgen dafür, dass du den Rest deines erbärmlichen Lebens hinter Schloss und Riegel ...«

Der Rest des Satzes blieb ihr in der Kehle stecken, denn Peter hatte seine linke Hand blitzschnell um ihren Hals gelegt. Im nächsten Moment fiel die Gartenschere klirrend zu Boden, und er würgte sie mit beiden Händen. Dabei gab er unverständliche Laute von sich, Speichel lief an seinem Kinn hinunter und er schien komplett geistesabwesend.

Plötzlich fing der Dobermann der Nachbarn, vor deren Bungalow sie geparkt hatte, an zu bellen, was Peter ins Hier und Jetzt zurückholte. Er ließ sie los, ging nach einem letzten hasserfüllten Blick auf seine Stieftochter zurück zum Haus und schloss die Tür mit einem Fußtritt.

Sie schnappte röchelnd nach Luft und sank wie in Zeitlupe neben ihrem Auto zu Boden. Auf allen vieren kniete sie da und hustete, bis ihre Augen tränten und der Hals wie Feuer brannte.

»Rocco! Aus!«

Das Herrchen des Dobermanns brüllte durch das geöffnete Fenster, woraufhin der Hund sofort verstummte und sich in den hinteren Teil des Gartens verzog. Da sie auf keinen Fall entdeckt werden und lästige Fragen beantworten wollte, tastete sie nach dem Griff der Autotür und kroch geduckt auf den Sitz. Sie startete den Motor und bog mit quietschenden Reifen um die Ecke.

Von Weinkrämpfen geschüttelt war sie auf den Parkplatz der nahe gelegenen Grundschule gefahren. Beinahe zwei Stunden saß sie jetzt schon dort im Auto und starrte vor sich hin. Sie weinte nicht mehr, das Brennen im Hals hatte aufgehört und sie atmete wieder normal. Aber sie fühlte sich leer wie noch nie zuvor in ihrem Leben. Kinder auf dem Schulhof ließen in ihr die Erinnerung an ihren ersten Schultag aufflammen wie ein entzündetes Streichholz. Mit ihrem nagelneuen Schulranzen auf dem Rücken war sie vor vielen Jahren zusammen mit Mama und Peter stolz und fröhlich zu Hause losgegangen und hatte wenige Minuten später schüchtern und kleinlaut genau diesen Schulhof betreten. Sie hatte die anderen Kinder beäugt, wie sie selbst von ihnen beäugt worden war. Den Worten des Rektors hatte sie gespannt gelauscht, als er die Erstklässler feierlich begrüßte. Sie sah alles deutlich vor sich, so als wäre es gestern gewesen. Auch das komische Gefühl bei dem Kuss von Peter nach der ersten Schulstunde war wieder da. Er hatte sie auf den Mund geküsst, wie er es sonst nur bei Mama tat, und das hatte ihr nicht gefallen.

Dann tauchten weitere Bilder aus ihrer Kindheit auf. Peter, der sie ins Bett brachte und sie viel länger umarmte als nötig. Peter, der beim Tanzen auf dem Abiball seine Hand auf ihren Po anstatt auf ihren Rücken legte. Peter, der ihr zu ihrer Scheidung von Lars mit einem Strauß roter Rosen gratuliert hatte. Immer mehr Erinnerungsfetzen flatterten vorbei wie erschreckte Vögel und waren verschwunden, bevor sie nach ihnen greifen konnte. Weiter und weiter wurde sie hinabgezogen in die Tiefen ihrer Erinnerungen. Damals war ihr die Welt heile erschienen, ihr Leben sorglos. Wie hätte sie auch ahnen sollen, was hinter Peters liebevoller Fassade verborgen war?

Am frühen Nachmittag war sie zurück in Duhnen. Wie sie die Heimfahrt von Bremen unfallfrei überstanden hatte, war ihr ein Rätsel. Unkonzentriert und immer wieder von Weinkrämpfen geschüttelt, hatte sie die gut hundert Kilometer hinter sich gebracht. Zum Glück war auf der Autobahn deutlich weniger los gewesen als am Vormittag. Als sie das Haus im Wehrbergsweg betrat, trat Frau Mattis aus ihrer Wohnung.

»Frau Bergmann, ich kann meinen Enkel nicht erreichen. Er geht auch sonst nicht immer ans Telefon, aber dann ruft er wenigstens zurück. Ich versuche es jetzt schon seit gestern Abend. Er meldet sich einfach nicht. Es wird ihm doch nichts passiert sein?«

»Bestimmt nicht«, sagte Nina und schämte sich sofort für den genervten Unterton in ihrer Stimme. Die liebe und nette Frau Mattis konnte schließlich nichts dafür, dass bei Nina alles drunter und drüber ging. Sie machte sich Sorgen um den einzigen Menschen, der ihr von ihrer Familie geblieben war, und brauchte Trost und Zuspruch.

»Ihm ist ganz sicher nichts passiert«, fügte sie viel freundlicher und mitfühlender hinzu, »er ist erwachsen und kann auf sich aufpassen. Vielleicht arbeitet er an einem besonders schwierigen Auftrag oder er ist mit Freunden unterwegs.«

»Mit Freunden?«, wiederholte Frau Mattis mit einem Gesichtsausdruck, als läge das weit außerhalb jeglicher Vorstellung.

»Ja, oder mit Kollegen, keine Ahnung. Morgen wird er sich melden und alles wird sich aufklären.«

»Wenn Sie meinen«, murmelte Frau Mattis und schlurfte zurück in ihre Wohnung.

Nina sah ihr nach und ging dann die Treppe hinauf. Nachdem sie nach Jeffrey und Clara gesehen hatte, inspizierte sie die Küchenschränke. Es war eine typische Übersprunghandlung, denn ihr war so übel, dass sogar der Gedanke an etwas Essbares in ihrem Mund den Geschmack hervorrief, der an den Holzspatel erinnerte, mit dem ein Arzt seinem Patienten bei der Halsuntersuchung die Zunge runterdrückte.

Sie setzte sich an ihren Schreibtisch. Mit dem neuen Übersetzungsauftrag ausgerechnet heute anzufangen, war sinnlos. Sie wusste, dass sie sich nicht würde konzentrieren können. Stattdessen musste sie die nächsten Schritte gegen Peter planen, aber daran war in ihrem derzeitigen seelischen Ausnahmezustand nicht zu denken. Vielleicht gab es dringende E-Mails, um die sie sich kümmern konnte. Eine unaufgeregte, weil absolut alltägliche Beschäftigung, so hoffte sie, würde ihr möglicherweise dabei helfen, wieder ein bisschen zur Ruhe zu kommen.

Außer den üblichen Werbeangeboten, um verzicht- und problemlos abzunehmen, und den Spams mit den wöchentlich eingehenden Hauptgewinn-Benachrichtigungen hatte sie zwei berufliche Nachrichten bekommen, die schnell beantwortet waren.

Außerdem hatte Penny geschrieben, und zwar heute Nacht um drei Uhr. Also war Nina nicht die Einzige, die nicht hatte schlafen können. Penny berichtete, dass Kilian einen Pflegeheimplatz für Lilo gefunden habe. Da sie dort allerdings erst in acht Wochen einziehen und nicht mehr allein in ihrer Wohnung bleiben könne, sei sie jetzt übergangsweise in Pennys Gästezimmer eingezogen. Und das war offensichtlich für alle Beteiligten eine überaus schwierige Situation. Wenn Kilian im Büro war, legte Penny ihre Patiententermine in die Abendstunden, um sich tagsüber im Haus aufzuhalten. Wie extrem die Betreuung ihrer Schwiegermutter und die fehlende Zwei-samkeit ihre Laune strapazierte und an ihren Nerven zerrte, war aus jedem einzelnen Wort deutlich herauszulesen.

Nina beschloss, ihre Freundin am Abend anzurufen. Sie wollte ihr die Geschehnisse der letzten Tage berichten. Vielleicht würde sie Penny damit sogar für einen Moment von den eigenen Sorgen ablenken.

Und dann war da noch eine E-Mail von Oliver. Die hatte sie sich bis zum Schluss aufgehoben. Ob aus Freude, weil er sich gemeldet hatte, oder aus Angst vor dem, was er geschrieben haben könnte, wusste sie nicht. Sie öffnete die Mail und ihre Augen füllten sich mit Tränen, denn seine Worte waren wie eine dringend benötigte Umarmung.

> *Liebe Nina, ich habe mich über deine Nachricht sehr gefreut. Wie die Dinge zwischen uns gelaufen sind, tut auch mir leid. Ich weiß nicht, warum ich dir nicht geglaubt habe, dass die E-Mail nicht von dir war. Das war nicht dein Stil, und das hätte ich wissen müssen. Vielleicht können wir uns noch eine Chance geben, wenn ein bisschen Zeit vergangen ist und du die schrecklichen Ereignisse der letzten Wochen verarbeitet hast, sofern das überhaupt möglich ist. Falls ich dir irgendwie helfen kann, melde dich bitte bei mir. Ich sende dir (mindestens) freundschaftliche Grüße.*

Sofort tippte sie eine Antwort, in der sie sich bedankte und zwischen den Zeilen ihre Hoffnung ausdrückte, es könne für sie beide tatsächlich irgendwann einen Neustart geben. Ihr

Zusammentreffen mit Peter am Vormittag verschwieg sie. Erstens, weil sie sich für ihren Stiefvater schämte. Und zweitens, weil Oliver nicht denken sollte, dass sie ihn nur als Auffangbecken für ihr Seelenleid brauchte.

Kapitel 50

Wie gut, wenn man eine beste Freundin hatte, die zufälligerweise Psychotherapeutin war. Nina sah auf die Uhr in der unteren rechten Ecke des Bildschirms. Es war kurz vor fünf Uhr. Ob Penny zu Hause war? Es kam auf den Versuch an.

»Holtmann«, schnauzte Penny ins Telefon.

»Hey, ich bin's, Nina. Ich hatte gehofft, dass du da bist.«

»Wo soll ich denn sonst sein? Ich fühle mich wie eingesperrt, aber wir können Lilo nicht eine Sekunde alleine lassen, wenn wir nicht wollen, dass sie das Haus abfackelt.«

»Wieso abfackeln?«, fragte Nina.

»Weil sie zu jeder Tages- und Nachtzeit auf die Idee kommt, irgendwas zu kochen. Und sobald sie Fett in die Pfanne gegeben und die Herdplatte angestellt hat, setzt sie sich vor den Fernseher oder sie geht ins Bett oder wohin auch immer. Und vergisst, dass sie etwas auf den Herd gestellt hat.«

»Ach du grüne Neune!«

»Du sagst es«, sagte Penny müde, »und bei dir?«

Das letzte Telefonat zwischen den Freundinnen lag wegen Pennys Belastung durch Lilo ungewohnt lange zurück. »Bei mir gibt's einige Neuigkeiten«, begann Nina, und dann erzählte sie ihrer Freundin alle Ereignisse der letzten Zeit. Sie fing damit an, dass die ersten zarten Bande zwischen Oliver und ihr Anlass zu Hoffnung auf mehr gegeben hatten, sie dann aber wegen Olivers Joblüge im Streit auseinandergegangen waren. Sie berichtete auch von ihrem ersten Besuch bei Frauke und deren spürbarer Abneigung gegen Peter, von der Aussprache mit Marius und der Erkenntnis, dass ihr eigener Stiefvater das Stalking veranlasst hatte.

Penny hörte sich alles an und gab keinen Ton von sich. Nina dachte zwischendurch, die Freundin sei nicht mehr am Telefon. Schließlich kam doch eine Reaktion, allerdings eine, mit der Nina nicht gerechnet hatte.

»Ich mochte Peter nie, schon während unserer Schulzeit nicht, aber du hast ihn vergöttert und jedes kritische Wort über ihn in den Wind geschlagen. Dabei war es nicht zu übersehen, dass mit dem was nicht stimmte. Jetzt hast du den Beweis.«

Nina glaubte zunächst, ihren Ohren nicht trauen zu können. Doch dann erinnerte sie sich wieder: Penny war Peter gegenüber von je her misstrauisch und distanziert. Er war ihr unsympathisch, was von Anfang an auf Gegenseitigkeit beruht hatte. Aber Nina hatte sich nie viel dabei gedacht. Außerdem konnte Penny unmöglich geahnt haben, dass Peter ein Verbrecher war. Und wer denkt schon gleich an derartige Abgründe, nur weil eine Freundin einen Menschen, der einem nahesteht, nicht mag?

»Ich habe nicht nur einen Beweis«, fuhr Nina fort, »sondern mehrere. Es ist alles viel schlimmer, als du denkst.« Und dann sprach sie über die Vergewaltigungen, die Peter begangen hatte.

»Mieses Schwein«, war alles, was Penny sagte und noch mal bekräftigte, als sie hörte, was sich heute in Bremen vor dem Haus von Ninas Stiefvater zugetragen hatte.

Nachdem sie Penny alles erzählt hatte, fügte sie noch hinzu, dass sie sich dazu entschlossen habe, die Lehrerin ausfindig zu machen und Peter mit ihrer Hilfe und den Beweismitteln aus Fraukes Versteck zu überführen. Er musste endlich bestraft werden, wenigstens für diese Tat.

Inzwischen war seit Beginn des Telefonats mehr als eine Stunde vergangen und Ninas Mund ganz trocken. Jetzt war sie bereit für ein bisschen wohltuendes Mitleid und psychologisch-professionellen Trost.

»NPS wie aus dem Bilderbuch«, sagte Penny.

»NPS?«

»Narzisstische Persönlichkeitsstörung. Zeichnet sich erstens aus durch mangelnde Empathie, und Peter war total egal, was sein Verhalten in dem Leben seiner Opfer, seiner Schwester, seiner Frau, seines Handlangers oder zuletzt in deinem anrichtet. Zeichnet sich zweitens aus durch Überschätzung der eigenen Fähigkeiten, was sich darin zeigt, dass er sich damals genauso wie heute für einen tollen Kerl hält, für den es keine Grenzen gibt. Weder moralische noch die des gesetzlich Erlaubten. Zeichnet sich drittens aus durch ein gesteigertes Verlangen nach Anerkennung, deshalb muss er regelmäßig zeigen, dass er allen anderen überlegen und nebenbei superpotent ist. Soll ich weitermachen?«

Nina war viel zu überrascht, um zu antworten. Penny hatte einen Vortrag über ein psychologisches Krankheitsbild runtergeleiert, als würde sie sich auf eine Prüfung vorbereiten. Mitleid oder Trost waren komplett auf der Strecke geblieben.

Penny deutete Ninas Schweigen scheinbar als Aufforderung, ihren Monolog fortzusetzen.

»Dein hochgeschätzter Stiefvater«, Pennys Stimme triefte nur so vor Sarkasmus, »ist ein Paradebeispiel für eine narzisstische Persönlichkeitsstörung. Wenn ich du wäre, würde ich diese Schnapsidee, ihn zu überführen, schnell aufgeben. Stattdessen würde ich nie wieder einen Gedanken an ihn verschwenden, den ganzen Mist abhaken und mein Leben neu sortieren.«

»Aber es muss doch Gerechtigkeit geben. Wenigstens für die Tat, die noch nicht verjährt ist«, widersprach Nina.

Penny seufzte genervt. »Es ist viele Jahre her und wird durch nichts mehr ungeschehen gemacht. Außerdem geht es nun mal nicht immer gerecht zu. Sonst würde ich wohl kaum hier zu Hause rumsitzen und wie ein Wachhund auf meine Schwiegermutter aufpassen.«

Nina war fassungslos. Wie konnte Penny ihre derzeitige Situation mit dem vergleichen, was Peter seinen Opfern angetan hatte? Und auch seinen engsten Angehörigen? Wann hatte ihre beste Freundin verlernt, Umständen und Ereignissen den verdienten Wert beizumessen? Seit wann kreisten ihre Gedanken nur noch um sich selbst? Waren denn jetzt alle verrückt geworden?

Nina erkannte Penny kaum wieder und hatte plötzlich nicht mehr die geringste Lust, das Gespräch fortzusetzen. Sie schüttelte den Kopf, wohl wissend, dass Penny die Geste verborgen blieb, und sagte: »Da du gerade von Lilo sprichst, bestimmt musst du jetzt langsam mal nach ihr sehen. Lassen wir es gut sein für heute.«

»Habe ich was Falsches gesagt?«, fragte Penny.

Merkte sie das denn nicht selbst? »Nein, alles gut«, log Nina, »sag Kilian und Lilo herzliche Grüße, okay? Bis bald.« Sie legte auf, bevor Penny sich verabschieden konnte.

Kapitel 51

Zwei Tage später stand Nina morgens um halb acht erneut am Fähranleger *Alte Liebe* in Cuxhaven und wartete darauf, an Bord der *MS Flipper* gehen zu können.

Den gestrigen Tag hatte sie gebraucht, um sich zu sammeln, über ein paar Dinge nachzudenken und die nächsten Schritte zu überlegen. Während eines ausgedehnten Spaziergangs bis zur Kugelbake, von dort aus komplett durch Döse und zurück nach Duhnen hatte sie immer wieder das Telefonat mit Penny Revue passieren lassen.

Der Schock über die Äußerungen ihrer Freundin und vor allem über das fehlende Mitgefühl für Ninas Situation saß tief. Penny war nicht wiederzuerkennen gewesen. War das alles nur den schwierigen Umständen mit Lilo geschuldet, für die sie offensichtlich überhaupt keine Zuneigung mehr empfand und der sie alles anlastete, was ihr Leben gerade verkomplizierte? Wenigstens stand Penny nicht allein mit ihren Problemen. Sie hatte ihren Mann und sie konnten alles gemeinsam stemmen und regeln. Nina hatte niemanden außer Frauke und ein bisschen Oliver. Und ihr Leben war zurzeit nicht nur etwas ungemütlich, sondern total aus den Fugen geraten.

Bei Penny lief es im Moment etwas holprig, aber bei Nina war die Vergangenheit wertlos, die Gegenwart zur Zerreißprobe und die Zukunft zur Ungewissheit geworden.

Ihre Gedanken kreisten auch um Frau Mattis, die noch immer kein Lebenszeichen von ihrem Enkel bekommen hatte. Es war traurig, die alte Dame besorgt zu sehen, doch es war ja nun wirklich nichts komplett Ungewöhnliches, dass sich ein dreißigjähriger Mann ein paar Tage nicht bei seiner Oma meldete. Frau Mattis zu trösten und zu beruhigen, überstieg derzeit ihre Kräfte, weshalb sie ihrer Vermieterin zumeist aus dem Weg ging. Wenn auch mit schlechtem Gewissen.

Um sich von den trüben Gedanken abzulenken, hatte sie den zweiten Teil ihres Spaziergangs damit verbracht, an Olivers E-Mail zu denken. Und an die Möglichkeiten, die vielleicht in seinen Worten verborgen waren. *Mach dir keine falschen Hoffnungen*, sagte eine Stimme in ihr. *Hoffnung kann niemals falsch sein*, widersprach eine andere.

Zurück in ihrer Wohnung hatte sie mit Frauke telefoniert und ihre heutige Überfahrt mit der *MS Flipper* nach Neuwerk gebucht. Die Rückfahrt nach Duhnen, für die wegen der Tidezeiten nur der Wattwagen infrage kam, hatte sie offengelassen und vorsichtshalber Sachen für eine Übernachtung eingepackt.

Endlich gab der Matrose das Zeichen zum Einsteigen. An diesem Mittwoch Anfang Oktober war am Anleger nicht viel los. Obwohl in fast allen Bundesländern Herbstferien waren, hatten nur wenige Familien und ein paar ältere Leute Lust auf einen Insel-Ausflug. Ihr war das nur recht, sie hatte nicht die

Nerven für langes Anstehen in der Schlange oder für einen hohen Lärmpegel durch zu viele Mitreisende.

Sie ging unter Deck in den Salon, in dem sie bereits am Sonntag die Fahrtzeit verbracht hatte, und holte sich an der Bedientheke Kaffee und ein belegtes Brötchen. Als sie sich in eine der Sitzgruppen direkt am Fenster gesetzt hatte, verließ die *MS Flipper* auch schon den Anleger und nahm Kurs auf Neuwerk. Sie sah hinaus auf die Nordsee, trank ihren Kaffee, rührte das Brötchen aber nicht an. War das Schiff am Sonntag nicht schneller gefahren? Oder war sie heute nur besonders ungeduldig?

Pünktlich um 10 Uhr legte die Fähre auf der Insel an. Nina, die das Gefühl hatte, tagelang unterwegs gewesen zu sein, ging als Erste von Bord und machte sich auf den Weg zu Frauke. Die Oktobersonne strahlte vom Himmel, als wollte sie mit ihrem goldenen Licht ein bisschen Glanz zurückbringen in Ninas Leben.

Nach wenigen Minuten hatte sie ihr Ziel erreicht. Genau wie vor drei Tagen wurde sie bereits vor der Haustür erwartet und mit einer herzlichen Umarmung begrüßt.

»Wie lange kannst du bleiben?«, fragte Frauke.

»Ich habe noch keine Rückfahrt gebucht. Heute Nachmittag um fünf werde ich versuchen, einen Platz auf dem Wattwagen zu ergattern. Sollte das nicht klappen, würde ich bei dir übernachten, wenn du nichts dagegen hast. Morgen könnte ich die Fähre mittags um zwölf oder den Wattwagen abends um halb sieben nehmen.«

»Bleib, so lange du kannst und möchtest. Ich freue mich über deine Gesellschaft. Wer weiß, wie oft ich sie noch erlebe.«

»Bestimmt ganz oft«, sagte Nina, »du wirst mindestens hundert. Bei der guten Seeluft, die du dein Leben lang geatmet hast.«

Frauke winkte ab. »So allmählich komme ich in ein Alter, in dem man das Gefühl hat, der Tod sei einem bereits auf den Fersen. Aber ich sehe ihm gelassen entgegen. Wir wissen alle nicht, woher wir kommen und wohin wir gehen. Wenn man auf die Zeit dazwischen mit Dankbarkeit und nicht nur mit Groll und Bedauern zurückblickt, und das tue ich, dann war es ein gutes Leben.«

Sie wussten beide, dass sie mit diesen allgemeinen Wahrheiten nur um das eigentliche Thema kreisten. Aber es machte keinen Sinn, das Unvermeidliche länger hinauszuzögern. »Ich war bei Peter«, platzte Nina heraus.

Frauke wurde blass und schwankte leicht. »Lass uns ins Haus gehen, ich muss mich hinsetzen.«

Als Nina in der Wohnküche am Tisch saß, auf ihrem inzwischen angestammten Platz, fühlte sie sich vom Murmeltier gegrüßt und an die Gespräche bei ihren letzten Besuchen erinnert. Frauke bot Kaffee, Tee oder Kakao an und fragte, ob Nina hungrig sei. Als sie einsehen musste, dass es nichts mehr gab, womit sie Zeit schinden konnte, setzte sie sich Nina gegenüber und faltete die Hände wie zum Gebet. Ihre alten Augen blickten wach und konzentriert, als Nina von ihrer Fahrt nach Bremen und dem schrecklichen Gespräch mit Peter berichtete.

»Über das mit Moni ist er hinweggegangen, als sei es unwichtig. Und die Lehrerin, hat er behauptet, sei hinter ihm her gewesen und habe das später nur nicht zugeben wollen. Auf einmal gab es zwei Versionen, deine und seine.«

»Ja«, sagte Frauke kopfschüttelnd, »die hat es immer gegeben. Und viel zu oft hat er Menschen dazu gebracht, seine verdrehte Geschichte zu glauben.«

»Diesmal nicht«, versicherte Nina, »ich habe ihm gesagt, dass ich die Beweise kenne und gegen ihn verwenden werde. Dass es nur noch eine Frage der Zeit sei, bis die Polizei bei ihm klingelt, um ihn festzunehmen. Und dass ich nie wieder was mit ihm zu tun haben will.«

»Allmächtiger!«, rief Frauke und bekreuzigte sich, obwohl sie nicht katholisch war, »er wird vor Wut geschäumt haben.«

»Das kannst du laut sagen«, sagte Nina und beschloss, ihrer Tante Peters Handgreiflichkeiten zu verschweigen. »Jedenfalls bin ich jetzt hier, um die Beweise mitzunehmen. Dann gehe ich zur Polizei. Die Sportlehrerin finden die Beamten sicher leichter und schneller als ich. Ich will sie davon überzeugen, dass sie gegen Peter aussagen muss.«

»Wie willst du das schaffen?«, fragte Frauke, »sie hat ihn schließlich direkt nach der Tat nicht angezeigt und in den vergangenen neun Jahren bestimmt alles getan, um das schreckliche Erlebnis zu vergessen.«

»Ich werde ihr von Moni erzählen. Und dass Peter dein Lebensglück zerstört hat. Und von Mama. Und von dem, was er mit mir vorhatte. Wenn sie einsieht, wie viele furchtbare Dinge zusammengekommen sind, wird sie uns helfen.« Nina klang viel überzeugter als sie tatsächlich war. »Und sobald sie ausgesagt hat, ist er geliefert und bekommt seine Strafe. Besser spät, als nie.«

Bei den letzten Worten hatten sich Ninas Augen mit Tränen gefüllt. Sie wischte sich mit dem Jackenärmel übers Gesicht und stand auf.

»Zeig mir das Versteck. Dann bist du den Brief und die anderen Sachen endlich los. Vielleicht kannst du deinen furchtbaren Bruder dann aus deinem Gedächtnis verbannen.«

Frauke erhob sich ebenfalls und sagte mit einem schiefen Grinsen, das für die Situation ebenso unpassend war wie der Sonnenschein vor dem Fenster:»Das Alter wird mir helfen. Ich vergesse schon jetzt viele Dinge, da wird er hoffentlich demnächst auch dabei sein.« Sie schlurfte zum Küchenschrank, nahm einen Schlüssel aus einer Schublade und ging Tür.»Komm, das Versteck ist im Schuppen.«

Kapitel 52

Sie traten hinaus in die warme Oktobersonne und gingen schweigend über den Hof zum Schuppen. Gemeinsam wuchteten sie die schwere Holzbank, die die Tür blockierte, zur Seite. Frauke brauchte lange, um das alte und verrostete Schloss zu bezwingen, schließlich klappte es und sie konnten eintreten. Nina duckte sich unter den Spinnweben her, als sie dicht hinter ihrer Tante ein paar Schritte hineinging. Dann blieb sie stehen und wartete ab, bis ihre Augen sich an die Dunkelheit gewöhnt hatten und Konturen erkennbar wurden. In einer Ecke sah Nina einen Stapel Jutesäcke und neben der Tür einen Hauklotz, in dem noch eine Axt steckte. In der Mitte des Schuppens stand eine schrottreife Kutsche mit drei Rädern. Das vierte wurde durch einen Baumstumpf ersetzt. An der

Rückwand erkannte Nina unter einem Bord mit verschiedenen Werkzeugen eine Werkbank, zu der Frauke sich vortastete. Sie zog die unterste Schublade auf und beförderte jede Menge Lumpen und alte Zeitungen zutage, die sie achtlos auf den Boden fallen ließ. Dann drehte sie sich kurz zu Nina um. Anscheinend hatte sie gefunden, wonach sie gesucht hatte, denn sie reckte einen Daumen in die Höhe. Eine seltsam anmutende Geste für eine Frau ihres Alters, über die Nina hätte lachen müssen, wäre sie nicht so angespannt gewesen.

Frauke zog eine braune, gepolsterte Versandtasche aus der Schublade und richtete sich auf. Im selben Augenblick wollte Nina auf sie zugehen, blieb jedoch wie angewurzelt stehen, als sie sah, dass der schmale Lichtstreifen, der durch die angelehnte Schuppentür fiel, breiter wurde. Sie drehte sich um und hoffte einen verzweifelten Moment, dass Morle die Tür aufgeschoben hatte. Aber dann erkannte sie die Gestalt, deren Umrisse sich scharf vom hellen Sonnenlicht draußen abhoben. Peter.

Aus der hinteren Ecke des Schuppens erklang der erstickte Aufschrei von Frauke, während Nina das Herz bis zum Hals schlug. Woher wusste er, dass sie hier auf der Insel war? Sie beantwortete sich die Frage in Gedanken sofort. Schließlich hatte sie ihm selbst erzählt, dass es Frauke gewesen war, die ihr von seinen Verbrechen und von der Existenz der Beweise erzählt hatte. Da hatte er nur zwei und zwei zusammenzählen müssen, um zu wissen, dass die belastenden Fotos und der Brief höchstwahrscheinlich genau hier, bei seiner Schwester auf Neuwerk, versteckt waren. Dass Nina herkommen und die Sachen holen würde, war klar. Nur den Zeitpunkt kannte er nicht. War er gleich nach ihrem Zerwürfnis am Montag hierhergekommen, um sie nicht zu verpassen, und hatte sich hier versteckt? Aber warum hatte er dann gewartet und Frauke nicht sofort dazu gebracht, die belastenden Beweismittel herauszurücken? Vielleicht war es ihm aus irgendeinem Grund wichtig, dass Nina dabei war. Hatte er sie heimlich beobachtet und war ihr gefolgt? Auch dass es schlicht ein Zufall war, dass sie dieselbe Fähre hierher genommen hatten, ohne dass Nina ihn bemerkt hatte, konnte sie nicht ausschließen. Aber was spielte das für eine Rolle, ging ihr durch den Kopf. Er war hier. Er kannte ihren Plan. Er war rasend vor Wut und hatte nichts mehr zu verlieren. Und er war skrupellos.

»Peter, was …« Die Enttäuschung und der eiskalte Hass, die ihr aus Peters Augen entgegenblickten, ließen Nina mitten im Satz verstummen. Hinter sich hörte sie Frauke leise vor sich hin weinen, aber sie konnte sich jetzt nicht um ihre Tante kümmern. Ihren unberechenbaren Stiefvater aus den Augen zu lassen, würde ihnen sonst zum Verhängnis werden.

»Ihr zwei Schlampen haltet euch wohl für schlau, was?« Die Staubkörner, die in dem Sonnenlicht tanzten, das in den Schuppen fiel, vermischten sich mit Peters Spucke, als er Nina den Satz entgegenschleuderte. Sie erwiderte nichts, was hätte sie auch sagen sollen?

»Hat euch der Gedanke Spaß bereitet, dass ich den Rest meines Lebens im Knast zubringe? Tja, wer zuletzt lacht, lacht am besten, das war schon immer so. Und der, der zuletzt lacht, bin ich. Das hat Marius, die schwule Nuss, am Samstag auch kapieren müssen. Allerdings war es die letzte Erkenntnis in seinem kümmerlichen Dasein, bevor ich ihm das Licht ausgeknipst habe.«

»Marius ist tot?«, flüsterte Nina fassungslos.

»Mausetot, würde ich sagen«, sagte Peter. Ein grausames Grinsen legte sich auf sein Gesicht, als er hinzufügte: »Erinnerst du dich an deine Lieblingsgeschichte zu Weihnachten? Die von dem geizigen Mister Scrooge? Am Anfang heißt es: Marley war tot, tot wie ein Türnagel. Tja, das ist die Schwuchtel jetzt auch.« Um seine Worte zu unterstreichen, stieß Peter ein Lachen aus, das mehr an das Bellen eines kranken Hundes erinnerte.

Sie schlang die Arme um ihren fröstelnden Körper. In Fraukes lauter werdendes Weinen hinein schrie sie: »Mörder!« Aber auch ihr liefen nun die Tränen übers Gesicht. »Jetzt gehst du sogar für Mord in den Knastund Mord verjährt nie. Du wirst nie wieder rauskommen.«

»Irrtum, Sternchen. Ich gehe gar nicht erst rein. Hast du das noch immer nicht kapiert?«

Schritt für Schritt versuchte sie, sich rückwärts von Peter zu entfernen. Je mehr Abstand sie zwischen sich und ihren Stiefvater brachte, umso besser. Sie hatte keine Ahnung, was er vorhatte. Wollte er sie hier einsperren und ihrem Schicksal überlassen, damit sie ihm nicht gefährlich werden konnten?

Als sie begriff, was Peter im Schilde führte, gab sie einen erstickten Schrei von sich. Mit beiden Händen packte er die Axt, die in dem Hauklotz steckte, und zog sie mit einem kräftigen Ruck heraus. Ihr stockte der Atem. Er würde doch nicht ... Sie wich weiter zurück, bis sie an die seitliche Schuppenwand stieß. Aus dem Augenwinkel sah sie Frauke mit vor Angst weit aufgerissenen Augen.

Nina zitterte am ganzen Körper. Mit ihren Händen tastete sie die Holzwand hinter sich ab. Wonach sie suchte, wusste sie nicht. Sie zuckte vor Schmerz zusammen, als sich ein Holzspan in ihren Daumen bohrte. Hätte sie einen Beweis gebraucht, dass alles, was gerade geschah, kein Alptraum war, dann hatte sie ihn nun.

Sie sah, wie sich Peters Fingerknöchel weiß färbten, als er den Griff der Axt fester umschloss. Er würde doch nicht wirklich ... Doch, er würde. Nina sah es an seinem Blick. Peter war wild entschlossen, sie zu töten. Auch bei ihm war offensichtlich die Liebe in Hass umgeschlagen, weil er sie nicht haben konnte. Doch auch der Gedanke, der Strafe für seine furchtbaren Verbrechen zu entgehen, trieb ihn sicherlich zusätzlich an. Nina brachte keinen Ton heraus, aber was hätte sie auch sagen sollen? Peters Augen, mit denen er sie ihr Leben lang liebevoll und vertrauenerweckend angesehen hatte, blickten kalt und hasserfüllt in ihre Richtung. Sie würde ihn jetzt mit keinem noch so klug gewählten Wort mehr erreichen. Er war wie von Sinnen. Es war vorbei.

Sie hatte in ihrer beruflichen Laufbahn immer abgelehnt, allzu blutrünstige Krimis zu übersetzen, weil sie die Bilder, die dabei in ihrem Kopf entstanden, nicht sehen wollte. Sollte sie jetzt selbst das Opfer eines Axtmörders werden? Das Schicksal hatte einen seltsamen Humor.

Peter schwang die Axt nach oben und holte aus. Als das schwere Werkzeug Nina entgegensauste, duckte sie sich im letzten Moment weg und wich dem Schlag aus. Peters Zorn steigerte sich weiter, als er sah, dass er sie nicht getroffen hatte. Sein Blick wurde noch wahnsinniger. Er änderte seine Strategie und setzte zu einem Hieb von der Seite an. Nina sah keine Chance, erneut auszuweichen, geschweige denn zu entkommen. Sie schloss die Augen und hoffte, dass er sie gut treffen und sofort töten würde.

Plötzlich hörte sie ein Geräusch, das sie nicht einordnen konnte und nicht hätte beschreiben können. Es folgte ein furchtbarer und schmerzerfüllter Schrei. Hatte sie selbst geschrien? Sie spürte keinen Schmerz, aber das war nicht ungewöhnlich, wenn man unter Schock stand. Im nächsten Moment fiel scheppernd die Axt zu Boden.

Als sie die Augen aufriss, sah sie direkt in Peters Gesicht und erkannte darin eine Mischung aus Überraschung und Fassungslosigkeit. Den Blick auf Nina gerichtet, sackte er in die Knie, kippte nach vorne und blieb reglos auf dem Bauch liegen. Aus seinem Rücken ragte der Griff eines Jagdmessers, das Frauke unter Aufbietung all ihrer Kraft in Peters Körper gestoßen hatte.

Mehrere Minuten waren sowohl Nina als auch Frauke wie versteinert. Nina erwachte zuerst aus ihrer Erstarrung. Sie ging neben ihrem Stiefvater in die Hocke, betrachtete kurz den kreisrunden Blutfleck, der sich auf seinem Hemd gebildet hatte, und tastete an seiner Halsschlagader nach dem Puls. Nichts. Peter war tot.

Die Sonne schien immer noch strahlend hell auf den Weg zum Haus und in der Nähe hörte man das Rauschen des Meeres.

Epilog

12. November 2019

Nina war glücklich und dankbar, dass Oliver da war. Sie hatte ihn am späten Nachmittag, ein paar Stunden nach Marius Engels Urnenbeisetzung, angerufen und zu sich eingeladen. Zuerst hatte er verwundert und zurückhaltend reagiert. Doch als sie ihm sagte, dass unfassbare Dinge passiert seien, die sie ihm mitteilen und erklären wollte, hatte er einem Treffen zugestimmt und war sofort losgefahren.

Nach den Geschehnissen auf Neuwerk hatte Nina sich ein paar Tage in ihrer Wohnung verkrochen, um zur Ruhe zu kommen und ihre Gedanken zu sortieren. Und um für Frau Mattis da zu sein, die Marius' Tod verständlicherweise vollkommen aus der Bahn geworfen hatte. An dem verhängnisvollen Mittwoch, an dem Peter auf Neuwerk den Tod fand, hatte die Polizei Marius' Oma die furchtbare Nachricht überbracht.

Es tat Nina von Herzen leid, dass sie in dieser schweren Stunde nicht für Frau Mattis da gewesen war. Stattdessen hatte sie nach dem schrecklichen Geschehnis zusammen mit Frauke mehr oder weniger wort- und regungslos am Küchentisch gesessen und auf die Polizei gewartet. Neuwerk hatte keine eigene polizeiliche Dienststelle. Die Insel gehörte ebenso wie die Nachbarinseln Scharhörn und Nigehörn zum hamburgischen Wattenmeer und damit zum Wasserschutzpolizeirevier vier der Stadt Hamburg.

Während sie auf die Beamten warteten, hatte die geräumige Wohnküche jegliche Gemütlichkeit eingebüßt. Es schien, als hätte sich das grausige Ereignis aus dem Schuppen wie ein Waldbrand bis zum Haus weitergefressen und darin alles zerstört, was es an Behaglichkeit und Geborgenheit jemals ausgestrahlt hatte.

Als die Polizeibeamten eingetroffen waren, verrichteten sie routiniert ihre Arbeit. Der Tatort wurde gesichert und untersucht, Peters Leiche abtransportiert. Ninas und Fraukes Personalien wurden festgestellt und ihre Aussagen aufgenommen.

Alles lief geordnet und unspektakulär ab. Frauke wurde nicht verhaftet, weil weder Verdunkelungs- noch Fluchtgefahr bestand und man ihr wegen ihres schweren Herzfehlers keine Untersuchungshaft zumuten wollte. Sie machte die ganze Zeit über einen erstaunlich aufgeräumten Eindruck, schien trotz der Tat mit sich im Reinen und war den Beamten gegenüber ruhig und freundlich.

Nur wenige Tage später hatte die Polizei die Beweise der Vergewaltigung an der jungen Lehrerin gesichtet und auf der Axt neben Peters Fingerabdrücken nur die eines Nachbarn identifiziert. Der bestätigte, was Frauke bereits ausgesagt hatte, dass er regelmäßig Holz zum Heizen für sie hackte.

Die ohnehin naheliegende Notfallvermutung wurde bestätigt. Für die Polizei war der Fall damit abgeschlossen. Und auch der Mordfall Marius Engel würde in den nächsten Tagen zu den Akten gelegt werden, sobald Nina der Polizei diesen Teil der Geschichte zu Protokoll gegeben hatte.

Im Rückblick erschien Nina alles wie ein Film, in dem die Hauptdarstellerin rein zufällig Ähnlichkeit mit ihr hatte.

Natürlich fielen ihr jetzt jede Menge Situationen ein, in denen Peters Verhalten sie schon längst hätte stutzig machen können. In denen sie seine Worte und Gesten viel deutlicher hätte hinterfragen müssen, anstatt alles mit dem Mantel der Liebe zuzudecken. Aber war man hinterher nicht immer schlauer?

»Jedenfalls hat Frauke Recht behalten mit ihrer Vermutung, dass ihre Lebenszeit aufgebraucht war. Sie ist vor einer Woche gestorben und auf Neuwerk beigesetzt worden. Es war mein letzter Besuch auf der Insel, ich will nie wieder dorthin«, beendete Nina ihren Bericht und wischte sich mit dem Handrücken über die tränennassen Augen. Das Eintauchen in die Erinnerung an den Schreckenstag war wie erwartet emotionale Schwerstarbeit gewesen.

»Puh, was für eine Story«, sagte Oliver.

Während er aufmerksam zugehört hatte, war er immer wieder mit den Fingern durch seine Haare gefahren, so dass sie ihm jetzt wild in alle Richtungen vom Kopf abstanden. Nina hätte ihn gerne berührt, aber sie riss sich zusammen. Sie wünschte sich von Herzen einen Neuanfang mit Oliver, doch sie ermahnte sich, realistisch zu bleiben. Die Tatsache, dass er hergekommen war und sich ihren haarsträubenden Bericht angehört hatte, bedeutete nicht, dass er denselben Wunsch hatte.

»Ich bin froh, dass du hier bist«, sagte sie spontan.

Oliver grinste. »Jeder mit etwas weniger Kampfgeist als ich hätte vermutlich aufgegeben. Aber ich bin zu dem Schluss gekommen, dich als Herausforderung zu betrachten.«

Hieß das, er gab ihnen noch eine Chance? Oder interpretierte sie wieder zu viel in seine Worte hinein?

»Dass du mich allen Ernstes als Drahtzieher hinter dem Stalking vermutet hast, hat mich unglaublich verletzt«, unterbrach Oliver ihre Gedanken.

Sie senkte den Blick, damit er nicht sah, dass ihr erneut die Tränen kamen. Aber er hatte es doch bemerkt. Er rückte auf dem Sofa näher an sie heran und legte den Arm um ihre Schultern.

»Hey, schon gut. Vielleicht hätte ich in deiner Situation auch keinem mehr trauen können.«

»Hätte ich nur auch meinem Stiefvater misstraut. Aber ich wäre im Traum nicht darauf gekommen, ihn zu verdächtigen. Jetzt fühlt sich mein Leben irgendwie kaputt an. Ich weiß nicht, ob ich jemals wieder glücklich sein kann.«

»Du meinst, so glücklich wie als Kind?«, fragte Oliver, und als sie nickte, fuhr er fort: »Vergiss nicht, dass auch Kinder ihre Sorgen haben. Fiese Geschwister, ungerechte Lehrer, das uncoole Fahrrad oder die Clique, zu der man nicht gehört. Nur verblassen diese Erinnerungen, und man denkt, dass früher alles easy war.«

»Das stimmt«, gab Nina zu, »man sucht wohl sein ganzes Leben lang nach dem Glück.«

»Das kleine Glück wartet überall, und bist du klug genug, es zu erkennen, wird es dadurch schon zu einem großen Glück. Ich glaube, man hat es kapiert, wenn man einen Kanal sieht, und dabei vom Meer träumt. Das habe ich jedenfalls immer versucht.«

»Und jetzt lebst du in Sahlenburg und hast das Meer vor der Haustür.«

»Ja«, lachte Oliver, »womit bewiesen wäre, dass Träume in Erfüllung gehen.«

Ein paar Minuten hingen beide ihren eigenen Gedanken nach. Schließlich sagte Oliver: »Ein Glück, dass Frauke mit dem Messerstich direkt in Peters Herz getroffen hat und er sofort tot war. Nicht auszudenken, was passiert wäre, hätte er sich noch wehren können. Irgendwann hätte ich versucht, dich anzurufen oder zu besuchen. Und wenn ich dann erfahren hätte, dass dir was Schlimmes zugestoßen ist, hätte ich das nicht ertragen.«

Ermutigt von seinen liebevollen Worten, wandte Nina den Kopf in seine Richtung. Oliver sah ihr in die Augen, zog sie zu sich heran und blickte sie fragend an. Als sie lächelte und nickte, küsste er sie leidenschaftlich. Dabei hielt er sie so fest umschlungen, als wolle er sie nie mehr loslassen. In diesem Moment wusste sie, dass sie alles Vergangene verarbeiten und alles Künftige bewältigen konnte, solange Oliver an ihrer Seite war.

Als hätte er geahnt, was ihr durch den Kopf ging, sagte er: »Um nach vorne schauen zu können, musst du alles Schlimme hinter dir lassen, ohne dabei das Gute zu verlieren.«

»Klingt schwierig.«

»Das ist es. Aber jede Zukunft braucht eine Herkunft.«

Nina dachte kurz über seine Worte nach, dann sagte sie: »Jetzt, wo auch Frauke tot ist, habe ich niemanden mehr. Ob bei ruhiger See oder in schwerem Sturm, ich sitze ab jetzt alleine im Boot. Oder würdest du riskieren, noch einmal einzusteigen?«

Oliver zog sie erneut in seine Arme. Er sagte nichts, doch im Ungesagten lauerten tausend Möglichkeiten.

ENDE

Danke

Die Autorin dankt auch bei diesem Buch von Herzen ihrem Ehemann für sein geduldiges Abwarten, während die Idee reifte, sein stilles Verständnis für viele schweigsame Stunden beim Schreiben, seine Hilfestellung bei der Recherche, wann immer sie benötigt wurde, und nicht zuletzt seine wertvollen Anmerkungen nach dem Lesen der ersten Fassung, die außer ihm nie jemand zu sehen bekam.

Ein großes Dankeschön geht ebenfalls an den Verlag für die erneute Zusammenarbeit sowie an alle Leser und Leserinnen meiner Geschichten.

Herzlichst, *Doris Oetting*

Von derselben Autorin

Doris Oetting
Das Haus auf Föhr
Originalausgabe 2018 Paperback
298 Seiten
SBN 978-3-95475-182-2

Doris Oetting
Die Föhr-Affäre
Originalausgabe 2022 Paperback
279 Seiten
ISBN 978-3-95475-239-3

Doris Oetting
Das Föhr Geheimnis
Originalausgabe Juli 2023
Paperback 282 Seiten,
ISBN 978-3-95475-246-1

Die Cuxland-Krimis von Wolf S. Dietrich im Prolibris Verlag

Wattläufer
Paperback, 222 Seiten, ISBN 978-3-935263-31-3

Eiskalter Sommer
Paperback, 234 Seiten, ISBN 978-3-935263-47-4

Hotel alte Liebe
Paperback, 246 Seiten, ISBN 978-3-935263-73-3

Windstille
Paperback, 235 Seiten, ISBN 978-3-95475-008-5

Krabbenkönig
Paperback, 238 Seiten, ISBN 978-3-95475-119-8

Kühle Brise
Paperback, 320 Seiten, ISBN 978-3-95475-152-5

Letzter Sommerabend am Meer
Paperback, 305 Seiten, ISBN 978-3-95475-206-5

Sommersturm im Cuxland
Paperback, 301 Seiten, ISBN 978-3 95475-248-5